OFFICE HOURS

[英]露西·凯拉维/著 千山/译

高跟鞋战争

重庆出版集团 重庆出版社

图书在版编目(CIP)数据

高跟鞋战争/(英)凯拉维(Kellaway,L.)著;千山 译.—重庆:重庆出版社,2012.8

ISBN 978-7-229-05089-4

Ⅰ.①高… Ⅱ.①凯… ②喵… Ⅲ.①长篇小说-英国-现代 Ⅳ.①I561.45

中国版本图书馆 CIP 数据核字(2012)第077958号

高跟鞋战争
GAOGENXIE ZHANZHENG
[英]露西·凯拉维 著 千山 译

出 版 人:罗小卫
责任编辑:刘 嘉 郭莹莹
责任校对:郑小石
封面设计:猫爪图文
版式设计:谙恒记工作室

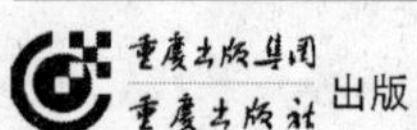
出版

重庆长江二路205号 邮政编码:400016 http://www.cqph.com
自贡兴华印务有限公司印刷
重庆出版集团图书发行有限公司发行
E-MAIL:fxchu@cqph.com 邮购电话:023-68809452
全国新华书店经销

开本:880 mm×1230 mm 1/32 印张:9.75 字数:270千
2012年8月第1版 2012年8月第1版第1次印刷
ISBN 978-7-229-05089-4
定价:28.00元

如有印装质量问题,请向本集团图书发行有限公司调换:023-68706683

Contents

目 录

第一章 诱 惑

「史黛拉」

史黛拉的故事——自从两年前茱莉亚·斯旺森辞职开始，史黛拉就不断对自己重复这段故事，希望借此弄明白自己究竟怎么了，为什么会做出那样的事。

茱莉亚辞职的那天早上，史黛拉很早就来到了办公室。她必须在正式上班之前完成这份董事会报告，否则这一整天她都不得不陷入没完没了的会议里，最后什么都干不成。

她踏过大理石地板，在玻璃自动门前，把手伸进手提包里掏钱包，通行卡应该在里边。上夜班的保安穿着制服坐在前台那，还没有下班。她把手提包放在前台的桌子上开始仔细翻找包里的东西。

不见了！

她开始回忆自己昨晚的行程。她很早就离开办公室去参加一个关于原子能经济效益的演讲，然后和丈夫查尔斯一起参加了他在格兰纳达时候的老板的宴会。回家的出租车钱是她付的——查尔斯和往常一样，没有带钱——所以当时钱包肯定还在。也就是说，要是运气好，她的钱包正好好地躺在家里门厅的桌上。

她向保安申请一份临时通行许可证，保安翻开了访客登记簿。

“姓名？”

“史黛拉·布拉德贝里。”

“布什么什么？”

“我再念一遍，”她清楚地说道，“纱布的布，拉手的拉，德国的德，宝贝的贝，公里的里。”

保安慢慢地写了下来，布拉德贝理，字写错了。

“部门？”

“经济部。”

“你的上司是谁？”

史黛拉叹了口气。为什么，为什么我非得说出我上司的名字才可以进入我工作了22年的公司？

“史蒂芬·辛顿。”她说。看来这个集团CEO的名字对保安来说并没有什么特别意义，他面无表情地记录了下来。

在“访问时间”一栏，他填上了“7: 12”，再抬头看了一下电梯上方嵌入墙壁里的印着巨大椭圆形的集团LOGO的时钟，然后递给史黛拉一个拴着绳子的椭圆形塑料牌子，让她戴在脖子上。

史黛拉对保安笑了笑，但是对方并没有回报一个笑容，这让她有一点自尊受损的郁闷。查尔斯常常嘲笑史黛拉总是期望赢得所有人的好感，即使是她非常讨厌的人也如此。当她年纪渐长，这种情况变得稍好一些：她可以容忍保安的无礼，但仅此而已。

她推开自动玻璃门，掏出手机拨打了家里的电话。

“亲爱的，你还没起床吗……不，我刚到公司……帮我看一下我是不是把钱包放在门厅了？噢，谢天谢地……我一会儿让娜塔莉派个自行车快递（英国特有的职业之一，快递员骑自行车取送同城的物品，译者注）过来取……”

史黛拉乘电梯到了14楼，沿着走廊走过去，墙上全是那些史蒂芬引以为荣的富有视觉冲击力的现代艺术品。她看着走廊尽头的一幅画：一张超大尺寸的蓝色画布，上面粘着一些抹布纤维之类的玩意儿。她瞟了一眼这幅画的名字：《这不是一座塔》。

就这么个名字。

史黛拉的办公室在大楼的后侧，北边是伦敦金融城的建筑工地，这并不符合她的身份——比她应得的待遇低。公司的一些男同事对这种事总是斤斤计较，但她喜欢这样——她的办公室和薪水都低于她对公司的价值。这让她有安全感，尽管她明知这不公平，但她不在乎。

史黛拉并没有把办公室装扮得很有家居味——一些人把家人的照片放在办公室，但她觉得这种做法显得太过多愁善感。她在办公室放的是六七年前她访问集团南非分公司时和纳尔逊·曼德拉（南非前总统）的合照，这也是她办公室里唯一的一张照片。

她打开电脑，电脑嗡嗡的噪音声中响起了windows系统欢迎登录的音乐。史黛拉打开邮箱，里面有94封未读邮件。邮件列表的最下方，一封带着红色感叹号的邮件，显示它发自茱莉亚·斯旺森。

我们必须得谈谈。

昨天就想找你，但你开了一整天的会。

我今天早上把辞职信交给史蒂芬了。

要不，一起吃个午饭？

茱尔斯（茱莉亚的爱称，译者注）

史黛拉一点都不惊讶。茱莉亚不是一个专业人士，而且还有那么一点蠢。现在她得为此付出代价了。但茱莉亚辞职的消息还是让史黛拉感到不安。她虽然不是真心喜欢茱莉亚，但也不希望她就这么离开。如果她走了，那集团的高层管理人员里连个能和自己闲聊的女人都没有了。

于是她回信：

我的天，这是真的？

这真是一个坏消息（至少对我来说）……我会很想你的……没问题，我们中午当然要一起吃个饭，但是我正在给董事会赶一份报告，时间紧得要命，所以我不能待太久。

那么12：45见？

黛拉（史黛拉的爱称，译者注）

贝拉

对贝拉来说，故事也是从茱莉亚辞职那天开始的。那天她迟到了半小时——平时她绝对不会如此，但那个早晨一切都失控了。米莉坚决不肯穿校服去上学，贝拉大声呵斥她，却换来米莉歇斯底里的哭闹。贝拉威胁说如果她再哭就不准她参加周末PARTY，然后在一颗草莓夹心橡皮糖的诱惑下，米莉才抹干眼泪顺从地穿上校服。

贝拉虽然把米莉送到了学校，但依旧情绪低落：这些生活中的琐事让她觉得有些心酸，她羡慕她那些把二十几年时间都花在饮酒作乐上的同龄人。

而且那天贝拉乘坐的皮卡迪利线（伦敦最繁忙的一条地铁线路，译者注）又晚点了——这个早晨有人比她过得还糟，那人卧轨自杀了！交通几乎瘫痪了一阵。

靠在一个男人腋下露出的一截地铁钢管扶手上，贝拉开始研读她今天的星座运程。

> 你的事业发展很好，看起来你的计划不可能会失败。但不要因此得意忘形，只工作不休息会让你垮掉的，给自己留一点空闲吧。

扯淡。贝拉想。事业发展很好？我可不这样认为。

她在地铁北线的国王十字车站就下了车，然后穿过穆尔盖特（伦敦金融区中心地带，译者注）一路小跑到大西洋能源大楼。她害怕上司茱莉亚生气，因为她永远不知道等着她的是茱莉亚的哪副面孔——一分钟前她可以待贝拉这个私人助理亲如姐妹，下一分钟她就会为一个微不足道的失误对贝拉大发雷霆。

电梯刚升到3楼的时候，史蒂芬进来了。这位CEO盯着贝拉脖子上挂着的通行卡，但她却怀疑他是在看她的胸部。

“早上好，贝拉。”史蒂芬看着她通行卡上的名字念道。

“早上好。”她回答道，然后他们各自低头盯着自己的鞋一言不发。

你应该主动和CEO聊点什么。贝拉对自己说。她不知道该说点什么，但她讨厌现在这种尴尬的沉默，于是她找了个话题：“今天早上有个人在古苏格拉路卧轨自杀。”

斯蒂芬看了贝拉一眼，然后大笑起来，这完全不是贝拉预想中的回应方式。

她在13楼走出电梯，经过走廊时看见一幅新艺术作品挂在那——那

只是一些破布粘在画布上而已。她听说公司为这些玩意儿花了14万美元，可怜的股东。

每天早上专为茱莉亚准备的蓝莓果盘还在办公室外，也就是说茱莉亚也迟到了。贝拉端起包裹着保鲜膜的盘子，用脚踢开玻璃门，惊讶地发现茱莉亚的外套被顺手丢在椅子上。

贝拉拿起外套，赞赏的目光滑过保罗·史密斯（英国名牌服饰，译者注）标志性的漩涡条纹。她赶快脱下身上的H&M连帽厚呢风衣，穿上茱莉亚的外套。

外套太长了，还有点紧——茱莉亚几乎不吃东西，所以她虽然比自己的私人助理高六英寸，体重却轻得多。贝拉羡慕茱莉亚的外套和身材，恋恋不舍地脱掉外套挂好，然后开始查阅她上司的电子邮件。

最新一封邮件来自史黛拉·布拉德贝里，主题是《我会想念你的》。

这是怎么回事？为什么茱莉亚约史黛拉一起吃午饭？要知道她已经和《金融时代》的记者约好了呀？

这时茱莉亚走进来，她和平时一样打扮得无可挑剔，不过贝拉注意到她有一点紧张。这种紧张贝拉只在茱莉亚犯大错的时候见过一次。

“抱歉我迟到了。”贝拉赶紧说，但茱莉亚没有在这个问题上做过多纠缠。

“我想要第一个告诉你，我刚才辞职了。”

“啊！”

贝拉知道这样一声“啊”是远远不够的，但她不知道到底应该怎么做。她心想：我又不是你。是的，她永远不会成为茱莉亚那样应对得宜的人，尽管那样的人在职场中更能左右逢源。在她不确定茱莉亚是否清楚自己明白这次辞职的内幕时，贝拉实在无法做出“正确”的反应。

有时候贝拉想，茱莉亚心里肯定清楚自己这个私人助理对她的隐私了若指掌，毕竟她还不至于蠢到指望贝拉从不会在有机会时好奇地偷窥下上司的邮件。

可是茱莉亚居然在这件事上一直使用的是公司邮件系统，那玩意儿毫无保密性可言。并且贝拉想到茱莉亚的保密措施就忍不住要笑——茱莉亚居然把所有的邮件导出来放在一个命名为“杂物”的文件夹里，就放在桌面上，没有加密，没有隐藏，任何人都可以打开看。

“接下来你打算怎么办？”贝拉终于想出一个很“合理”的问题。

“有人挖我跳槽。我会去威利马斯顿公司当一名高级政治说客。”

贝拉不是很清楚这是个什么职位，但还是祝贺说：“恭喜。你什么时候走？”

“他们要求我今天就离开，所以我准备在家待上三个月，弄弄园艺什么的。”

贝拉觉得这简直太不公平了。如果你放弃一份年薪14万英镑的工作，公司会继续支付你三个月的薪水让你待在家里。可如果她放弃自己现在这份年薪2万9千英镑的工作，那她必须一直工作到辞退通知期的最后一分钟。

史黛拉

史黛拉看着她刚写的句子。

我们旗帜鲜明地支持具有可操作性和可持续性的低成本长期控制温室气体聚集的行动。

正在她考虑要不要把这些句子修改得更简洁易懂的时候，茱莉亚来了。

“可以走了吗？”茱莉亚问。

史黛拉从办公桌前站起来，告诉办公室外的娜塔莉自己一个小时后回来。

她们来到街角的“天天面包”店，店里干净的木头桌椅都带着浓郁的法式田园气息。史黛拉要了一份三色沙拉，茱莉亚说她也要一份，并且告诉服务员不要加调料酱也不要加松仁，莫泽雷勒干酪也只需要放一片。

“那么，”史黛拉看着服务员拿了她们的订单离开后说道，“史蒂芬是什么反应？”

“我从来没见过他那么烦躁，”茱莉亚说道，“这次的确很不同寻常。他用手抱着头，沉默了一会，然后他说我是他对公司所有人里有史以来评价最高的一个，他愿意给我加薪升职。”

“这样的话为什么你不接受呢？”

“嗯，”茱莉亚说，“这次辞职并不全是钱的问题，很大程度上是我自己想离开。辞职还是留下，这关系到我未来十年会待在哪。你知道什么使我感到真正的恐惧吗？我已经开始厌倦这里了。你没有这种感觉吗？”

史黛拉刚说她没有厌倦，茱莉亚便打断了她继续说道：“你和我完全不同。你已经开始变成‘大西洋能源人’。从头到脚都在变。可我不，我是一个喜欢冒险的人，而你却总是按部就班谨慎行事。”

那些要离职的人有个很有趣的现象，史黛拉想。他们总是想让留下来的人心情也变得糟糕。

“或许你是对的，”她坦率地回答道，“我认为我留下来是因为我喜欢这里。大体上是这样的。”

“好吧，但你真不担心有一天你一觉睡醒已经55岁，被迫提早退休，但是做别的又太晚了吗？所以最好在你40岁前离开——或者40多岁，或者不管什么时候，至少在一切还为时未晚的时候离开。”

史黛拉默默接受了茱莉亚的提醒，要知道她比茱莉亚还大3岁呢。但我有职业道德，史黛拉想，比你多得多。

史黛拉的手机响了。

“亲爱的……是的，我知道，记在我的记事簿里的……哇，这太棒了，干得好！我很期望听到这个消息……我当然是认真的。我和别人在一起……这太荒谬了。就这样，不说了。”她不悦地挂了电话。

“抱歉，是克莱米，她担心她今晚的家长会。”

“不，应该是我说对不起，”茱莉亚说道，“是我没处理好，造成大家的不愉快。”

史黛拉觉得话题扯远了。她们并没说起上星期二她俩一起坐出租车的时候茱莉亚突然莫名其妙地大哭，然后告诉史黛拉她和詹姆士·斯汤顿出轨的事情。这件事一下就摧毁了她的生活和工作。史黛拉试图表现出同情心，但是这真的让她觉得不可思议，并且相当震惊。他们哪来的时间？

怎么可能？史黛拉完全没有注意到身边的两位同事鬼鬼祟祟地溜出去，在茱莉亚的公寓来一场激情性爱。

她也无法理解他们彼此看中了对方什么。詹姆士既不英俊也缺乏超凡魅力，他肯定不是茱莉亚喜欢的那一型。相反，詹姆士很聪明并且为人正派（至少在这件事之前她一直认为他是正派的），所以他应该很清楚茱莉亚的肤浅。

“嗯，”史黛拉说道，“我觉得对你来说这件事就这么解决不错，最糟的阶段已经过去了。”

茱莉亚没有继续这个话题，开始大谈公关公司和政治说客如何在幕后操控政府政策以及他们中一个曾经在白金汉宫工作过的人如何如何……

她们又要了杯咖啡，史黛拉问：“你告诉詹姆士你要走了吗？”

茱莉亚突然变得苦恼不已。

“没有。我没有义务告诉他。我跟他之间没有那么坦诚。”

贝拉

她一整天都在帮助茱莉亚整理办公室，五年来这里堆满了各种各样的东西：书，相框，还有笔。贝拉甚至找到一个淡蓝色的蕾丝胸罩，茱莉亚面无表情地从她手里拿走并放到手提包里。贝拉还在最下面的抽屉找出很多鞋——四双运动鞋和一双几乎是新的库尔特·盖格尔牌（英国奢侈品，译者注）翡翠绿坡跟鞋，贝拉只见过茱莉亚穿了一次。

“这鞋真酷。” 贝拉说道，虽然她心里想的是这鞋真是丑毙了。

“你穿多大尺码的鞋？你比我适合它们得多，如果能穿就拿去吧。”

“不，不用了。”贝拉推辞说。

“拿去吧，”茱莉亚坚持道，“如果不是今天都乱套了，我很想送你一件正式的礼物，还有莫莉。”

贝拉在心里更正：是米莉。

“有没有什么简单的方法可以一下子就删除我所有的邮件？”茱莉亚

继续说，“我觉得我应该把一切都整理干净。”

“需要帮忙吗？”

“不！好吧，你最好提醒我……”

贝拉知道茱莉亚无论如何也不想让她看到她邮件上的内容。尤其是最后的也是最重要的几封信，正好是2个星期前发送的。那一封，贝拉几乎能背下来。

亲爱的茱莉亚：

我想我在午餐的时候完全没有表达清楚我的意思。我觉得我有点语无伦次，而且你的反应让我非常惊讶。我的意思是，我们必须结束这一切。主要理由你已经知道了：我不能再瞒着我妻子继续这样下去了。而且我觉得我们已经走到了结束，我们之间最初那令人愉快的关系最近已经变得太复杂也太无趣了。毫无疑问我仍旧很欣赏你，我希望我们可以在工作中继续保持良好的同事关系，我们还是可以成为好朋友。

詹姆士

每次想到这段贝拉就一阵恶心。这家伙完全是个混蛋。“当初令人愉快的关系”——多么自恋，多么无耻！他好像忽然发现他已经结婚了！

这让贝拉觉得克桑都要比这个混蛋好。虽然克桑算得上是瘾君子和小偷，但至少感情上是很专一的。

茱莉亚收到这封信的那天，贝拉看到她读完整封信后站起来去了洗手间然后回来，所有动作都保持着一种令人恐惧的僵硬。她一个字也没提。

贝拉看了看茱莉亚起草的邮件：

今天是我在大西洋能源的最后一天。过去五年是我生命中最重要的一段时光，但是现在到了迎接新挑战的时候了。

我会想念我所有的同事：你们不仅是出色的工作伙伴，还是我的好朋友。我会想念你们每一个人的。请保持联系。

茱莉亚

贝拉看完想到：管他呢。然后，她转发了出去，就像之前介绍的那样——一共17 000名全球雇员。

“我想，”贝拉问道，“你应该不会没想过谁会接替你的位置吧？”

茱丽亚耸耸肩：“不，我没想过，但是你没有理由继续待在新闻办公室。我会向人力资源部推荐的，然后让他们给你找一个真正有趣的人　起工作。”

在大西洋能源工作的四年里，贝拉已经跟过三个上司了。一个是化学制品部的乔治·斯蒂芬斯，人还行，就是比较乏味；然后是吉尔斯·康维尔，比上一个好一点但他是一个控制狂，他从没安排她做任何事，因为担心她会把事情搞砸；最后就是茱莉亚了。这是她第一次跟一个女上司，总的说来她并不喜欢这样。这是一种弄不清的伙伴关系。茱莉亚希望大家都喜欢她，但是她并不是真的那么讨人喜欢。

贝拉帮茱莉亚叫了一辆出租车并帮忙把收拾好的东西都搬到电梯里。一个侧面印着“大西洋能源财产”的黄色塑料箱，一个黑色的垃圾袋，还有一个祖·马龙的购物袋。五年的工作看上去就剩下这些可悲的东西了。

出乎她的意料，茱莉亚用她那干瘦的手臂给了贝拉一个拥抱，这让贝拉很不舒服。

“等我安顿好了以后我们必须一起吃个饭。我会给你打电话的。你对我来说是一个极好的帮手，贝拉。我会想你的。”

贝拉看着这个女人表演撒谎和欺骗。她又在欺骗贝拉了。贝拉从来没有被她感谢过。但是现在，看着茱莉亚力争保住自己的尊严，她突然觉得或许她最终会想念茱莉亚的。

史黛拉

“罗素在找你。” 娜塔莉对刚刚参加完每周例会回到办公室的史黛拉说。

他看起来的确非常努力地在找她：发了两封电子邮件，一封语音邮件，还在她的电脑屏幕上贴了一张即时贴。这是在人力资源管理中的主要技能，她想：坚定不移。她点开第一封邮件。

你好，史黛拉。

可以请你帮我个忙吗？本来茱莉亚明天要在新学员入职研讨会上演讲，但显然这件事已经不可能了，所以我打算另外找一个人来代替她。我知道这封邮件对你来说很突然，但如果能让你现在就开始准备的话，那么它还是有那么一点用的。

祝一切顺利。

罗素

她叹了口气，打开下一封邮件。

史黛拉：

你好！

不知道你对于我上一封信的提议考虑得如何了。要知道这意味着学员们可以听到一位像你这么棒的人的演讲，绝对有激励作用。

然后我想问你是否愿意带一下原本分配给茱莉亚的短期培训学员？分配给你的是贝阿特·施莱格尔，但是你是否也愿意带一下莱斯·威廉姆斯？莱斯不是一位经济学家，但是我们的能力测试表示，他在领导潜力上得分很高。我相信他能在你的部门里面起到带头的作用。

罗素

为什么罗素要这么说？史黛拉想不通。为什么高层的女性不但被要求要完成自己的工作，而且还要像被学校表彰的高才生一样成为女性的代表？

她决定拒绝这个提议。有一些事情是史黛拉非常不善于处理的。她常常发现她做过的很多事情完全是因为她自己不会拒绝。她已经意识到这非常荒谬，并且明白自己备受轻视的原因：她害怕引起对方的不满。

她毅然回复道：

罗素：

我很愿意帮忙。但是很遗憾今天晚上必须准时离开公司——我得去参加我女儿的家长会，所以我恐怕帮不了你。

但是，我很乐意接收一名额外的实习生。就像你说过的，我们部门从来就不会有任何工作量不足的问题。

史黛拉

实际上，家长会前一天晚上就开过了。史黛拉和查尔斯并排坐在铺着木地板的礼堂里听老师们纷纷赞扬他们的女儿讨人喜欢，勤奋刻苦，善于与人合作以及有创造力。事实上那天早上她就两次叫她妈妈滚开。

只有克莱米的班主任说她女儿看起来有点瘦，是否出了什么问题，史黛拉向班主任保证女儿没有任何问题。至少吃东西是没有问题的。至于变瘦，史黛拉在14岁的时候比她女儿更瘦，而且她第一次见到查尔斯的时候，查尔斯也瘦弱得很。现在谁能想象当初的样子呢。现在他肚子上已经大大地增厚了一圈。

她的邮箱图标闪烁着提示有新邮件到来。还是罗素。

> 感谢这么快就回复。明天比较像活动+聚餐，所以你是否能在早上进行开场演讲？这大概只需要十分钟。如果你可以腾出时间来做这件事，真的会帮助我们实现提供世界级多元化员工的目标。
>
> 祝一切顺利。
>
> 罗素

混蛋，该死的，真麻烦，她想道，然后回复了一封邮件。

> 好吧，10分钟没问题，就定在9：40吧。

贝拉

贝拉很开心，因为暂时没有上司管她了。看起来没有人打算告诉她她将要为谁工作，所以她仍然守在新闻办公室的旧办公桌前接听一些电话。

有电话打来的时候，她就会说：“抱歉，茱莉亚已经辞职了。需要我帮你转接给副主管本·托马斯吗？”

她喜欢本，并且希望上面安排她跟着本工作。

“你打算去争取一下茱莉亚的职位吗？”当本的头从门边冒出来的时候，她问道。

“不知道。我今早上和罗素谈了下，但是在重组的事情上他避而不谈。”

“很好，”贝拉说道，“他们可以重组整个部门而没有一个人打算告诉我发生了什么事。”

“我可以告诉你发生了什么。至少，如果我知道的话，我愿意告诉你。”

本有些地方很讨人喜欢。他本人曾经是一个记者，虽然经过这么多年的公款吃喝长胖不少，但那股孩子气还没褪去。当然他同样也有参差不齐的牙齿和沉重的呼吸声。

“晚上一起喝一杯？” 他突然问道。

贝拉在低潮的时候常想她是否可以和本一起出去。自从她这三年来交往了各种各样的男朋友后就有了这种想法，并且本聪明，善良，还很幽默。但是她始终觉得他长得太丑了——虽然她不是一个非常在意外表的人，但还是有一个承受底线，底线绝对不能突破，这是原则问题。

"不了，本。我得回去陪我女儿。"

他看起来垂头丧气的。

"换个时间？"

"好的，没问题。"

一个记者打电话来询问，为什么大西洋能源在发布超高利润报表的同时还要提高汽油价格。贝拉知道如何回答这个问题，她常常听到茱莉亚回答。但是她将电话转接给了本，她才不想管这件事呢。

史黛拉

史黛拉点开CEO史蒂芬刚刚发过来的邮件。

你能抽点时间吗？

史蒂芬的邮件从来就不会有一句多余的话，而且也从来不告诉你他找你去有什么事。史黛拉猜想是不是出了什么问题，但这明显是不可能的。因为史蒂芬要通知一个坏消息的时候都会让他的助理先打电话预约的。

她回复道：

没问题——我这就上来。

史黛拉

CEO的办公室就在她办公室的两层楼上，占据了大楼的一个拐角，向下望去正好可以看到灰色的圣保罗大教堂的圆顶。

房间的地上铺着一张超大的波斯地毯，地毯上面放着一个书架，皮革精装封面的原版《失乐园》旁边放着一套《孙子兵法》。史蒂芬·辛顿希望人们知道他不仅仅是世界上顶尖石油公司的CEO，而且还是一个很有学问的人。也许他就没想过要从书里面学点什么，史黛拉常常想，要是他不是一个来自赫尔的电工的儿子该多好。她并不是看不起来自赫尔的电工，实际上她很羡慕他们。史黛拉的父母是牛津大学著名的哲学教授，这让她常常觉得自己相对来说没有修养，她处理的方式就是保持沉默。

在超大办公室的映衬下史蒂芬显得非常渺小，今天他在房间里踱来踱去等她，就像一只关在笼子里的小动物。

“来啦。”他说道，伸出一只手拍了一下她的上臂。

她很讨厌工作的时候和人有身体接触，但是脸上依然保持着微笑。

“现在有一个人事上的调整，我希望你来接手。”他继续说道，“茱莉亚·斯旺森辞职了，我在想如何对新闻部门进行调整。那里需要一个够分量的人物。你有看到《每日邮报》那些废物今天早上说我们应该支付能源暴利税吗？”

史蒂芬口气轻蔑，史黛拉煞有介事地点点头，其实她根本就没看过那篇文章。

“我们需要一个人来管管这些愚蠢的廉价写手，所以我想让詹姆士·斯汤顿来管理这个部门。把媒体放在对外关系部的保护伞下是有道理的。詹姆斯非常能干，但是我很担心他的领导风格。你和他很久以前就认识了，所以我想知道你的看法？”

我的看法？史蒂芬是一个合格的倾听者吗？史黛拉不觉得。

史黛拉和詹姆士是同时进入大西洋能源当实习生的，他总是将她作为自己的竞争对手。在前几年他干得还不错，但最近，特别是当史蒂芬成为CEO并让她领导经济部进行策划和制定战略之后，史黛拉就压他一头了。尽管她并不太重视那样的竞争，但是她也不希望看到他的帝国扩张。她想这真不公平：他和茱莉亚偷情——虽然他提出结束——结果茱莉亚被迫离职，而他却得益于她的离开，这看起来不太对吧。

“这有点复杂。”史黛拉缓慢地说道。

“我知道，”他说道，“但我信赖你，史黛拉。你是公司少数几个我能依赖可以告诉我真话的人。”

“好吧，”她决定冒一下险，“毫无疑问詹姆士非常——能干。我的意思是他在搞定垄断委员会对我们汽油价格调查的时候干得很不错。我知道他应该可以操控媒体的。但是，我想这样在时间和精力的分配上他可能有点问题。他已经在管理一个巨大的部门了，所以如果再加上新闻部的话就意味着他可能顾不过来……”

“不用说了，史黛拉。”史蒂芬打断道，“你在赚钱上一向都是正确的。詹姆士是最适合这个工作的人。谢谢。”

然后他说道：“这个月的董事会上要用的可持续发展报告你写得如何了？”

史黛拉说她很快会给他看草案，然后恼怒地回到她的办公桌前。史蒂芬声称想听听她的看法，可他根本就没有听自己说的哪怕一个字。

贝拉

这一天过得异常缓慢，贝拉修改了她以前“没有上司的日子真爽”的看法。已经4：32了，她很想现在就离开，这样可以早点去接米莉，但是她不敢。

她无所事事地点开GAP服饰的网站，看见他们在卖一些海军式连帽衫，衣服上点缀了一些白色的星星，她知道米莉会喜欢的。贝拉不太确定它们是否真的值8.99英镑。也许等等它们会降价的也说不定。

“我看到有些人很忙啊。”一个讽刺的声音传来。

她转过头看见杰基·刘易斯——CEO的私人助理正向她走来，脸上带着一丝虚伪的笑容。

被抓了个现行，真讨厌。她和杰基的关系并不简单。杰基对贝拉有一种优越感，但是贝拉觉得自己受过良好的教育且头脑清楚，所以并不真的想和杰基以及另外一个助理一起吃午饭讨论最新的八卦。杰基把贝拉的冷淡看做是在发泄对自己的不满，因为贝拉常常觉得自己不仅只能干干行政工作，所以杰基喜欢指出贝拉一些不合规矩的小问题。

“你对重组有什么看法？”杰基问道。

“什么重组？”

“没有人告诉你吗？”

一丝嘲笑从她脸上掠过。

“我刚整理完史蒂芬的关于新闻部改组的全公司会议记录，我以为这里所有人都知道了。”

贝拉的邮件图标闪烁起来。她关掉GAP的网页，打开新到的邮件。

因为茱莉亚·斯旺森离开我们去谋求更好的发展，所以新闻部将会和对外关系部进行整合，由詹姆士·斯汤顿同时进行监管。其他职位保持不变。这个调整和我们今年在贸易中提供关键性附加值的战略是一致的。

太棒了，贝拉想。从邮件的内容来看，私人助理的职位肯定是取消了，只是没人想专程来告诉你而已。

“我怎么办？”

杰基耸耸肩：“别担心，事情总会得到圆满解决的。你可以回去化工部——那里的节奏比较慢，比较适合你和你的家庭责任感。需要我帮你去说说情吗？”

“不，不需要。真的。”

还差十分钟到五点。作为一个失去工作和上司的小小的抗议，以及为了不再忍受杰基的骚扰，她决定提前九分钟下班。她刚拿起外套，电话就响了起来。

“你好，贝拉，过得还好吧？”

是茱莉亚打来的，听起来声音有点不一样。多么奇怪啊，贝拉想到，一个人一旦不是你的上司的时候一切都改变了。茱莉亚几近谦卑地用很小的声音向她要了一些邮箱地址。

谈完公事后，她问了下莫丽的情况但没有得到答复，茱莉亚问道：“那么，有什么小道消息吗？谁接手了我的烫手山芋？”

贝拉想说她不知道，但是这么做又有什么意义呢？

“是詹姆士。”她说道。

电话那头沉默了许久。

“真的吗？他真的调过来接手我的工作？”茱莉亚的声音里带着一丝希望。

“嗯。我想他应该同时负责你原来的工作和他现在的，并不是调过来。”贝拉不太有把握地说道。

“你会为他工作的，对不？”茱莉亚快速地说道。

“我可不这样认为。他没有问过我，我想他会保留他现在的助理。所以我都不知道这次变动后我会怎样。”

史黛拉

史黛拉站在大楼地下室刚翻新过的放映厅里，看着面前的35位管理实习生。他们看起来非常年轻，一个个都表情严肃地拿着小本子随时准备记录。

昨晚她在床上抱着笔记本电脑为演讲做准备，但是查尔斯从一个阿富汗私人纪录片的小型放映会喝得醉醺醺的回来了，看起来很想和她做爱。史黛拉迅速地在大脑里计算起来。哪一种方式会更快一点：和他做一次，这样就可以在五分钟内结束然后继续思考她的演讲内容；或者拒绝他，然后被他骚扰十五分钟？她提起睡裙滚向了他。

之后她却没能像计划的那样在做完爱后继续思考她的演讲，查尔斯坚持要她把灯关掉，因为他很累了而且明天还要参加一个重要会议。

实际上史黛拉整天都在开会，每天都似乎过得毫无意义。但是她也很累了，不想费心去和他争论。早上的演讲她只能即兴发挥了。

史蒂芬刚刚讲完了欢迎辞。他在这方面很有点天赋——他说的毫无疑问都是一些废话，但是他演讲的方式让人乐于相信他。

“不同的人，共同的目标，这构成了大西洋能源。我们在世界各地寻找人才来分享我们的雄心壮志，凝聚成为具有竞争力的，能够开创辉煌事业的一股永久力量。我们的价值观指导着我们的工作方式——诚信、创新、尊严、团队精神、公开和可持续发展力。这就是你要加入的组织，我们为你们的加入而自豪。最后我再多说两句。欢迎你们。恭喜你们。你们加入的是世界上最有活力的石油公司。”

他讲完了，一边收拾他的演讲稿一边对着史黛拉扬了扬眉毛。

罗素站起来说道：“感谢史蒂芬先生的演讲。一如既往的鼓舞人心啊。现在让我很荣幸地向你们介绍下面一位演讲者，史黛拉·布拉德贝里。史黛拉就是作为管理实习生加入我们的，在——呃，希望我没有泄露商业秘密——1986年的时候。现在，已经是我们公司级别最高的女性管理人员，不过分地说，我认为她是我们公司最成功的女性。她不仅仅负责公司的战略规划，还是推动公司多元化的主力，她是维持我们工作和生活平衡的关键人物之一。就这样吧，你们也不想听我在这里继续唠叨了。史黛拉，交给你了。”

史黛拉站了起来。

“感谢罗素先生。不过你是否介意我并不赞同你刚才所说的大部分话？”

一些尴尬的笑声传了出来。

“唉，只有一件事我是赞同的，我的确是1986年加入公司的，但是我不想被提及这件事，因为我觉得我已经够老了。至于说我是公司最成功的女性，我是真的一点都不喜欢这个说法。我不想和其他女性比较自己，我也从来没想过要和男性作比较。我只是尽量干好我的工作。我并不是一直都能……这只是一个笼统的说法。”

“我想我应该要告诉你们说这里是一个非常棒的工作地点。但是我不打算这样说。我想我或者应该要告诉你们这家公司价值的多元化，但是这都是扯淡。”

实习生开始骚动了起来，罗素一脸苦笑。

“事实上正如罗素先生好心指出的一样”，她继续道，“我来这里干了很多很多年了——这可以证明我是真的很喜欢这里。22年前我是实习生里唯一的一名女性，而现在你们当中有12名女生，但这本身不能说明什么。我做的一切并不是为了什么多元化，而是为了雇用优秀的人才，并创造一个环境，让他们可以干自己擅长的事情。瞧，我并不想给你们上一堂课。我想说的是我希望你们能在这里茁壮成长。如果你努力工作，开动脑筋，积极寻找答案，你就会茁壮成长起来的。那么开始正题吧。换你们了。请向我提问你想知道的，什么问题都可以问，我会尽力满足你的好奇心……”

实习生保持了沉默，史黛拉环视着会场，微笑地期待着。她讨厌这种时刻。这次演讲不是很好：太唐突和尖锐了。她真的应该在昨晚好好准备一下演讲稿。

罗素打破了沉默：“呃，史黛拉，谢谢你，这真是一次别开生面的激励。嗯，简短但是很酷的演讲。让我提个肯定是大家都关心的问题吧。你是如何兼顾工作和生活的呢？”

“这有点困难。我完全不需要兼顾。”

一阵有礼貌的笑声。

“事实上，这完全得归功于他人。我很幸运地有一位支持我的丈夫，一个保姆和一个女清洁工。我想我的孩子也意识到我的工作压力很大——尤其是我回到家中对所有人大发雷霆大吼大叫的时候。大西洋能源希望你努力工作，但是我们不希望你抵押你的灵魂。”

前排一个穿着黑色套装的女孩举起了她的手。

“你可以用三个关键词来概括你的个人品牌吗？”

这个女孩看起来刚从商业学院里出来：她有将所有事情都划分为三组的强迫症。

“我不是一个太信奉个人品牌或所谓价值的人。我想我能够说的是：努力工作，尽情娱乐，寻找幸福。但是我不想侮辱你的智商，如果你拿着枪指着我的头让我说出三点，我会说：果断、创造力、做正确的事情。”

这个女孩点点头，显然满意这些陈词滥调。

然后女孩背后的一个红发男生说道：“做正确的事情？什么是正确的事情？难道你没做错过事吗？”

史黛拉看着他。他就这么翘着板凳提出了这个问题，这不太合规矩，而且有点不太礼貌。如果她这么没规矩是没问题的，她拥有翘着板凳不站起来提问的权利已经二十几年了，但他这样就有问题了。

“一共三个问题，第二个问题则属于哲学讨论范围。”她回复道，“我们是一个活跃的组织，不是一个反思的组织。我的意思是，随着时间的流逝你会更好地感受到什么是正确的事。至于我是否做错过什么事？是的，经常，但是大部分是做的时候我不知道它是错误的，当发现做错的时候已经太晚了。”

他用蓝色的眼睛盯着她，轻蔑地一笑。

— 贝拉 —

“你好，贝拉，我是罗素。今天晚些时候关于你的新职位我们需要谈谈，但现在可以帮我个忙吗？你可以来为今天早上的毕业实习生入职活动帮个忙吗——就在楼下的电影放映厅里举行。我需要你帮助实习生找到他们的管理者，然后带他们去吃午餐。”

贝拉悄悄溜到电影放映厅的后台，史黛拉·布拉德贝里正站在舞台上谈着生活与工作的平衡，还有保姆以及支持她的丈夫。这还差不多，贝拉想。当你是一名单身母亲，每天都要把孩子从一个肥胖的托儿所保姆手里接回来，如果你迟到了五分钟还得另外加钱，你怎么可能做到生活与工作的平衡。

看来史黛拉过得还算不太糟糕，贝拉想。至少她说得有模有样的。当她看到这些，她可以想象到为什么茱莉亚一直妒忌她。她是一个天才，一个引人瞩目的才女，一切都唾手可得。贝拉想知道她年纪到底有多大了。如果她22年前就在公司实习的话——那时贝拉才刚上小学——那么她现在应该是44或者45岁，尽管她看起来要年轻得多。

史黛拉谈到集团是如何鼓励每个人都做他们擅长的事情。就贝拉自身的经历来说，这是个谎言。从来没有人关心过她所擅长的是什么。她没有继续听下去，脑子里开始幻想她是形象设计师崔妮或苏珊娜，然后给史黛拉来一个改头换面。

首先她要告诉她扔掉灰色的职业套装和平底鞋。套装其实很合身，只是太中性化了。贝拉会给她穿上杀手级高跟鞋，防水台部分再加厚，这样她就会比CEO高半个头了。然后配上一件样式简洁的黑色连衣裙，可以充分展示她苗条而富有弹性的曲线。或者不是黑色的，史黛拉的皮肤太白了，不太适合黑色的衣服，红色的可能更好。她看到凯特·摩斯穿着这个上过时尚杂志，应该正合适。史黛拉戴着的普通金项链太土了。一条银的TiHang吊坠给人的印象会更突出一点。

一个实习生咄咄逼人地提出问题。贝拉看了下他标识卡上的名字——莱斯·威廉姆斯——然后看到他被分配给茱莉亚当实习生。现在得有人来接手他才行了。

会议结束了，轮到贝拉上场了，她得带这些实习生去食堂。电梯被这些人挤得满满的，贝拉发现她和莱斯撞在了一起。整个电梯都很安静。

“你是威尔士哪里的？”她打破沉默问道。

他嘟囔着说了一个镇的名字，她没听清楚。

“我在威尔士上的大学，”贝拉主动说道，“就在班戈镇。”

没有人响应这句话。所以她继续说道：“但是我第二年就离开了。”

午餐时间的交谈显得比较散漫，实习生们在早上已经互相交流过了，而且贝拉的话题不太受欢迎。其中一个女孩说道：“我觉得史黛拉·布拉德贝里真令人钦佩，她真棒。坦诚直率得难以置信。”

“我觉得她是一个高高在上的施舍者，她显然认为太阳就在她后面照耀着她的屁股。”莱斯说道。

贝拉差点笑了出来。

如果你无视他那头红发，她想，他在某种程度上还有点性感。

那天晚些时候，贝拉被叫去见罗素的副手。人力资源的头没有让助理直接来处理，而是委派他的副手来处理，苏斯·贝斯特将会向贝拉解释重组的事情。

“詹姆士·斯汤顿已经有私人助理了，但是我们正在招募一个额外的助理配合安西娅·史蒂芬斯，担任她的代表加入团队工作，为国际合作提供支持。”她说道。

听起来很贴心的样子。贝拉想。

然后苏斯郑重地告诉她这个职位将会在公司内部公开招募，这符合公司的多元化政策。而贝拉已经有了在“新闻部门”的经验，因此有一些“关键能力”，她的申请将会快速通过。

贝拉觉得她被要求去应聘一个比她现在职位还要初级的工作，所以一点都不感兴趣。

她口是心非地说道：“谢谢你。”

贝拉站在詹姆士办公室的门口，轻轻地敲了敲门框。他正在接听电话，招手让她进来。他背过身对着窗户继续接听着电话，他的秃发在背光中显得越发明显了。一些秃发的男人会把头发剪得很短，但是他留得很长，使得他的头皮越发的粉嫩。贝拉的妈妈常常告诉她从背后看一个人会更了解这个人。从背后看上去他就像一个普通身高屁股有点大穿着蓝色T恤的秃发男人。茱莉亚的眼睛难道瞎了吗？贝拉实在很好奇她怎么看上这家伙的。

“现在只有等着看阿拉伯人那边怎么处理了，”詹姆士说道，“下周我和米歇尔有一次会谈。一切都要等这之后才会有新进展。”

贝拉想她是否可以在那些为来访者准备的沙发中找一个暗红色的坐下，但是她决定继续站着。因为詹姆士比茱莉亚级别更高，所以他有两张沙发一张椅子，茱莉亚只有一张沙发而已。他还有一个玻璃柜子来展示一些照片。其中一张照片上有一个女人穿着吊带戴着太阳帽斜视着镜头灿烂地微笑，还有一张照片上有三个小孩子穿着特殊教育学校的校服，背景是黄色和绿色的大理石纹路。这一切看得贝拉想吐。最小的一个孩子看起来和米莉差不多大。

他挂上电话疑惑地看着她：“有什么事吗？”

“人力资源的说你想在3：30和我面试一下？”

詹姆士叹了口气：“如果你愿意我可以和你面试一下，但是我觉得这是在浪费我们的时间。我知道你在处理新闻办公室的行政事务上干得很好，所以交给你继续做下去是正确的决定。我不明白人力资源的一些白痴为什么在我告诉他们你就是胜任这个职位的最佳人选之后还要浪费我的时间让我来面试其他申请者。”

就这样？看起来解雇和被聘用同时发生在她身上了。

“我可以和安西娅说了吗？”

他含混地点了点头，然后坐回他的电脑前。

为什么他不想多谈谈，贝拉很好奇。也许因为詹姆士知道她知道他和茱莉亚的风流韵事而觉得尴尬。但是如果这样的话，为什么他还想要她为他工作？或者他可能只是反应迟钝。她过去也常常遇到这样的人，比如乔治·史蒂文斯以前有一个更喜欢和塑料而不是美女打交道的手下。另外一种可能性就是詹姆士·斯汤顿是一个非常好的稳健的人，只是今天比较倒霉，变得比较暴躁而已。她很怀疑，不知道什么原因。

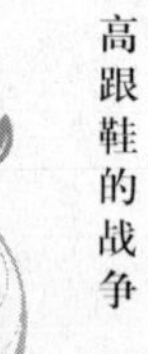

史黛拉

史黛拉正在开一个电话会议。来自全世界的十六个大西洋能源高层经理正在一起讨论俄罗斯的石油产品。至少俄罗斯的经理是在谈论这个，其余来自不同时区坐在不同座位上的十五个人几乎没有参与。“有一点小麻烦，”俄罗斯的经理宣布，“在破坏野生环境上面俄罗斯政府寸步不让。”

她的手机发出了振动，她按下电话会议的静音键，然后接听了电话。是查尔斯打来的。

“NBC想买下我的电影。他们的总裁完全相信这不仅仅是一幅英国的写照，而是触及了全球化时代这个宏大的主题。”

查尔斯从来都不先问一声好，他总是直奔主题而去。当他们还在牛津大学上学的时候就这样了，这曾经让她觉得很亲密。她喜欢他专注于工作，为他的天赋而感到惊叹。他的一部关于北爱尔兰妓女的影片夺得了英国电影电视艺术学院奖，这使得刚满26岁的查尔斯成为该奖项最年轻的获得者，她开心得好像自己得奖一样。但是这个奖杯在客厅壁炉架上放了10年后被拿到查尔斯的书房之后就消失不见了。直到前几天史黛拉才在衣柜的背后发现了它。查尔斯讨厌人们一直谈论他过去那些日子的辉煌成就，这会让他想起自己已经很久很久没有再次得过奖了。

但是现在，他突然又变得过分热情起来。这部片子他只不过是一个副制片人，并不是真正属于他的影片。这次谈话打破了她曾对他有过的一些幻想，这让她觉得很沮丧。当然，查尔斯现在的状态比起这几年来处于低潮期的她要好太多了。

“亲爱的，”她说，“这真的太棒了。但是我们可以晚上再谈这件事吗？我正在接听另外一个电话？”

“好的。”他说道，然后挂掉电话。

她关掉静音按钮继续电话会议。

“对此你有什么看法，史黛拉？”史蒂芬问道。

“呃，”史黛拉胡扯道，“我想这有点复杂……”

“没错，”史蒂芬打断道，“我觉得史黛拉说得完全正确……”

一贝拉一

“我和他根本没有什么问题。”安西娅说道。

她正坐在桌子前用勺子吃着酸奶，口红在白色的塑料勺子上留下一个闪闪发光的桃红色印记。

“显然，我已经和他共事很多年了，这让他有时间来学习我的工作方式，但是我仍然比他强那么一点点。我整理他的记事簿，安排处理他的会议行程和信件往来。”

贝拉的手机响了。是一条来自克桑的短信：

想见米莉，我今晚可以过来吗？克桑。

贝拉瞟了一眼短信然后删掉了。他想都别想，自从发生上次那种事之后就别想了。

她抬头继续看着安西娅。

“显然他有一颗行星般大小的头脑，最关键的是要知道他不能容忍愚蠢的人。我常说他是和他的工作结了婚。他疼爱他的孩子。”

除了他的妻子。贝拉想。

“你来这里将会非常有帮助，”安西娅继续道，“在清闲的时候我终于有个人可以闲聊下了，如果这里有清闲的时候的话。我有好多假期都没时间放。去年我只休假了短短的10天……”

贝拉听到几部新闻办公电话响了，所以接听了其中一部。

是《每日邮报》打来质问公司CEO的薪酬问题。当公司所有的利润都是来自驾车人的消费的时候，为什么他会得到一笔160万英镑的奖金，而没有按时缴纳640万英镑的养老金款项？确实是该问为什么，她想。

“我会让新闻发布官给你回电话的。稍等我记录一下你的电话号码。”

她一边写着电话号码一边想着克桑的短信。他没有见女儿的权利。他必须表现得像一个负责的父亲一样才能获得这个权利。

她回了一个短信：

不。不行，上次发生了那种事情。

两秒后短信就回复了。

上次不一样。你都不让我解释。她是我女儿，我爱她，也爱你。

贝拉叹了口气。现在说这些已经是没用的了。

不，无论如何今晚都是不行的。

安西娅在旁边不以为然地看着。“你很受欢迎啊。”她说道。

“只是和托儿所保姆有点事。”贝拉说道。

安西娅撅了下嘴巴。她还没有孩子，贝拉不知道她是否计划过要一个孩子。手机又响了。

你会后悔的。我的律师说这是违法的。

她关掉了手机。他休想用律师来吓唬她。她知道他是在虚张声势，他根本没有钱请律师，钱都被他吸进了鼻子里或者注射进了静脉里，不管怎么样钱肯定都被他用去吸毒了。

詹姆士从门口探了个头进来。

“我记事簿里的这次会议是什么东西？我都不知道这些人是谁。告诉他们我不能参加这次会议了。”

贝拉想说她也不知道，她才过来工作几个小时而已，她还没有接到任命，如果他能用她的名字来称呼她，或者表现得更和蔼一点就真的太好了。

“没问题。”她面带笑容地回答说。

史黛拉

罗素匆匆忙忙地带着两个年轻的实习生走进史黛拉的办公室，他们将会跟随她4个月。一个是高高瘦瘦的女生，就是那个对史黛拉的个人品牌价值表现出强烈兴趣的那个。

罗素介绍说：“这位是贝阿特·施莱格尔。”

贝阿特沉着地和史黛拉握了握手。

“贝阿特拥有哈佛大学经济学硕士学位，她能够立即迅速开展重要工作。然后这位是，”罗素继续道，“莱斯·威廉姆斯。”

他就是昨天那个让人气愤的红头发小子。莱斯表现出很熟的样子朝史黛拉点头示意。他的眼睛很明亮，浅红亚麻色的睫毛显得很长，和他的头发一个颜色，让你不得不多仔细看上几眼，心跳漏上几拍。在他眉毛和耳朵之间有一个两便士大小的草莓状胎记。他穿着一件海蓝色细条纹的西装，脚上套着懒人便鞋。

“那么先失陪一下，”罗素说道，“楼下还有人在等着我。”

他递给史黛拉2份简历，转头对实习生说：“好了，没问题了。”然后匆匆离去。

史黛拉翻了一下简历。贝阿特不仅拥有经济学硕士学位，还拥有欧洲工商管理学院的工商管理硕士学位，而且可以流利地讲5国语言。她只有24岁。莱斯，她看到，牛津大学耶稣学院英语专业优等学位，然后没有更多的学位了，27岁，毕业后在威尔士一家房地产公司干了5年。

史黛拉问贝阿特是在哪里长大的，她回答说她出生在德国的一个外交官家庭，童年生活在柏林、伦敦、纽约，还有伊斯兰堡。莱斯并没有听这一长串的城市名称，而是在史黛拉的办公室里闲逛了起来。他拿起她和纳尔逊·曼德拉合照的相片，凑近仔细看了看然后放下，没有说什么。史黛拉清了清嗓子来提醒莱斯，但是他毫无反应。

娜塔莉从门口探头进来。

“我接到高盛公司打来的电话。他们想知道你和查尔斯是否会在10月10日去考文特花园。”

“我没问题，但是打电话给查尔斯看他是否可以。”

她感觉到莱斯在看着她，这让她浑身不自在，从昨天在员工放映厅就开始有这种不舒服的感觉了。

“还有，娜塔莉，可以复印两份我写的报告的草稿吗？包括所有的统计数据附录。”她吩咐完，又转过来对贝阿特和莱斯继续说道：“我会把你们两个丢到困难中好好锻炼下，现在你们要帮我核对下周要用到的董事会报告。我希望你们认真地检查这个报告。不同的视角可以发现不同的东西。娜塔莉，可以确定一下他们坐哪里还有他们的办公用品在哪里领吗？”

她看着贝阿特和莱斯跟着娜塔莉出去了，两人之间保持了大概6英尺的距离。他们都不喜欢对方，这是很明显的。

贝拉

贝拉闷闷不乐地坐在她的新办公桌前。昨晚她去托儿所接米莉的时候发现克桑比她先来过了。托儿所的保姆告诉她自己没有让克桑进去，并且警告了他如果不离开就打电话叫警察了。最后他不得不放弃离开了。保姆说克桑看起来“有一点焦躁不安”，这意味着他又嗑药了。当贝拉牵着米莉步行回家的时候，她女儿问她：“今天爸爸到托儿所门口来了，琼不准他进来，爸爸隔着大门大骂她死肥猪婊子。”

米莉用明显开心的表情叙述着这件事。她没有问，她从来也没问过，为什么她不能见她父亲，或者为什么他要做出这样的行为。她跳过了这个部分。尽管她对于那天发生的事感到烦恼，她却没有表示出一点迹象。贝拉有时很担心米莉在压抑自己的情感，这远远超过了一个七岁小孩应该拥有的自控能力。虽然贝拉一直欣赏她的小女儿，但对她的坚韧精神和乐观态度依旧感到惊讶。

电话响了起来，贝拉接听。

“这里是詹姆士·斯汤顿的办公室。”她说道。

“你好，安西娅。”对方说道。

“我不是安西娅，我是贝拉·钱伯斯，”贝拉隐隐有点不爽地说道。她的北伦敦口音居然被误认为是安西娅的河口腔。

“噢，”对方说道，“我是希拉里·斯汤顿，詹姆士的妻子。他在吗？”

“不在。”贝拉回答。她又觉得这样说不太好，于是补充道：“很抱歉现在他不在办公室。”

“那么他去哪里了？”

她用一种哀怨的语调抱怨着，好像她丈夫没老老实实待在桌子前面等待她的电话是贝拉的错一样。

“我不知道……我想他应该在开会吧。需要我通知他回来以后打给你吗？”

“不，谢谢。我发短信给他。”

贝拉一直觉得她在听音识人上很有天赋，但是这次她不太确定。冷酷，优雅，但是不是很友好，加一点腼腆？

她挂上电话。

“是詹姆士妻子打来的，”她对安西娅说道，“她这人怎么样。”

安西娅撅起嘴，眼珠转了转。

“希拉里应该很……有趣，尤其是刚开始的时候。”

“詹姆士办公室里的照片上她看起来真的很漂亮。”贝拉说道。

“那是好几年前拍的了。”安西娅说道。

史黛拉

史黛拉觉得现在的工作让她疲惫不堪。但在今天，她的办公室却成了她逃离喧闹家庭的避难所。早上克莱米很晚才起床，而且还毫无道理地为她的头发大发雷霆。她还拒绝吃早餐，当史黛拉做了一杯芒果思慕雪给她的时候，她用冷漠而鄙视的目光注视着她的妈妈。当她妈妈问她诗歌竞赛情况的时候，克莱米说她是一个只知道假装关心她的自私的婊子。

芬恩无动于衷地坐在那里，吃着他的第四份麦片。过了一会儿他告诉大家他把他的游泳配件遗忘在公车上了，直到要用到了才发现这件事。他看上去一点也没有特别为这件事心烦的样子。

史黛拉信奉给自己孩子放权的做法。让他们自己作决定，他们迟早会懂事的。不幸的是，芬恩看上去完全没有想从中学点什么的意思，史黛拉常常担心她管得太松了，或许应该对他实施更严密一点的监控。

一旦到了办公室，史黛拉通常会设法暂时停止去想那些关于她孩子的烦恼。但是现在，感谢罗素，她又成了2个成年人的监护人，2个变成跟她家里的孩子一样的麻烦——不同在于他们还没有咒骂她而已。

贝阿特反复计算了报告上的每一个数字，然后在前一天的上午10点发送了一份详细的邮件指出了2个报告中的错误。她踌躇满志，期待得到表

扬，以及得到更多在工作中表现的机会。

莱斯仍然躲在她的办公室外面，完全没有一点要做事的样子。

“你有没有仔细核对过数字？”史黛拉问道。

“当然。”他回答道，“但是在我看来那些数据并不是真正的问题。”

“我没有让你对报告的适用性进行评论，”史黛拉尖利地指出，“我只是叫你检查数字是否正确。”

他不高兴地耸耸肩。他和我儿子唯一的不同，她想，就是芬恩长得很可爱而这个家伙一点也不可爱。

这天之后她给罗素发去了一封邮件：

罗素：

莱斯·威廉姆斯不是一个有责任感的人，他处理工作的方式非常的不成熟。我没有时间来教导他，如果你能给他换地方我将感激不尽。为什么我们要雇用他？

她得到的答复如下：

你好，史黛拉：

恕我直言，他才刚和你一起工作很短的时间，我希望你可以成为他的良师益友。你可能会有兴趣知道他的心理测试得分是所有实习生里得分最高的。

祝一切顺利。

罗素

那天下午的晚些时候，史黛拉关着门正在办公桌上忙碌着，这并不符合人力资源部关于开门办公的政策，但是她发现如果她不这样的话就完全没办法正常工作。她被玻璃门外的一声巨响打断了，抬头看见莱斯正站在门外。他大摇大摆地走了进来一屁股坐在她的皮椅上。他叉着腿坐着，手指在桌子上敲敲打打。她看到他的指甲都掐入肉里了。

“谢谢你来见我，”史黛拉说道，“一般来说要等到你正式工作几个星期后我们才会进行这个面谈，但是我觉得有必要现在就谈谈。”

莱斯点点头。

“我们需要就四个你需要在圣诞节前达到的目标达成一致，”史黛拉继续道，“但是对你来说，我不知道这样做是否还有意义。”

“为什么没有？”

他看上去很吃惊。

“因为，”她说道，“你根本没有去努力尝试。我说过你有才能，我相信你有，但是说真的我没有看到太多的迹象——”

她的手机响了，是查尔斯。

“嘿，打来得可不是时候。是的，在我的通讯录里。晚上见。再见。”

“不好意思。”她说道。

他微微皱了下眉头。

“我忘记我说到哪里了……我在说什么来着呢？啊，对，这是一家精英型企业。每一个人都是很有才能的，否则他们也无法通过选拔。但是那些成功的人们都是通过努力奋斗才取得了今天的成就。”

“还要加上良好的人际关系这一条。”

他给了她一个粗鲁的笑容。他洁白的牙齿很健康，但是前排的一颗牙齿有个缺口，为他增加了一点俏皮的样子。

“如果你愿意知道，”史黛拉冷冰冰地说，“当我在你这个年纪的时候我是拼了老命在努力工作，当我孩子出生后还是婴儿的时候我仍然在拼命工作。当然，我觉得我没必要向你证明我自己。”

这并没有说服他，他沉默了一会。然后他说道：“你指责我没有去努力尝试，但是你没有给我一件像样的事去做。你只是叫我去检查一些数字，我做了。我不是统计员，但是我觉得它们看上去没有问题，或者说至少它们看上去和它们假定的一样没问题。人们感觉它们是合理的可以忍受的，其实显然它们不是的。你看今天的《太阳报》了吗？”

“没有，实际上，我不看《太阳报》。它上面的内容对我的工作没什么帮助，而且我不清楚这和我们的谈话有什么关系。”

他没有理会她语气里的不爽，他翻开带来的文件夹找出一叠复印的纸，翻到第三页。一个裸着上身的模特，露着硕大的绿色胸部。华丽的青春女神，上面写着。

“天。”史黛拉说道。

她身体后仰拉开了和他的距离，严肃的表情透露了她内心的恐惧。

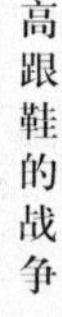

“我给你一个建议，”她说道，声音都变调了，“就是填完这张表格，写上目标，然后交给罗素让他给你换个地方。我会很乐意向他解释为什么你在这里不适合的原因。”

她站了起来，莱斯明白这是让他离开的信号。

在董事会报告之前，史黛拉去了一趟洗手间。她弯下腰坐在旁边的椅子上，开始回忆演讲内容的前几行。昨天晚上一切看上去都还是很完美的，但是现在她觉得一切变得既愚昧又危险。

从旁边的隔间传来打电话的声音。

“你不能见她。我会去法院申请另外一个禁令的……不好意思，你没资格这么说我。我不想听你解释。滚吧。”

一阵马桶冲水的声音。门打开出来的是茱莉亚的旧助理，她尴尬地看着史黛拉然后露出了一个灿烂的笑容。

史黛拉假装成没有偷听到的样子，向她打了声招呼，然后两个人默默地并排站在一起洗手。

史黛拉看着这个年轻女人的黑色修身裤和紧身毛衣，觉得她看上去并不比克莱米大多少。她真的非常漂亮，像一个有玫瑰色脸颊和黑色卷发的小玩具娃娃。尽管她脸上流露出痛苦的表情，但是她却拥有简·奥斯汀所描写的青春。

史黛拉，相比之下，青春不再。头顶上强烈的灯光使她的发根都显露无疑，她想她看起来一定非常疲惫和苍白无力。通常她其实并不在乎这个，但是今天却需要一个看得过去的妆容。她涂了一些蓝色眼影，在嘴唇上抹上了透明唇膏。希望她的母亲好好给她女儿讲讲在意志与决定论问题外的一些如何化妆的建议。

下午4点，董事会成员都已经昏昏欲睡。房间里很闷热，关于预算的讨论又臭又长沉闷无比。当史黛拉走进会议室的时候董事会主席站起来对她微微一笑。

“我想你们都认识史黛拉·布拉德贝里。”他说道。

史黛拉扫视了一下18位董事会成员。6位执行董事，12位非执行董事，加上在座的詹姆士。非执行董事里面除了朱迪斯·巴布科克夫人都是男性，她去年和史黛拉一起获得了“妇女成就奖”。

“下午好。”她说道。

她感到喉咙被什么卡住了，而且头昏眼花，就像灵魂出窍一样。她的声音又细又尖。

“我想先展示一些一般不会进入这间会议室的东西。这只是一个猜测，但是我相信你们中的大多数肯定不是《太阳报》第3页的支持者。”

一阵惊讶的偷笑声。

“果然不出我的预料。实际上我烦透了。”

又一阵偷笑。史蒂芬看上去很惊恐，因为他在史黛拉决定重写报告之前浏览过一遍。史黛拉点了一下笔记本的鼠标，一张巨大的裸体女人照被投射到了墙上，还有一对巨大的苹果绿色的乳房。

董事长约翰·恩格尔菲尔德爵士吃了一惊，然后狂笑起来。我到底在做什么，史黛拉想。这真是个非常非常可怕的错误。

“这里有一个经济增长点，”她硬撑着说，“你无法估计这上面的价值。这份报纸有七百万的读者。青春对他们来说就是利润。他们根本不关心经济。这就是他们容易被欺骗的一些原因。如果我们不全心全意地抓住这一部分市场，我们的客户和我们所有的投资人都会对我们不满的。”

所有人都在认真听着，现在是时候进入报告的主题了，这是史黛拉昨晚在洗澡间排练好的，今天早上又排练了一次。随着讲演的进行，她停止了紧张，开始进入状态。接下来的20分钟她优雅地描述了经济的可持续发展性，着重讲了关于用海藻来制造燃料的问题，她指出这个项目不仅是在现在150美元一桶的石油价格上有经济上的可行性，而且只要石油价格不低于40美元，这都是可行的。这是一个非常令人激动的机会，这可以转变公司的命运，仅仅需要短短的5年时间。

“这很吸引人，史黛拉，谢谢你的演讲。让我们休息一会儿，5分钟后继续。”

史黛拉站起来准备离开，董事们纷纷向她点头示意表示祝贺。她在走向电梯回办公室的途中打开了她的手机，看见她女儿发来的一条短信。

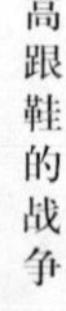

我赢了！！！我被“国家诗歌朗诵奖”提名了！！爱你们，克 吻你

还有一条是查尔斯发来的。

你的通讯录在哪里？？

她打给他告诉他通讯录在哪里。

“我刚刚参加完董事局会议。”

“噢，进行得如何？”

“凯旋而归。”

“很好。”他心不在焉地附和道。

史黛拉希望她的丈夫对她更热情一点，但是随着时间的流逝，她的期望值也降低了，她已经很少因为他对她的工作漠不关心而不开心了。

“回头见。”她说道。

“我们明天要在斯温西附近的市建住房群开始拍摄，所以我今晚就得动身……”

“你都没告诉我，”她说道，“你什么时候回来？”

贝拉

贝拉正想办法修改詹姆士的行程安排。昨天她为他订了一张去美国的机票，但是现在她不得不重新安排一切。他没有说任何具体原因，只是告诉她因为家庭紧急事务的关系。詹姆士从董事会会议回来了，直接穿过贝拉的办公桌走进他的办公室，看都没看贝拉一眼。

“可以帮我接通史黛拉的电话吗？”

贝拉很讨厌这样，他为什么不能自己去拨打电话？但是她还是默默的拨打了电话号码。史黛拉接听了，贝拉把电话转接给了詹姆士。詹姆士深沉而严肃的声音透过敞开的门传入贝拉的耳中。

“介意我彻底对你坦白吗？”

这怎么反对，贝拉想。彻底的委婉吗？

“你刚才把我丢进了一个不可能解决的僵局里面。”他继续道，“如果，以后，你打算讨论媒体任何措施的影响，希望你能提前知会我一声，这

是最好不过的了……我可以完全重复你的话……是的，但是媒体关系是我的责任……坦率地讲我觉得绿色胸部和你要讲诉的复杂问题没有什么重大关系。”

他使劲砸上电话然后走出办公室。

“我想你还没有来得及重订机票吧。”他说道。

“不。”她说，“ 我搞定了。都安排好了。如果你从斯坦斯特德起飞，那么你还是可以照常参加所有的会议，然后在星期四晚上返回。”

“噢，很好。谢谢。”他说。

这是贝拉和他工作以来第一次他正面看着她，还给了她一个笑容。他的牙齿很漂亮，她注意到。

在下楼的电梯里贝拉遇到了莱斯。他看上去很忧郁，她想，如果去掉骄傲自大的作风，他看上去真的很有魅力。他的红色头发随意散着。顽皮的孩童长相吸引着她。还有他那特别的淡蓝色眼睛。

“嗨。在经济部干得如何？”

他耸耸肩，露出一个讥讽的笑容。

“我可能在这里干不了多久了。史黛拉·布拉德贝里看起来并不欣赏我的能力。”

然后贝拉说道：“嗯，她根本不是现代潮流人，我的上司跟她一样。他刚才还在电话里和她争吵了一顿——一些关于绿色胸部的什么事情。”

贝拉知道她不应该说这些。她跟过的那些不同的上司对她都一个相同的评价，就是她嘴巴很严。如果她当时选择说出来的话，茱莉亚就惨了。但是今天她感觉糟透了，她被这个小子吸引住了，以至于没发现她为什么不能参与到一些相同的抱怨里面。

“什么？”

他苍白的眼睛睁得大大的。

“绿色胸部？”

贝拉觉得这太戏剧化了。对一个男生谈到胸部，她想，而且是一个拥有牛津大学头等优异成绩学历的人，你就会引起他们的充分关注。他对她有幻想，很明显。

“一起喝一杯如何？”他问道。

“什么时候？”

“比如，现在？”

“现在不行。”她抱歉地说道，“我得回家。”

她不想提起米莉，至少在这个阶段。

“那明天如何？”

史黛拉

史黛拉早上8点和二个来自能源综合研究所的经济专家在14楼共进了早餐，他们想让大西洋能源赞助他们的一个研究计划。她很喜欢担任这个角色，也非常认真地聆听着并问了几个关键问题，但是她的心思并不在这里。

史黛拉的黑莓手机闪烁着红灯。她偷偷地滚动轨迹球瞟了一下新短信。是莱斯·威廉姆斯发来的。

我收集的绿色乳房看来很有用啊。

无论是因为“乳房”这个词还是因为被发现盗用了他的想法，这条短信都让她感到脸红。他是怎么知道董事会会议里面发生的事情的呢，她很好奇。他不可能和史蒂芬或者詹姆士谈过。她现在该怎么办？把他当做懒散的白痴开除，却大肆宣扬他的想法而不给他任何褒奖最后被人发现？这个想法看上去不太可行。很烂，事实上。

史黛拉试图让她的脸保持平静，就像她正在和经济学家们平静地交流一样。红灯又闪烁了起来。娜塔莉。

嗨。史蒂芬森夫人，就是奥斯卡的母亲，希望和你通话，是关于芬恩的事情。非紧急。

娜

为什么她非要在这个时候和我通话？工作时间聊孩子的家庭作业实在是太糟糕了。最近一次史黛拉试图在一个关于加拿大经济的课题上为芬恩提供一些帮助，结果她因为芬恩凌乱的书写和错误的饼状图勃然大怒，她不得不亲自重新调整了表格，芬恩却趁机偷偷跑了，最后史黛拉一个人做完了剩下的所有事情，当老师质疑她的贸易数据统计而没有赞扬她时，她有点生气。

史黛拉把注意力重新拉回到和经济学家的交谈中来，问了一个相关数据收集困难程度的问题。

贝拉

今天，贝拉对自己说如果她骑自行车去上班，将拥有更积极向上的心态。骑车节省了1.5英镑的公交车钱，这个小细节让她感到很开心。甚至霍洛威路和阿佩尔街上川流不息的各种重型卡车和公交车交织在一起也带给她一种奇妙的快感：当她抵达办公室的时候，她感受到了胜利的喜悦。

贝拉并不是每天都骑车，因为有时她会遵循她母亲的忠告：米莉需要她活着。这是真的，不过她母亲毫不客气的说法触及了一个事实：第一，米莉是单亲孩子；第二，如果贝拉被一台水泥搅拌机碾平除了米莉外没有人会更多地在意她。贝拉很清楚这两个事实，然而今天早上她骑车上班的时候并没有太在意这一点。昨天在电梯里碰到莱斯这事对她来说是一针兴奋剂。她打电话给她的闺蜜说她以前说她放弃去寻找一个合适的人，仅仅只是想要避开那些不合适的倒霉蛋。她有6条标准，就像下面这样：

· 不吸毒

· 不酗酒

· 没有抑郁症

· 没有躁郁症

· 有一份工作

· 非大西洋能源员工

莱斯似乎满足所有的标准，除了最后一条。抓住他，她的姐妹建议她。虽然闺蜜的语气显得不太坚定，但贝拉知道这只是因为闺蜜希望重新成为聊天的主角，而不是纠缠于贝拉的感情问题。

她刚坐下电话就响了起来。是安西娅打来的。

“喂。你刚到吗？我几分钟前打过来没有人接。”

贝拉看了下钟，九点过三分。

“啊？我已经来了有一阵了。”她撒谎了。

“麻烦帮我转告詹姆士，昨天我的头痛已经转变成偏头痛了，所以现在躺在床上感觉很不舒服。”

贝拉也曾经得过一次偏头痛，痛了整整一天，完全没有办法用这样轻松的声音打电话请假，而是在昏暗的房间里恶心到呕吐。

“噢，天呐。”她说道，“你真可怜。”

詹姆士办公室的门打开了，他正弓着身子盯着电脑。听到贝拉的声音他抬起头来。

“安西娅打电话来说她偏头痛。”她说道。

“啊哈。听起来她状态很不好。”

他盯着她的眼睛，就像他们两个是在分享一个笑话一样。他的眼睛对着她闪闪发光，贝拉觉得自己脸都红了。

“谢谢你昨天帮我重新安排了机票。”他说道。

“小事一桩。”

“然后，请你帮我打电话给《泰晤士报》的记者，明天和他们约好的午餐从1点改到12点30。”

“他可能不会喜欢这个改动。”贝拉说道，“我以前和这个记者打过交道，他的脾气比大多数人都大。”

詹姆士突然重重地拍了一下桌子。

“我他妈才不管他是谁，也不关心他喜欢不喜欢。我的时间比他的宝贵多。”

詹姆士究竟是个什么样的人。贝拉一边抓起电话拨打号码一边好奇地想着。前一刻他还沉浸在自己的世界里，下一刻他就视她为同谋地露出会心一笑，然后又突然歇斯底里地大喊大叫。贝拉希望他以后不要经常这个样子。她讨厌歇斯底里的吼叫。

正当贝拉在思考这个的时候，他走出了他的办公室站在她的办公桌边。

“对不起。我不应该这么大声说话。我不是对你发脾气。这事有点……令人生气……当时那种时候。我只是想把今天的午餐时间提前一点，因为我答应要带我妻子去医院。”

他看上去很尴尬的样子。

“别担心。”贝拉说道。

真有趣，她想，当一个人被惹得生气的时候立马得到了一个漂亮的道歉，你会非常喜欢对方，甚至比对完全没有惹你生气的人更喜欢。她在考虑她要不要说她希望他妻子没有大碍，但是又想了想，算了，最好还是不要。詹姆士依然在她的桌子边转悠，看上去心绪不宁的样子，所以她开口问道：

“有没有什么事需要我做的？”

然后他说起了下周的新闻发布行程。他希望她准备一份要参加的记者的简报。贝拉喜欢做这一类的事情，这样不但能让她有机会动动脑子还可以让她满足一下八卦之心。

她为找到的每一份简历做了摘要，并且附上这些记者最新发表的一些提到过大西洋能源的文章。在一些简报上她写上了自己的见解注释：哪些人是别有用心的，哪些人是麻烦制造者，哪些是可靠的，诸如此类。关于《泰晤士报》的记者她是这样标注的：非常古怪。茱莉亚有一次和他商讨他关于我们最终年报的新闻报道……

不过她决定还是不要提到茱莉亚。詹姆士从未提起过她的名字——不过，现在她回想了一下，他根本就没有提过任何一个人的名字。所以可能他根本就说不出名字来，也可能是他谈话的方式导致他没有机会或者不需要说出名字。

贝拉打开了邮箱，看到莱斯发来一封信，标题写着：今天一起吃个午饭？

她点开内文，但是里面是空的。这并没有打击到她那十足的热情。虽然没有内文，但她还是回信到：好的。1点在大厅见？

她把她做的简报打印出来送去给詹姆士，但是他已经出去吃午餐去了。

史黛拉

到底应该怎么处理莱斯的事呢？史黛拉很想知道。回封电邮应该是最好的方式，她想到，就像他电邮给她一样，所以她应该用同样的方式回应。她发了一封这样的邮件：

莱斯：昨天董事会后我就想联系你，非常感谢你对报告提供了有用意见。它给了我灵感。

史黛拉

写得有点僵硬，不过她就是要写成这样。几分钟后他回复到：

意思是说我可以留在你的部门了？

史黛拉叹了口气，希望这些烦人的事情赶快消失。

她的电话响了起来。

“史黛拉·布拉德贝里。”她用她那轻快而专业的声音说道。

“嗨，史黛拉，我是南希·史蒂芬森。”

南希是一个爱出风头的美国人，也是芬恩一个男同学的母亲，芬恩和她儿子关系一般般。

“希望你不会介意我在你工作的时候打扰你。我知道你肯定非常忙。我不知道你是怎么做到的。我看到你发表在星期日《泰晤士报》上关于商业界高层妇女的文章，印象非常深刻。”

“谢谢。”史黛拉谦虚着，“其实整篇都是废话，毫无意义。”

“唉，但是她们都深信不疑。瞧，我都快忘记为什么我给你打电话。我不清楚你的助理是否还记得我昨天就给你打过电话？是关于芬恩的事情。就是星期一我在辅导孩子为今天的法语考试复习的时候，他跑来和我儿子一起——”

什么法语考试，史黛拉想。

“然后我注意到芬恩的眼睛离书本太近了，所以我想也许这可以解释为什么他的读写太……”

太什么？史黛拉想。和你儿子比太烂吗？

“当然我只是猜想。我希望你不要介意我的打扰，但是我只是想如果有人注意到奥斯卡出了点问题，好吧，我会真的很感谢他们立即和我联系的。我想我说这些的意思就是我觉得你是否应该考虑带他去检查一下视力?”

史黛拉松了一口气。

“感谢你。你真的太好了，还麻烦你给我打电话。但是你不需要担心，我带他们去做过检查，一切正常。但是还是非常感谢你打电话告诉我这些。然后如果近期能让奥斯卡来我们家玩就非常好了，最棒的是他们看起来相处得这么好。”

她挂掉了电话。

“白痴，真讨厌，多管闲事的婊子。”她说道。

门外的娜塔莉抬头看了一眼，露出一副了然的笑容。

詹姆士出现在了史黛拉的门口。

“嗨，你今天有空一起吃个便餐吗？我已经取消掉我的午餐安排了。”

为什么男人们总是要这样显示他们那排满的日程呢。史黛拉很好奇。为什么他就不能让她觉得他也许没有什么便餐的预定？她午餐的日程安排就是空着的，事实上是她尽量保持让它空着，虽然这是一件很难的事。今天她正考虑去健身房，这是三周来的第一次。尽管在考虑穿什么衣服上花掉了一个半小时而错过了教练让这次健身变得毫无吸引力，但她并没有完全失望，她做了一些其他的锻炼。

“好吧，但是我们可以定在1: 30吗？因为我得先去给我的一个不听话的实习生一点教训……”

史黛拉对詹姆士非常好奇。他还真是一匹黑马。她很好奇茱莉亚到底和他发生了什么事情，她决定在午餐的时候从他那里探点消息。

12: 50的时候莱斯敲响了她办公室的门。她示意他进来，她故意瞟了一眼手表来表示他迟到了5分钟并且暗示他应该道个歉。但他无视了，漫不经心大大咧咧地坐了下去。于是史黛拉决定开门见山。

“就像我邮件里说的一样，我很感谢你不经意间提供给我的灵感让我作为报告的开场白。但是，我——瞧，我可以跟你说句实话吗？有很多希望来这里实习。每年我们招的25名当中有10名都坚持不到年底。这是非常艰苦的战役，你需要遵守规则。给我发无礼的邮件不是遵守规则的表现。”

“对啊，”他说道，“我知道。抱歉，是我过分了。”

突然之间他看上去垮掉了，就像一个小男孩。十分钟之前她打赌他绝不会道歉的。但是现在他说了抱歉，看上去也是真挚的。

“那么进行得怎么样？”他问道。

“什么进行得怎么样？”

“你的董事会报告。”

“进行得很顺利，”她说道，“董事会批准了所有的预算，所以我们又有了额外的1亿美元资金可以投入从海藻中提炼燃料的研究项目。

“他们喜欢那个绿色的乳房吗？“

“我不确定他们是否喜欢，但是他们很欣赏我提出的观点。”

“很好，”他说道，“我觉得你这样做很了不起。”

他是准备奉承我吗，史黛拉感到很疑惑。

“当然，我简直就为此自豪。当时有几秒钟我都觉得这事就要被我搞砸了。朱迪斯·巴布科克夫人那瘦削的脸比平时板得更厉害。”

“朱迪斯夫人？我不知道她也参加董事会了。她就是个笑话。”

这完全不在史黛拉的计划中。本来应该是臭骂他一顿的，而不是让他们两个有机会来一起诋毁董事会成员。

“听着，”史黛拉毅然转变话题，“我们忽略了真正的问题。真正的问题是这样的，我的部门里只有一个位置留给实习生，但是现在有两个，然后在我看来其中一个完成了交给她的所有任务，另一个却粗心大意，骄傲自满，他唯一的贡献就是绿色封面二个奶。让我问你个问题，如果你在我这个位置上，你会怎么选择？”

“假如懒惰的杂种承诺停止这样嚣张会如何，在下一个核算期开始之时？”

史黛拉听到“在下一个核算期开始之时”的时候面部抽搐了一下，他说话的方式真独特。他的威尔士口音很重，他的用词一部分是书面英语，一部分是低俗的口语，然后外面包裹着一些业内行话。

"好吧，"她说，"我现在暂时保留我的判断，我会再给你一次机会。"

"感谢你，"他一边看着手表一边站起来说道，"我午餐有个约会，所以我得走了。"

史黛拉叹了口气，看来他还是没变。应该是她来结束这场对话，而不是他。

贝拉

"我们去哪儿？你应该比我清楚这附近有什么好去处。"莱斯说道。

贝拉踌躇了一下。他会帮她付钱吗，她很怀疑。以她的经验来说通常男人问你该去哪意味着他不打算请客。

"去百特文治（有名的三明治连锁店，译者注）吃三明治如何？"

他完全无视这提议。

"那里怎么样？"

他向前指着用玻璃和金属建成的餐馆，就在大西洋能源大楼的对面，招牌上写着"肉食专属"，看上去就知道价钱不便宜，但是贝拉决定不要表现出大惊小怪的样子。

他们推门进去，看见詹姆士和史黛拉就坐在他们前面的一张桌子上。她急忙靠在对面的桌子边上，他对此微微一笑。

"天，"贝拉说道，"那是你的上司和我的上司。我们需要避开吗？"

"不，这地方看起来很酷。还有现在她实际上是我的前上司，我想的话。"

服务生带着他们从詹姆士和史黛拉的座位右边经过，这样在走到座位之前不得不和他们打招呼了，座位离史黛拉他们不远也不近，刚好在他们听得到的范围之外。

难以置信，贝拉想。我们坐在一个我消费不起的地方，就坐在我上司的鼻子底下，而且这个小子，就是我告诉我闺蜜肯定爱慕着我的这个家伙根本没有散发出一丁点对我感兴趣的气息。她看着菜单。

"我不是很饿，"她说道，"我想我只需要来一碗汤。"

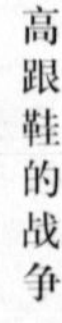

汤是菜单上最便宜的一道菜了，标价是8.9英镑。

他看起来有一点惊讶但是没有说什么，然后点了一份全熟的牛排和一份薯片。

“你喜欢这里的工作吗？”她问道。

“你呢，你喜欢这里的工作吗？”

他反问了这个问题，看起来更像是不善言辞而不是在调情。

“嗯，”她说道，“我在大西洋能源工作4年了，时间过得很快，就像是才过去4分钟一样。要怎么说呢？还行吧，跟支付抵押贷款一样，各取所需。”

他点点头，好像很满意这个答案。他没有问她作为私人助理都要干些什么工作。在某种程度上来说，她也希望这样，因为她不想提及米莉，或者克桑。但是她也不喜欢对她生活表现得漠不关心的男人。这不是一个好信号。

莱斯的视线越过了贝拉的肩膀，他看着詹姆士和史黛拉。

“她是一个冷酷的婊子，对不？”他说道。

贝拉不喜欢那个难听的字眼。

“不，我觉得她不是。就我个人而言我并不了解她，但是很多人看上去都挺喜欢她的。史黛拉好像住在缙庭山的高尚住宅里，茱莉亚——她是我的旧上司——告诉我的。史黛拉的丈夫是一个相当有名的纪录片制片人，他们举办过一个盛大的聚会，首相和他夫人作为嘉宾最后一个出场。”

“他是个什么样的人？”

“我还不是很确定。我和他共事时间不是很长。毫无疑问他很聪明，但是让人想不通的是为什么他这种不太擅长交流的人被放到了公共关系部，当然我觉得他肯定能胜任这个职位。”

“我不是问你的上司。我的意思是她的丈夫是怎样一个人。”

“史黛拉的丈夫？我不知道。我从未见过他。我不需要了解他啊，我没必要去问他们两个当事人，对吧？”

贝拉小口地喝着汤，继续着谈话。

“你还没有回答我的问题呢，”她说道，“到目前为止你喜欢这里吗？”

"有一点小失望。"他说道，"当你被告之成为大西洋能源的管理培训生是一个很好的机会，然后你来报道了，结果却丢给你一堆烂事去做，每个人，每个人都在批评你。你被要求感恩，仅仅是因为你可以在这里工作。基本上来说，签了一些东西之后你就得一天干上12个小时。大多数实习生都是彻底的蠢蛋。"

贝拉说她认为那些人很搞笑。

"是的，你与众不同。你大概会得到一个信托基金。"

"一个什么？"

她不知道是应该高兴他把她视作同类，还是应该愤怒他对她那敷衍的语调。

"你知道有多少石油公司的行政助理都是信托基金的宠儿吗？"

他笑了一下，她觉得怒气又消了一点。

"是，好吧，我只是想着。你那中产阶级的腔调让你看起来一点也不像一个典型的助理。"

她差点就脱口而出：你看起来也一点不像一个典型的管理培训生啊，而且还带着浓重的威尔士腔以及奇怪的鞋子品味。好像他知道她在想什么一样，他说道：

"我和自己有一个约定。我要在这家公司里实现我的理想。那些实习生有他们的路，他们总是可以得到他们想要的，都是现成的。我没有，我得自己去争取。"

我也有过一些争取，贝拉想，但是她没有说出来。不是因为她怕他发现她要独力抚养一个女儿还有一个纠缠不休的吸毒前男友就不喜欢她了，而是因为很明显他并没有真正喜欢上她。她其实也没有非常喜欢上他。

账单送过来了，她起身去拿她的钱包。

"不用了，"他说道，"我来付。抱歉，我不是一个好的谈话对手。我度过了一个古怪的早上。下次我们再一起吃饭吧。"

也许他还不是太糟糕。有一点自怜自艾，但问题还不算大。

"好的，下次。"她说道。

史黛拉

“那么，准备去哪里？”

“我时间很紧，”詹姆士说道，“就去吃烤牛肉吧。”

史黛拉不是很喜欢烤牛肉，但是至少它很近。她和莱斯的谈话让她情绪高昂，一种说不出来的原因。

“肉食专属”这家店最大的问题，从史黛拉的观点看来，就是菜单上的大多数菜看起来都是一大块肉。

“我想我只需要来碗汤。”她看完菜单后说道。

“就这样？”

“查尔斯不在家，我想给自己的胃在肉食上放一个彻底的假期，实际上我的胃想给所有的食物都放个假。”

这听起来很愚蠢，但是她就不用烦心去解释她丈夫对肉食的痴迷搞得她对肉食厌烦不已。在孩子们还小的时候，只要是周末他就在家里包下所有的烹饪。但是自从她工作越来越忙，而他工作越来越闲之后，他平时也开始负责一日三餐了。

有时候她觉得吃饭就像是一种惩罚。无论何时她告诉他她吃过应酬合作伙伴的大餐一点也不饿，她晚上回到家的时候还是发现一些猪肉加梅干，法式忌廉焗薯饼还有蔬菜什锦，有时候有焦糖布丁。

我们需要像一家人一样吃顿饭。这是查尔斯一直坚持的。

詹姆士倒了一杯苏打水，然后举起玻璃杯对着她。

“祝贺你。你昨天的董事会报告很……特别。”

他对史黛拉的称赞中带着一丝讽刺的意味。

“我只是想澄清一下昨晚在电话里面造成的误解。”

“噢，不用担心，”她说道，“没关系。”

“不，有关系。”他说道，并举起手来示意让他先说完。

“坦率地说，我并不是有意要抨击你。我那天过得非常艰难。当然这不是借口，但是……”

今天真是个特殊的日子，史黛拉想，不止一个男人在一个小时内向她道歉了。

越过詹姆士的肩膀她看到门打开了，莱斯悠闲地走了进来，后面跟着茱莉亚的旧助理。他们来这里干吗。她很疑惑，还有他们为什么要一起吃午餐。助理和管理培训生一般不会有什么来往。也许他看上她了，不过这样也不奇怪。贝拉看起来是很可爱，黑色头发卷起来打成一个结，一些散落的卷发垂在她的脸庞上。

这两人从旁边经过他们的桌子。

“又见面了。”史黛拉说道。

她主要是对莱斯说这句话，但是他没有和她对视。贝拉微笑着打了声招呼。詹姆士则沉默不语。

当莱斯和贝拉坐到服务员安排的座位上后，史黛拉说道：“那个就是我跟你提过的实习生，非常古怪的一个小子。我不认为他能在这里待上超过6个月。另外一个是茱莉亚的私人助理。”

她说茱莉亚名字的时候紧紧地盯着詹姆士的反应。她觉得她看到了些什么，但是他说出的话却跟茱莉亚毫无关系。

“她现在是我的私人助理了。我开始让她处理茱莉亚的工作。她是个很聪明的女孩，我可以感觉到她能在职场上走很远。”

“而且长得也很漂亮。”史黛拉加了一句。

詹姆士没有搭理这句话，史黛拉接着问：“那么新闻部现在运行得如何，和对外关系部一样好吗？”

“你知道，”詹姆士说道，“我真的想改变一下对待媒体的方式。我想我们太过于注重媒体的反应了。我们试图根据我们认为会是受欢迎的方式修剪给媒体的通稿。我正在尝试着劝说史蒂芬采取一种建立信任机制的方法。现在我们的信任值是零。媒体觉得我们是恶魔，正贪婪地掠夺地球资源，所以叫我们走着瞧。如果我们让他们了解到真正的我们，他们对我们的看法也不会比现在更糟糕了。”

史黛拉看着他的双手，指甲很干净，手腕上的黑色体毛从袖口钻了出来。她看着他的结婚金戒。他是如何设法勾引茱莉亚的呢，她很疑惑。也许，她看着他击打着玻璃水杯边侧的手猜想道，他的床上功夫强得可怕。人们总是说相貌平平的男人应该会更加努力一点。

“勇气可嘉，”史黛拉说道，“不过我想你也许是对的。诚实通常是最好的对策。”

然后她说道：“茱莉亚有一些东西是无可挑剔的，比如她那杰出的工作能力，那些处事的原则底线。”

史黛拉期待看到他接过这个话题去诋毁他曾经的情人，但是他拒绝了，史黛拉很失望同时也很感动。

“茱莉亚干得很棒，但是是时候改变一下了。”

“是。”史黛拉附和道，但她想再试一次，“我挺想念她的，尽管她疯疯癫癫又轻率得可怕。我永远不会和她分享秘密，因为她甚至不能保守自己的秘密。”

史黛拉用锐利的目光盯着詹姆士。

“我不知道她告诉过你什么。”他叹息着说，“但是无论怎么样我都没有要想去为自己开脱。我表现得非常非常糟糕。这只是，我生活中的一个小插曲，我心中充满了羞愧。”

他脸色都变了。镇定和控制力已经消失了，他看起来憔悴不已。

“我很抱歉。”史黛拉说道，忽然觉得很内疚，“我不是想要去刺探什么。这根本就和我无关。”

“你当然没有。”詹姆士同意道，“但是我可以求你一件事吗？无论你知道些什么，希望你能保守秘密。我不怕流言蜚语会伤害我，我担心的是希拉里，她最近身体很不好。”

你之前怎么没想到她。史黛拉暗自撇嘴，但是看到他恐吓般的表达方式，她说道：“我几个星期前就知道了，从没有跟其他人提起过，现在也不准备向他们提及这件事。”

“谢谢你。”他说道。

詹姆士叫服务员买单，他付的钱，并且很仔细地把收据折好放进钱包里。

贝拉

贝拉过了一个毫无目的的周末。哪里都没去，什么事情也没干。最精彩的事情发生在米莉做乘法表的时候，她女儿在这方面貌似很有天资。当她的同学仍在算2乘2时，米莉可以告诉你7乘8等于56。相对于贝拉在数学上的无可救药，这简直是一个奇迹，这是米莉和她不同的标志。

周六晚上米莉去同学家过夜，贝拉跑去卡姆登的一家冰酒吧参加和表哥大学朋友的一次相亲会面。他说他是一名成功的“画家”，贝拉联想到了画家达米安·赫斯特，最后才弄明白他原来只是一个粉刷房子的“油漆工”（英文中画家和油漆工是同一个单词，译者注），而且现在貌似也没有在做了。他告诉贝拉他身无分文，让贝拉请他喝一杯。在这晚的最后他企图抱住她接吻，她非常厌恶和沮丧地推开了他。

贝拉很开心周一又来到了。她穿上了红色的裙子和一双高跟靴，然后一边仔细地吹头发一边在心里想着莱斯。她来到办公室的时候还差10分钟到9点，看到安西娅坐在座位上了，手里拿着一瓶止痛片，故意展示的意味很重。

“我仍觉很不舒服。我老公说我今天来上班是疯了，或许他是对的。但是我不是一个愿意在家里无所事事的人。我是一个需要一直忙碌的人，而且我很担心这里的事情。如果我超过一天不来处理这些事，它们就会失控，然后我就要花很长的时间让一切恢复正常。”

“上周比较清闲，”贝拉说道，“只有一点事情需要处理。我只做了一张那些詹姆士要带去参加油田参观的记者的简报给他。”

安西娅撅了撅嘴。

“嗯。实际上我不想要你走上错误的道路，但是你一旦和我一样做了那么久的私人助理之后，你就会知道这份工作最基本的原则不是让他们感谢你，那只是附加在蛋糕上的樱桃。你不那么做也照样过日子……”

看来说到食物让安西娅觉得很饿，她伸手进她桌子里的抽屉掏出一袋饼干。

“为什么你不拿些饼干给他？他很喜欢的。”

贝拉不愿意因为几块饼干就去打扰她上司，但是她也不想惹安西娅生气，所以她站起来把头伸进他的门口。

“你想要杯茶还有安西娅的一块饼干吗？”

詹姆士抬起头来，皱着眉头，但是看到贝拉站在那里，又露出了笑容。

“谢谢。我已经喝了三杯咖啡了，然后天知道在部门主管会议上吃了多少饼干。”他低头看了看肚子，轻轻地拍了拍。贝拉也瞟了一眼，那肚子圆得像个皮球顶在他那昂贵的蓝色棉衬衫下。

“上次你在这里说过的，贝拉，”他说，“你关于那名时报新闻记者的说法是正确的。看他写的是些什么。我上周四用了整整一个午餐的时间向他解释我们的战略，但是他却写了一堆屁话，说什么我们用暴利奖赏我们自己，什么压榨开车的人。真是令人讨厌，无聊的胡言乱语！我正在写一封邮件给他的主编……过来看看我写的……”

贝拉绕过他的桌子，站在他的背后，这样她就可以越过他的肩膀阅读了，她闻到了一阵令人舒适的香皂味道。

“我很失望像你们这样的报纸一点都不尊重事实的真相。”她念了出来。

“你在这个部门干得比我久，你觉得写得如何？”

贝拉简直不敢相信他竟然征求她的意见，但是看上去他是真的在等她回答，所以她说道：“我也不是太清楚，但是看起来这个记者太自大而且非常敏感。所以如果你抱怨并且指出他们的做法非常愚蠢，他们下一次会更变本加厉的。我觉得不用管他们是否真的胡说八道，最好的办法就是不理会他们。”

他把椅子从桌子边移开转过来用评价的眼光看着她讲话。贝拉开始再次脸红了。她放下饼干退回她的接待室，刚好安西娅走了进来，无意中听到的最后两句话，看起来让她很不爽。

“你来这里的时间也不短了。”她不赞许地说道。

史黛拉

那天早上史黛拉在一个行业峰会上演讲，前英国财政大臣尼格尔·劳森也在，他刚写了一本揭穿气候变化的书。

关于演讲的邀请去年5月她就收到了，当时她是想拒绝的，因为这任务太艰巨了。但是史黛拉鄙视自己的这个弱点，她迫使自己去达成要求，无论要求有多么苛刻。所以当她开始安排自己的日程时，她更倾向于接受在遥远未来发生的困难或者讨厌的事情。她总是假设如果日子还很遥远的话，那天在某种程度上而言也许是不太可能到达的。

但是几个月过去了，它们越来越近了，它们其实从未离开过。史黛拉花了周末大部分时间来不断地撰写和修改演讲稿，并且前一天晚上她在厨房里大声读给查尔斯听，查尔斯表示写得很棒，但是他打哈欠的举动表达出了他内心的评价。

在前一天史黛拉让莱斯准备一些PPT。他们在一些图片的颜色上发生了一些争执。莱斯想用黄色，史黛拉说黄色不太显眼。他反对这个说法，他觉得黄色很好，并且拒绝修改它们。她告诉他细节的重要性，他则把美国《独立宣言》的复印件钉在他格子间的隔板上，以此来回复她。

“看看这个，”当她走过的时候他说道，“这是由两名印刷工做出来的，但是这并没有阻止它成为历史上最重要的文件。”

“这不是重点吧。”史黛拉说道。

“但是碰巧的是，”他说，“我没有把图片改为绿色。还有我又读了一次你的演讲稿，非常棒。”

史黛拉觉得太过直白的恭维令她感到尴尬。还有关于莱斯赞美人的方式，几乎显得有点不情愿似的，并且就像马后炮一样。但这还是让她很高兴。史黛拉发觉自己正在说如果他愿意的话，可以来听她发表演讲。

他说好，他非常愿意。

贝拉

贝拉坐在她的办公桌前拆詹姆士的信。

基本上都是些垃圾，完全不可能有什么有趣的东西还会通过邮局的方式寄送。手中银质裁纸刀划过纸张时发出那令贝拉感到满足的声音，她又拿起一封奶油色马尼拉纸的信封拆开。

里面有四张钉在一起的纸。最上面的纸上写着罗汉普顿修道士医院（英国著名的私人医院），附上费用清单。

病人姓名：希拉里·斯汤顿女士。

账单很长，每一项都单独地列了出来，并且在每一页的底下都有一个费用合计。在最后一页的总计上标着14120英镑。贝拉看着这个数字吃了一惊，然后翻回到封面，上面标着“私人保密”。

“安西娅，”她问道，“刚才我好像拆了一封不该拆的信？”

“交给我吧。他信任我去搞定他的私人事务。当希拉里情况变得不‘太好’的时候——”她伸出第二根和第三根手指弯了弯表示引号，并用舌头弹了两下响舌：“都是我来搞定的。甚至还帮他挑选过一次保姆。”

詹姆士本人的到来打断了这次谈话。

“贝拉，”他说道，“可以来一下吗？”

她跟着詹姆士走进他的办公室，他关上了她背后的门。

“感谢你早上的建议。”他说道，“我没有发送那封电邮。你救了我，我差点被人觉得是个蠢蛋。”

贝拉再次觉得自己脸红了，她轻轻地拨弄头发挡在脸颊两边，希望詹姆士不要发现这件事。

“还有一件事。”他说道。

“什么？”

詹姆士犹豫了一下，看上去有点困惑，就像他刚要说什么却突然改变了主意。

“你可以检查一下今天我们的培训预算还剩多少吗？还有可以研究一下适合整个部门的团队建设课程吗？史黛拉正在整合她的团队，像准备演出莎士比亚的话剧一样。”

他转了转眼睛。

“整合，还是不要整合，这是一个问题。”他说道。

贝拉笑了出来，尽管这并不是特别好笑。他也大笑了起来，不管是出于他自己的笑话还是出于突然放松的心情。他的笑声低沉而富有磁性，贝拉暗暗评价。她喜欢这样的声音。

团队建设课程的选择多得让人眼花缭乱，大多数的课程让贝拉真心觉得非常愚蠢。她否掉了所有的户外课程，詹姆士看上去并不像一个喜欢爬冰冷泥土的人。她否掉了马戏团技巧和非洲鼓，正当她要放弃的时候她注意到一个“你可以学习到酒店餐馆烹饪方法”的课程。“一个团队一起准备食物，打破之间的壁垒，像钢铁一样地整合在一起。”它的网站上这样写着。

贝拉，作为一个经常收看戈登·拉姆齐（英国著名的厨神，译者注）在美食节目的厨房里大声咆哮的人——尽管她并不喜欢大声咆哮——但是她仍然很喜欢听他的声音。

“詹姆士喜欢烹饪美食吗？”她问安西娅。

“真是一个有趣的问题。他肯定很喜欢吃美食，但是我很怀疑他是否需要做任何关于烹饪的事情，斯汤顿夫人烹饪技术非常的棒，至少传闻很棒。”

贝拉还没来得及向安西娅问更多的问题，她的手机就响了起来。是哈撒韦小学的秘书打来的，说是米莉在操场跌倒撞到了头部。

贝拉隐隐的从背景声中听到米莉的声音在说：“我妈妈会过来接我吗？”

“她听起来伤得不太重。”贝拉说道。

“这是学校的规定。”秘书坚持自己的意见，“如果他们撞到了头部，他们必须被接回家。我会让她待在办公室里直到你来。”

贝拉打电话给她妈妈，但是她妈妈说打来的真不是时候。贝拉解释说米莉摔倒了，问她是否可以去接下米莉。

“我正在为新上司做一件很重要的事情，我希望把它做完。”

“嗯，这是一个好现象。”她妈妈的声音依旧毫无热情。

以前每当贝拉抱怨这个工作有多无聊的时候，她妈妈总是说她有这份工作就不错了，但是听闻她女儿现在开始热爱工作了也没有让她更高兴。

“你根本什么都不清楚！”贝拉说道，“算了。我自己去接她。”

贝拉拿起外套赶去乘地铁，给詹姆士发了一条短信。

非常抱歉，但是我得提前下班，因为我女儿撞到了头。我找到了一

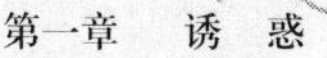

个不错的基于烹饪的课程。要，还是不要……当一个大厨。

贝拉从加里东道的地铁站钻上来，她的手机响了。贝拉注视着发件人姓名上的詹姆士几个字，觉得自己真是非常开心地看到它们出现在这里。她打开内文，上面写道：

我相信你女儿会很快好起来的。

她看着这条短信，觉得自己有点愚蠢。这是一条标准的社交用语短信，以至于让她的短信看上去太随意了。

来到学校的时候，米莉正在坐着读杰奎琳·威尔逊的书，里面讲了一个女孩被她继父毒打的事。她高高兴兴地站起来跳过学校的矮门来迎接她的妈妈。

"我可以吃一个冰激凌吗？"她问道。

史黛拉

莱斯先钻进出租车坐到可折叠的座位上。史黛拉坐在他的对角处的座位，尽可能地在这狭小的出租车空间里离他远一点。她注意到他的身材，紧绷的裤子下面显露出健壮的大腿，而且还能闻到他刮胡水的味道。闻起来有股霉味但是并不难闻，她想起了芬恩喷洒在身上的Lynx牌男士香体露，她早上和他坐在一起吃早饭，差点熏得她连咖啡都喝不下去。

出租车沿着滨江大道缓慢地行驶着，史黛拉不断看着她的手表。她讨厌迟到，担忧迟到的焦虑和公开演讲的双重压力使得她的汗水把她的新丝绸衬衫都打湿了。

她俯身向前打开隔离窗的小口对司机说道："我很赶时间。可以快点下到斯特兰德大街去吗？"

他那笨重的肩膀耸了一下："都很堵，不过你说了算。"

他们又默默地行驶了一阵，史黛拉仔细检查一遍演讲稿并且想记住开头的几个段落。

"你吓得要尿裤子了吗？"莱斯突然问道。

很粗俗的用词，而且完全直白地说了出来，结果出乎意料地让史黛拉感觉好了一点。

“在公开演讲前，就像你如此优雅的用词一样，我常常被吓得要尿裤子，可怜的是我已经这样干了20年了。不过当我实际上去做并且进行得还不错的时候，我依然会爱上它们。”

他听着并且点点头。

“我是一个彻底爱炫的人，”他说，“但是我也讨厌公开演讲。我听到自己的声音，听起来像个弱智，就像达菲德在《小小小英国》节目上表演的一样。”

史黛拉没看过《小小小英国》，所以完全不知道他在讲些什么，但是她还是笑了出来。出租车转进了公园路，在希尔顿酒店外面靠边停下。一个带着主办者徽章的年轻女人已经在那里等她了。

“我迟到了没？”史黛拉问道。

“没有。”她说道，“你很准时。”

坐在返回办公室的出租车里，史黛拉非常沮丧。

她错误地判断了她的听众，他们是“杂家”而不是经济学家。前排有一个肥猪男整场都打着哈欠在那里瞎搞他的黑莓手机，她觉得她在对牛弹琴，牛还很厌倦。

“你干得超棒。”莱斯对她说道。

“我没有做到。”史黛拉说道，“我弄糟了，但是至少这事结束了。”

“你没弄糟，”他说，“你是一个很棒的演讲者。”

史黛拉讨厌把事情搞砸，她觉得他是在安慰她。

“谢谢你，”她说，“我没有你说的那么好，但是谢谢你这么说我。”

她打开了她的公文包拿出《能源市场的演变》演讲稿的校对稿，就是她昨天准备修改的那份。不甘示弱，莱斯也在他的包里翻找起来，掏出一块特趣巧克力。

“我饿死了。”他说着掰了一块丢到嘴里，然后将剩下的掰了一半递给史黛拉。

“谢谢。”她说道，然后接过了巧克力。

当她把巧克力拿在手里的时候她完全不能理解是什么让她接过这

块巧克力的。她讨厌特趣巧克力，已经有很多年没有吃过这类便宜巧克力了。她小小地咬了一口，眉头都皱了起来。焦糖黏在了她的牙齿上，让她的牙齿粘在一起发出一些不好听的声音。

“你从劳森的演讲上学习到什么东西没？”她问。

莱斯耸耸肩说道：“他开始胡扯关于沙特阿拉伯石油储量是如何如何无限的时候还是有一点意思的。结果后来他被你的气场压住了，你面无表情地掏出那些数据彻底难倒了他。”

史黛拉哈哈大笑了起来。

“你就扯吧，”她说，“他们那种人是绝不会被难倒的。他们相信自己像神一样正确。”

“那么，”莱斯说道，“你介意我问你一点事吗？”

“我不知道我是否会介意，除非你先告诉我是什么事。”

“明天是我的女朋友的生日，我得给她买点东西。我在挑选礼物上是个白痴，你有什么好建议吗？”

史黛拉觉得她很在意这个问题，或者更准确地说是“女朋友”这个词让她有一点小小的震惊。她很惊讶自己的反应。他是一个年轻的而且很有魅力的男人，理所当然有女朋友。难道他不该有吗，这还有什么好震惊的？

“我没有什么好的建议给你，”史黛拉说道，“这取决于她喜欢什么。”

“嗯，她什么都喜欢。衣服、音乐……她在电影学院上学。她想当一名导演。”

“真的吗？”史黛拉说道，“真是巧，我丈夫就是纪录片导演。”

“是的，”他说道，“我知道。我告诉她你嫁给了他，她听说过他在1960年拍摄的关于妓女的著名纪录片。”

“是1980年！”她对于莱斯竟然暗示她嫁给了一个老男人而感到怒不可遏。

她不希望继续和他讨论查尔斯了，所以她说道：“那么你对于买礼物有什么打算吗？”

“去年我给她买了一个交通红绿灯。我从市政厅买来的，然后包装好了送给她。我们还开玩笑说不管我们的关系是分还是合，就像不管灯是红还是绿。但是我不认为她真的喜欢它。我想她肯定是把它扔掉了，我再也没有在她公寓里看到过了。”

史黛拉笑着说她倒觉得交通红绿灯听起来很不错的样子，但是她深深地认为一个男人这样想方设法地去为女朋友找一件基于私人玩笑带着暗喻的礼物，肯定是深深的坠入爱河了。今年，她注意到，他把选礼物放在了最后一刻，直到现在什么都还没有买。

出租车停在他们办公室的外面。史黛拉付了钱，拿上收据，然后他们两个穿过玻璃旋转门——旋转门旋转得很慢这样可以防止室内的热量流失——然后来到大理石接待大厅。他们来到13楼走出电梯的时候詹姆士正等在电梯外面准备下楼去。

“你去哪儿了？”他问道，“你没有看见我发的电邮吗？”

史黛拉发现她已经有2个小时没有看她的黑莓手机了。

“发生了什么事？”

“俄罗斯。”他只回答了三个字。

贝拉

詹姆士从他的办公室冒了出来，越过贝拉对安西娅说道：“部门里面有没有谁会说俄语？我需要有人帮我翻译一下俄罗斯通讯社的新闻。”

“我来吧。”贝拉说道。

安西娅凝视着她，詹姆士也露出惊讶不已的目光。

“我在大学里学过。”贝拉解释说。

“你从来没有说过你有俄语学位？”

这说明他有多仔细地看过她的档案。她的多语言能力是帮助她获取这份工作的原因之一，尽管在过去的四年里没有人让她用过这些能力。

“来吧。”他说道。

就这样她又来到他的办公室里，在他的屏幕上是来自俄罗斯《商业日报》社的一则新闻。贝拉在他的桌子前坐了下来开始慢慢地翻译。

“它说在周一……联盟……大概是这个意思……自然资源局？”

詹姆士点点头，贝拉继续翻译：“要求立即停止大西洋能源两条输油管道的建设，因为两名操作人员失误造成的事故违反了俄罗斯环境法。这样翻译说得通吗？”

“很通顺，”他说，“然后呢？”

“它说在一次电视访谈上，来自俄罗斯天然气工业股份公司的维克托·戈卢别夫说大西洋能源的CEO表现得就像纳粹的宣传部长戈培尔在大肆进行政治宣传一样。”

“撒谎不打草稿，操。”詹姆士说道，“继续，贝拉，你很棒。”

詹姆士走到椅子后面，那是她该待的位置，弯下腰来靠近她，她继续道：“该油田有一亿五千万吨的石油储量和五千亿立方米的天然气储量，还有——”

“谢谢，”他打断了她，“现在就这样，我得走了，否则新闻发布会我会迟到的。”

贝拉感觉糟透了。她本来是想一直帮他翻译下去，做一些他做不到的事情，然后得到他的赞扬。她正站起来准备离开，他又说道：“我把剩余的这些打印出来，你可以跟我一起来在出租车里翻译给我听吗？你不会介意吧。”

出租车里詹姆士正在给史蒂芬打电话。

“你有看到俄罗斯天然气工业股份公司在莫斯科召开的新闻发布会说的什么吗？……新负责人指责你表现得像纳粹宣传部长戈培尔——”

詹姆士将手机稍稍地离自己耳朵远了一点来避开话筒里传来的一顿臭骂。

“我知道，”他说道，“我知道……是的……相当不可宽恕。但是我们必定会因此事而受到挑战。需要我把此事淡化下来吗？”

当詹姆士在打电话的时候，贝拉正在想象如果她把头靠在他穿着灰色羊毛外套的肩膀上会是什么样的，感觉肯定是非常棒的。他长得不帅，这点可以肯定。但是他有的是稳重，她完全找不出这不吸引人的理由。

詹姆士坐在新闻发布会的演讲台上，贝拉则在三十名记者后面的角落找了一个位置坐下。她看着他冷静地告诉他们，俄罗斯人用虚假的生态理由吊销了许可证。他解释说主要的问题是建造新平台发出的噪音干扰了鲸鱼的听力。

然后其中一个新闻记者说道：“公司对于俄罗斯人声称史蒂芬·辛顿就像戈培尔有什么回应吗？”

詹姆士严肃地点了点头说道：“这种无关痛痒的声称我们认为它不值得去回复。很明显，这不是一个能用中学生吵架的态度来解决的问题。这是关系着能不能取回我们的许可证继续开工，能不能以此证明我们的环保指数是首屈一指的，然后才能继续在公平的基础上讨论我们的股份出售的问题。”

当他们坐着出租车返回的时候，贝拉想告诉他如果有任何人要指责她是一个纳粹，她想要他能站在她这边保护她，但是又觉得这样有点太放肆了，所以一个字也没说。

他从口袋里掏出他的黑莓手机，检视了一遍短信并逐一回复过去。出租车缓慢地前进着。由于他一直沉默不语，贝拉不得不主动说道：“你清楚你交代给我找的那个课程是怎样的吗？我知道下面要说的可能听起来有一点无关紧要，但是我真的从中发现了一些蛮有趣的事情，而且蛮有用处的。比演出莎士比亚剧，或者其他什么的要有用处得多。它是让人去酒店的厨房里进行烹饪。”

“烹饪？”

他低头透过老花眼镜对着贝拉皱起了眉头，因为害怕他不喜欢，贝拉开始语无伦次了。

“其实就是在一间厨房里，让小组在有压力的条件下进行协同工作。我是说，我知道它听起来在某种程度上来说是有点幼稚，我也不认为如何切韭菜或者其他什么会有什么帮助，但是在最后每个人都吃着他们烹饪的食物然后不断抱怨。这样或许能促进他们之间的关系——”

詹姆士哈哈大笑起来。

“我连鸡蛋都不会煮。”他说道，“很丢脸，但是事实如此。我过去是可以做到的，但是因为我妻子几年前我就完全忘记了这个技能。”

看来安西娅的观点是对的，她的心情莫名其妙地低沉了下去。为什么当他谈到他妻子的时候她会介意？她知道他有老婆，她打算给他弄什么吃呢，烘豆子？

出租车缓慢沿着诺森伯兰郡大道来到特拉法加广场，贝拉透过窗户看到外面有一对夫妻热情地紧抱在一起。

詹姆士似乎也看到这一切，但是什么都没有说。绿灯亮了，出租车继续向前挪动。

“你在俄国待了很久吗？”他问道。

贝拉解释说在大学二年级的时候她去俄国的，但是她在到那里不久就发现她怀孕了于是不得不回来，之后米莉就出生了，她没有能完成她这个学位。

“你丈夫是一位语言学家吗？”

贝拉想笑。他就是这样看待她的？一个女人放弃完成学位，找了一份小小的助理工作来打发时间，而她的语言学家丈夫用他的语言学专长获得巨大的成功。

然后，她想起了克桑和他所知道的俄罗斯。这就意味着伏特加狂饮，就在她从沃罗涅什打电话告诉他她怀孕后他跑过来看她的时候。那天晚上最终以他躺在学生宿舍的亚麻油地毡上生病而结束，她大哭着让他滚出她的生活。

“不，”她说道，“他不是语言学家。我也没结婚。”

然后，为了防止被问及更多的关于克桑的问题，她说：“我是一个单身母亲。”

“我明白了。”他一边说着一边把他的黑莓拿了出来。

剩下的路程在沉默中度过了。

史黛拉

史黛拉要去莫斯科。这有点出乎意料，因为那个项目并没有涉及到她，而且已经有十二名来自大西洋能源的人要去了——三名工程师，六名地质学家，首席法律顾问，以及詹姆士和史蒂芬。此外还有来自伦敦政经学院的一名海洋生物学教授，三名环境顾问，四名政府人员，三名企业律师顾问以及两名翻译。

史蒂芬坚持要史黛拉跟他一起乘飞机去，这样他就可以在飞机上和她讨论一些事情。接下来几天他将要和俄罗斯天然气工业股份公司的头会面，除此之外还要和环保局的代表会面，之后史黛拉和詹姆士会和他一起返回。其他人则会飞往西伯利亚去看看平台然后评估一下环境损坏的证据。

史黛拉挨着CEO坐在宽大的头等舱里，其他成员则沿着通道走向远处的商务舱。这个安排适合任何一个人。史黛拉并不想和她的老板坐在一起度过这整整6个小时，因为这样她就不能睡觉也不能读小说了。而且其他成员看到这一幕会觉得这是一个偏袒的信号，会感觉他们受了委屈。

“真想不到在这儿见到你。”首席工程师边说边狠狠地瞥了她一眼。史蒂芬当他不存在似的不加理睬。

史黛拉冷冷地看着首席工程师。她过去常常会得到工程师这样的讥讽，他们已经很久没有惹她了。史蒂芬从他的公文包里抽出一堆文件开始草草翻阅起来。他检视了一下詹姆士为他准备的环境资料总汇，然后深深地躺进靠背里，这样他就可以把身体转到面对史黛拉。史黛拉看到他那瘦小的屁股以及黄金皮带扣，打了一个战栗。

“史黛拉，”他说道，“我有一个建议给你。我真的很兴奋，我希望你也如此。”

史黛拉不安地微笑着，知道他声明的兴奋并不一定是一个喜讯。

“我打算在高层里面做一些调整，”他继续道，“我们的生意变得越来越复杂，越来越全球化和有战略性。我们到底在什么业务方面胜过其他对手？我们有最好的工程师、地质学家，甚至经济学家。”

他对着她微笑，最近一次访问美国时所订制的一套白衬衣露了出来。

“太过奖了。”史黛拉说道。

“我们需要的是那种在业务上有想象力的领导人，他的任务就是打破陈规，确保我们可以连接起来在各个层面上进行思考。就像CEO，这是我的角色，但是我也不可能单枪匹马地搞定我的工作。所以我的提议是设立一个新的职位，而且我希望你来担任。你的新职务是首席顾问，然后你将领导我的私人办公室。你将代理我处理所有的战略问题，随时支援和提醒我。”

他神采奕奕又紧张地看着她，看得史黛拉浑身不自在。她觉得，就像以前在她生命中的当她获得提升或者挑战的所有场景一样，突发的一阵恐慌。

那晚史黛拉到达她酒店房间的时候已经精疲力尽了。晚宴像是无休无止没有尽头，她坐在一对肥头大耳的俄罗斯石油大亨之间，其中一个完全无视她的存在，只和另一边漂亮的年轻女模特打得火热。那年轻女模特看上去并不介意被他那香肠般的手指抚摸胸部。

詹姆士显得对安排坐在他旁边的俄罗斯模特不感兴趣，每次史黛拉抬头看他的时候，他都低头在膝盖上摆弄着他的黑莓手机。史蒂芬，也有一个模特陪着，那个六英尺高只有19岁的金发美女正在桌子底下抚摸他的大腿。尽管他竭力装作若无其事的样子，但是明显很开心。

当史黛拉单独待在自己那间华丽得让人难以置信的房间里时，她躺在床上的丝绸垫子上打开笔记本电脑处理电子邮件。有一封来自克莱米很长也很有趣的信件，讲述关于她学校的一天，末尾附上签名“深爱你的亲亲”。史黛拉出生在一个没人会指望被其他成员告知爱他们的家庭里，这样的事不会被认为是理所当然的。即使她知道她女儿是从垃圾一样的电视节目上学来情绪失控的坏习惯的，但是她仍然被末尾的暖心签名逗乐和开心。她也想过，并不止一次地觉得比起面对面交谈来说，短信和邮件能让她和十几岁的女儿更容易地进行沟通。

她继续看下面的邮件列表，有两封是莱斯发送的。史黛拉点开第一封。

嗨，

希望克格勃还没抓住你。小心甜蜜陷阱，还有俄罗斯“鸭子”。这边风平浪静。你不在的时候非常无聊。我想告诉你的是我今天花了巨量的时间来为你的报告核对我们的内部资金成本，所以我一直都是在很守规矩地工作。

唯一一件需要报告的是我发现贝阿特的鼻子一直在吸啊吸的。我觉得她肯定有吸可卡因的嗜好。

祝一切都好。

莱斯

然后，另外一封是大约十分钟之后发送的。

你好，史黛拉，

我担心之前的那封信看上去有一点不太正式。对不起。

莱（莱斯的昵称，译者注）

史黛拉又看了一遍，笑了起来。的确不是很正式，但很有趣。但是，她现在不打算回复这封信。她刷了牙后躺在巨大的床上，身上拉过绒的棉织睡衣在牡蛎缎的被单里滑得厉害，很不舒服。她在床上辗转反侧无法入睡，水果布丁和伏特加在她的胃里混合在一起很不舒服。飞机上的谈话也让她心烦，她还很担心芬恩明天早上参加的滑雪旅行需要家长签字许可。所以她打开窗边的灯坐了起来。

只有在10点以后家里才会有人在，所以她打电话过去，查尔斯接了。

“在俄罗斯过得如何？”他问。

“还行，但是我很担心芬恩的家长签字许可。我想它应该在厨房里。你可以在明天之前签好它吗？”

“没问题，”他说道，“你什么时候回来？”

“也许明天晚饭的时候。我得到一个新职位。”

“噢？我在陪芬恩看足球赛。”

“告诉他该睡觉了。帮我亲一下他。”

她放下电话，又滑入到被窝里，关上灯，但是她发现她比刚才更清醒了。

或许她应该给莱斯写一封简短的回信，哪怕只是让他安心。因此她又爬了起来靠在靠垫上，再次打开笔记本电脑，但是始终无法登陆进大西洋能源的企业邮箱系统里。这难不倒她，她打开了她的hotmail邮箱，输入道：

亲爱的莱斯，

谢谢你的警告。你太多疑了年轻人，不过刚才我和俄罗斯人一起吃了顿很特别的晚餐。他们给史蒂芬和詹姆士准备了两个非常漂亮的女人陪着，尽管他们两个都在竭尽全力表示自己对此不感兴趣。我只是和一个俄罗斯天然气公司的彪形大汉聊了两句，还有我吃了很多的鱼子酱，感觉快要吐了。

你可能也喜欢这个八卦，在晚餐之前我们在史蒂芬的房间里开了一个情况通报会，我们待在一起在白板上写字来交流生怕房间里被放了窃听器。我猜想房间里应该还有摄像头吧，但是那样的话俄罗斯人就会发现十二个犹豫不决的英国佬完全没有一个像样的计划。在来的路上我坐在史蒂芬的旁边，他打算让我离开经济部直接到他手下工作。请严格保密，这一切都还未确定。

还有，我不觉得贝阿特有吸毒的嗜好。

史黛拉

她匆匆读了一遍她刚写的然后发送了出去，为刚才她神情投入地写这封信而感到不安。她甚至告诉莱斯关于这次出差的事情多过告诉查尔斯的，但是查尔斯根本就没问过，或者，他如果提及过，也不是真的想要知道答案。她能听到门外传来的俄罗斯汽笛诡异的呜呜声。她已经有36个小时没有睡觉了，但是依然很清醒，只是脑子里觉得很干涸。她切换着电视频道，看着戈登·布朗（英国首相）在CNN上解释他最终为什么不打算去呼吁选举。

她的黑莓手机闪着红灯提醒她，是来自查尔斯的短信。

我找不到表格了，你刚才说它放在哪里？吻你 查

还有一个是莱斯发的。

你好，史黛拉，

非常高兴收到你的邮件。我还担心这个不正式的行为会让你直接发给罗素来对一个不令人满意的实习生做进一步的投诉呢。

好吧，真是简陋的生活啊……鱼子酱……妓女……我十分的同情你。新工作听上去非常棒……我现在止坐在科芬园的一个酒吧里等女朋友。

最后我买了一个新的ipod给她当生日礼物，她说她很喜欢那玩意儿。

你那边现在是几点？

莱

史黛拉在床上端坐了起来开始沉思。莱斯的骄傲自满曾经一度惹火

了她，现在却又让她感觉开心。她低头对着小小的屏幕笑着又读了一遍短信。

然后她回复道。

我回来以后再跟你聊工作的事。祝你喝得愉快。这边已经很晚，我得睡了。

立刻回复就来了：

晚安。

贝拉

贝拉正在整理詹姆士收件箱里的电邮。只隔了一天就有了将近200封新邮件，其中大多数都是转发给他的毫无意义的邮件。不过她很快注意到了一封罗素发来的标记着红色感叹号的紧急邮件，标题是：员工人数统计。贝拉点开内文。

詹姆士：

迈克尔·埃文派给我了一个任务，通过进行一次整个对外关系部在职员工人数统计的审计，以此来寻找一个通过合并新闻部门获得协同增效结果的办法。审计表明你似乎有两位行政助理，这和要执行的计划不太符合。你可以尽快给我一个回复吗？

祝一切都好。

罗素

贝拉又看了一遍。

“你有看人力资源部关于员工人数统计的电邮吗？”她问安西娅。

安西娅点点头。

“这是典型的处理方式，”安西娅说，“他看起来从来没有遵守过公司规定，以我在这家公司的经验来看，如果你不遵守规定，最后吃亏的还是你自己。”

规则在贝拉的脑海中形成了一幅超现实的画面，更多的想法则让她心烦意乱：安西娅对此感到怡然自得，而且希望贝拉滚蛋。

电话响了，安西娅抢先接听了起来。来电显示屏上显示着：詹姆士家。

“詹姆士·斯汤顿办公室，”她说道，“啊，你好，希拉里……嗯，不，今天早上我还没有跟他说过话，但是我一直在等着他随时打电话过来。如果他的手机关机了，那么我想他应该是在开会……一切都还好吗？……啊，我明白。噢，天呐……希望我在他打电话来的时候告诉他吗？”

安西娅挂掉电话。

“詹姆士的夫人，”她说道，“整个人都抓狂了。她去参加她儿子的演出，结果把门票弄丢了。”

电话又响了起来，这次是贝拉接听的。是詹姆士。

“你和你妻子通过电话了吗？”她问道。

“现在还没有。”他回答。

“好的，她刚才打电话来说她弄丢了一些今晚你儿子音乐会的门票。我想她有点心烦意乱。”

“噢，天呐，”他的声音听起来很低沉，“我把门票拿走了。就在我的桌子的第一个抽屉里。贝拉，可以帮下她吗？她此刻可能有一点——脆弱。你可以找个自行车快递员给她送过去吗，或者也许，如果你有时间，你亲自拿过去？”

贝拉走进他的办公室打开第一个抽屉。基本上是空的：一盒努乐芬止痛药，一排整齐的钢笔，还有他说过的门票也躺在那里。贝拉关上抽屉，不过她下意识地打开了下一层的抽屉。有一些写着“开支费用”的文件夹，在这些下面的文件夹写着“收据——私人”。她打开文件夹看见其中一项是在国家肖像画廊餐厅吃的午餐，日期是3个月前。

这让她回忆起一些事来。从她看过的茱莉亚的邮件里她知道是他带她去那里的。她看着其他的收据，全是午餐或者晚餐的，一共6张，时间跨度有4个月。这就是所发生的一切？

“你在偷看啥？”

贝拉转过头看见安西娅站在门口。她匆匆地把文件夹塞回抽屉，然后拿起门票。

“没有偷看什么，”她说道，“我只是在找门票。他希望我把门票拿去给他妻子。”

“为什么不叫一个自行车快递员？”

“他要求我这样做的。他说她很脆弱。”

安西娅又开始她的不爽表情但是最终没有说什么。

贝拉乘出租车离开公司来到惠柳第新月大道16号外面。门前有一对粉刷过的柱子，通过凸出来的巨大的落地阳窗她可以看到一个精致的摇摆木马。

贝拉摇动了一下中式瓷铃，这给这间房子增添了一抹古典气息。过了一会儿，她听到一阵缓慢的脚步声从大厅传来。一个脸有点浮肿的女人，几乎认不出这就是那个在照片里微笑的那个人，她打开了门很惊讶地看着贝拉，完全忘记了请她进门。

“我是贝拉，”贝拉自我介绍说，“我是给你带门票来的。”

“噢，对对对，”希拉里说道，“谢谢你的到来。”

她拿过门票然后犹豫了一下。

“进来喝杯茶吗？”

她看上去一点也不冷酷，或者疯癫，也不像安西娅警告她的那样难以接触。相反她看上去有点茫然和孤独，而且作为这间巨大而漂亮的房子的女主人显得有一点古怪的胆怯。

贝拉非常想进去四处瞧瞧。她对于人们住的地方非常好奇，她觉得冰箱、浴室、储藏柜通常会留下很多表现出人真实一面的蛛丝马迹。但是当她站在她上司家门口的台阶上时她有一种这里并不属于她的强烈感觉。

“我得尽快回到办公室。不过可以给我一杯水吗？”

希拉里打开门带着贝拉走过灰白色的木地板来到厨房。这里到处都是詹姆士所说过的关于烹饪的器具。这里有搅拌机，意大利通心粉机，还有一个花岗岩的操作台，上面有一个平底炖锅挂在一个旧的木质架子上。但是厨房里闻不到一点食物的味道，也没有烹饪过食物的迹象，所有的工具看上去都是新的。贝拉想起了她的宜家厨房，一共只花了360英镑，还包括水槽。

希拉里拿了一个超大的玻璃杯子向里面倒了一些Badoit气泡矿泉水。

“很棒的厨房。”贝拉称赞说。

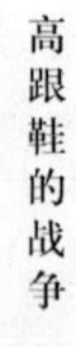

希拉里软弱无力地笑了笑。

“你有很多奇特的小工具。很多东西我第一眼看上去都不知道是用来干什么的。我的厨艺是无可救药的烂了，我唯一会做的就是意大利面，即使是这样我也只是把它们煮熟然后倒一些作料在上面而已。你有做很多的美食吧？”

希拉里对于这个问题沉思了许久，就好像要努力回忆一下答案，然后说道：“是的，我想是的。”

“我之所以这么问，”贝拉说道，“是詹姆士要求我做一个团队合作建设课程的研究，所以我找到了一个可以让团队在一起烹饪的课程，以此来互相了解，整合……”

詹姆士的名字回荡在她们之间的空气中。从贝拉的嘴里这么随便地说出来听起来不太合适，这里可是他的家。

贝拉喝了一小口水，希拉里说道：“那么他现在有两名助理了。”

贝拉对助理这个词感到厌烦，但是没有纠正她。“是的。”她同意道，尽管她没有说这也许不会持续太长时间了。

“我可以想象出他对于这个安排有多高兴。”希拉里评论说。

她在抱怨吗？或者是以一种盛气凌人的姿态在说笑？还有为什么她非要去想象他的感觉？他们之间没有交流过吗？

贝拉放下玻璃杯说她得走了。希拉里带她到大门口，贝拉站在门外的大街上四处望了望。希拉里没有帮她叫出租车；她也不知道附近的地铁站在哪里，而且周围寥无人烟，完全找不到一个人问路。

史黛拉

在从俄罗斯返回的飞机上，史黛拉问詹姆士关于她新工作的事情该怎么处理。她很清楚地知道詹姆士肯定会嫉妒的，但是在很早以前她就明白了消除他们之间竞争关系的最佳办法就是表现得好像把詹姆士当成一个无可非议的高层伙伴。只要她听从他，他就会非常有礼貌和慷慨地把他的智慧播撒给她。

史黛拉解释了一下新工作的内容，詹姆士的脸色一沉，不过，就像她预计的那样，他立即又恢复了正常神色，呈现出一个高明的医生要对一个病人开药方一样的神情。他清晰地列举出了利弊关系。利的部分他快速地一笔带过。

“你可以经常见到CEO，如果那是你希望的话。我同样可以想象得到这意味着更高的薪金还有也许可以让你的简历更好看。”

不过，他话锋一转开始进入弊的部分，他列举了很多出来。他说这个工作听起来就像一个没有明确定义的角色。他指出史黛拉是一个有才华的经济学家，她的智商也许不会满足于过多的行政工作。

“它同样可能动摇你在公司的地位，”他说道，“如果你成了史蒂芬特别提升的那个人，一旦他垮台你也会跟着他一起下去的。”

史黛拉听到的反对意见越多，她对这份工作给予的正面评价就越多。

当她晚上回到家的时候，她问查尔斯她应该怎么选择时。他正站在菜板面前，把姜和香菜打成糊状来做腌泡汁，史黛拉对着他的弯成弓形的背部解释了一下这份工作的利弊关系。

“你应该做你想要做的。”他一边说道一边猛地一下用刀背把大蒜劈开。

接着她回答他她也不知道自己想要做什么——这就是问题所在。他引用了一句大学导师说过的一句话：“越难做出的抉择，你的选择就越不重要。”

在结婚后的20年来他对她说过不下几百次这句话了，不过每一次她都不同意这个观点。从逻辑上来讲也许是正确的，但是从她的经验上来说，如果一件事你很难抉择的话，那么说明这件事就需要非常慎重和正确的选择。

史黛拉第二天早上不到8点就到公司了，发现莱斯来得更早。

清洁工正好把清洁做完，正拖着吸尘器走出史黛拉的办公室。

“早上好，”史黛拉说道，“最近过得如何？你女儿过得还好吗？”

在早些时候的一个早上这个女清洁工告诉史黛拉她有个女儿年纪和芬恩一样在学校成绩也非常的好。

“她很努力。”

“很好。”史黛拉边说边转头看着莱斯。

他脱掉了外套，露出经过仔细熨烫过的白灰相间的细条纹衬衫。他是自己烫的吗，史黛拉发现自己很好奇。

清洁工一走开，莱斯就起身走了过来。

“早上好。”他说。

“你这么早来做什么，”史黛拉问道。这个问题听起来更像是在指责，而不是出于她的本意。

“好多工作要做呢。”他说道。

“我正要去楼下弄杯咖啡。你想要点什么吗？”

“我和你一起去吧。”

在茶水间里他们在咖啡机上依次接了咖啡，但是并没有拿着纸杯返回楼上，他们在沙发边上犹豫了一下，这个沙发就是工程部经理笑称的“放松区”。

莱斯坐在了沙发的边沿上，她也挨着他坐了下来，感觉很难为情，希望他们之间能有一张茶几。

“那份工作到底怎么回事。”他问。

她重复了一遍史蒂芬所对她说的，然后解释说这样意味着可以更接近公司的核心决策层。

“听起来很棒。”莱斯用一种她以前从未见过的真挚的表情看着她。

“我不确定这是否就是我想要的。”她说道。

“为何不确定呢，”他询问道，“这是一个重大的职位提升——”

史黛拉搞不清楚她坐在这张沙发上在干些什么，竟然允许一个实习生这样子来质问她。这根本不关他什么事，无论她接受还是不接受这份工作。但是同时她又忍不住被人奉承，他采取了那样热情的方式来关心她的职业生涯，完全不像詹姆士甚至查尔斯那样。莱斯真诚地流露出希望看到她升职的意愿。

“我的意思是，”莱斯开口继续，“这样会有更大的权力。我想还会有更高的薪金？”

“也许你是对的。”史黛拉没有明确地表示。

事实上，她根本没有想到过去问史蒂芬是不是会有更高的薪金调整。

“你很在意这些吗？”

“不，我不在意。我不觉得我真的对权力和金钱感兴趣。我曾经是，但是现在我觉得拥有的已经足够了。”

他凝视着，眼睛眯了起来。

“那么，你到底对什么感兴趣？”

“我不清楚。我猜我从来没有问过自己这么直白的问题。但是我觉得我感兴趣的是拥有一些掌控自己生活的权力，永远不要被烦扰，还有——我想它们之中的大多数——我所做的事情都要是我所擅长的。这听起来有点自负吧？”

“是的，”他说道，“非常自负。”

他笑了起来，她也笑了。然后他补充道：“不过我不相信。”

史黛拉的笑容戛然而止。他是在说他比她还要了解她自己吗？

“你可以不相信。”她用一种冷淡的语气说道。

“对不起，”他解释说，“只是这对我来说是很奇怪的。我总是想获得一个难以置信的成功以此赚很多很多的钱。当我还是小孩子的时候，我常常在游乐场里用两倍的价格销售薯片，还有在牛津大学的时候我常常把论文卖给那些自己写不出来的傻瓜们。我想我差不多明白你对金钱不感兴趣，我的意思是如果你从来就不缺钱，那么也许你就会把它当成理所当然的——”

史黛拉被他的话气得快要爆发了。

“而且我不相信你没有野心。”他继续说道。

“真的，”史黛拉抗议道，“我不觉得我有。好吧，我应该是有一点的，不然我也不会像现在这个样子。但是新生事物摆在我面前的时候我真的永远都不想去碰它们。这并不是我觉得我应该跟孩子们有更多的相处时间——尽管那样做就能够得到这些时间。这更多的是出于恐惧。我真的对我觉得我不能胜任的事情感到恐惧。”

“你害怕了？”他复述着，用怀疑的眼神看着她。

史黛拉觉得她说得太多了。她不想让他看到她的弱点，所以她问道：“那么你呢，你想要的是什么？”

“我离开牛津后没有和我朋友帮忙找的工作联系过，一部分是因为没有过一份工作吸引我，还有就是因为我的妈妈生病了，我需要待在威尔士，这样可以离她近一点。我被邀请去我堂兄朋友开的一家房地产公司，我们在加的夫和斯温西（英国的两个海港，译者注）建造了大量的翻新过的仓库，在那个时候，我们在纸上的价值大约有500万英镑。我们正准备去银行抵押套现，但是不巧的是北岩银行案发生了（由于抵押贷款危机，北岩银行发生挤兑倒闭，后被收归国有，译者注），一夜之间我们什么都没有了，公司也破产了。竹篮打水一场空，真是浪费时间，现在我决定稳当点暂时当一段时间上班族。”

史黛拉对他只想稳当地待在大西洋能源的想法感到愤怒，难道这里就是那些雄心壮志的人失败后待的地方吗？

“我得走了还有很多工作要处理，”她突然结束了对话并站了起来，“还有堆成小山一样的电邮在等着我。还有下周你愿意来我家一起吃个晚餐吗？我也会去问贝阿特的。你要带你的女朋友——罗西吗？我知道查尔斯应该很愿意和她讨论电影学院的。”

“是罗莎，”他纠正道，“没问题，谢谢，这很棒。”

┬贝拉┴

贝拉一直期盼着詹姆士从俄罗斯的回归，那天早上她穿上了一条新的黑色裤子和粉红色的衬衫，刷了两层睫毛膏。当她进入办公室的时候她看到她的上司正在俯身处理电邮，下巴左右不停地错动着，这是他正在专注的表现。她到来的时候他并没有抬头看她。

过了一会儿她听到了“砰”的一声。詹姆士狠狠地把拳头砸在了桌子上。

“真他妈的！你知道些什么吗？”

他从他的桌子边站起来，一脸责问的表情看着她。

“这真是愚蠢透顶。我被告知我不能用两个私人助理。同时史蒂芬又要扩大他的部门来承担更多的工作量。我被期望完成这项往常需要两个人才能完成的工作……然后我又被告知我不能有多一个他妈的人来帮助行政管理。”

贝拉没有搭腔，他看上去并不是在对她说话。

“抱歉，”一个小时后他说道，“那个疯狂的咆哮。我想说的是真的非常感谢你帮我送门票去给我的妻子。我知道她对此也非常感激。事实上，她很喜欢你。”

贝拉想这不太可能，但口里说道：“嗯，我觉得她看起来很漂亮。“同样的，这也不是实话。

“无论如何，”贝拉继续说道，“我已经从愤怒中完全平静下来了。我的前男友过去常常失控，每次都要把家具扔得到处都是。”

詹姆士讪笑了一下，不确定她是不是在讲笑话。但是贝拉并没有讲笑话，实际上她还美化了一下事实。有一次克桑在发飙的时候，用拳头在墙上砸了一个洞出来，还用一把举过头的椅子来砸贝拉，如果不是他的手机响了起来分散了他的注意力的时间刚好可以让她逃开的话，砸过来的椅子肯定会落在她身上的。

詹姆士继续道：“我尽量避免到处扔家具。然而，被愚蠢的人肆意地更改规则并强加在我身上十分令人恼怒，尽管真正让我生气的是长久以来第一次遇到一个非常聪明的人为我工作而规定却是不允许的。”

他飞快地瞟了她一眼。贝拉不知道该说些什么。她拿起她的iPod来掩饰她的困窘，一边把耳机线小心地缠绕在机身上一边等着他离开。但是他没有离开的意思。他依然杵在那里。

“你在iPod里面都听些什么音乐？”他问道。

她把iPod推到他面前，他向下拖看着歌曲列表。

“这些人是谁啊？弗朗茨·弗迪南？莱昂国王乐队？莱昂是谁？”

贝拉笑了。

“我也不清楚，但是他们很不错。想听听吗？”

她把她的耳塞递给他，他把耳机靠在耳朵旁边并没有塞进去，好似那样做会显得太过亲密。

她按下了播放键，然后他听到了她最后没听完的歌曲。尽管从耳塞里传出来的都是爆音，贝拉还是听见了弗朗茨`弗迪南唱着：

you're the boy with all the leather hips（你就是那个小子，紧身皮裤包裹着你的屁股），

sticky hair, sticky hips, stubble on my sticky lips（湿粘的发丝，湿粘的屁股，我嘴唇上湿粘的胡渣）

她扯掉iPod。这是首描写同志的情色歌曲。

“你喜欢哪一类音乐？”她问道。

“基本上都是古典乐，但是我也喜欢一些你还没出生时候的流行歌曲。范·莫里森，老鹰乐队，警察乐队——”

正说到这里时安西娅吃完午餐回来了，她一进来詹姆士就放下iPod从她的桌子边走开然后用和刚才完全不一样的语调说道：“你可以把今天下午的部门会议推迟半个小时到3：30吗？”

史黛拉

史黛拉真的抽不出时间来和她的朋友埃米莉一起吃午饭。她写了一篇关于大西洋能源在化工上投入的分析报告，在报告中指出因为化工本身具有更高的危险性，那么现在大西洋能源对未来投入的成本预算是偏低的。化工业务部门的头儿正在竭力反驳这个结论，她需要花上一点时间来让他冷静下来。史黛拉的下午也排满了各种会议，她希望能在各个会议的间隙里找点时间来完成小组共计32名成员那麻烦的年度评估表。

此外，史黛拉觉得她应该去一下健身房。她已经很久没去了，早上她穿衣服的时候她发现自己的屁股是多么塌陷，还有上臂的肥肉是多么松

弛地垂在那里。她以前觉得自己并不在意这类小事，但是现在她发现自己很在意。

而她也没办法取消埃米莉的约会——是再次取消——因为那就意味着不得不忍受埃米莉小孩子一样的发作和赌气，并且可能还要花上几个月的时间来迁就讨好她以求重归于好。

史黛拉钻进出租车载着她去霍尔本的比萨速递分部，选择这里是因为这里刚好是她们之间距离的中点。让埃米莉远程来穆尔盖特就意味着承认史黛拉的时间是她们两个之间更宝贵的了，所以这根本不可能实现。

她们在那家比萨店碰了面，然后一边吃着比萨一边迅速地开始例行谈心话题，关于孩子、房子、共同的朋友，还有工作。史黛拉告诉埃米莉关于她的新工作，她现在更倾向于接受这个工作。埃米莉脸色一沉。

“坏主意，”她说道，“上次我们坐在这里的时候，我倾听着你说你现在手头上的事情是多么的多，压力有多么的大。我知道你是那种把自己逼到极限才会开心的人。虽然这很棒，但是这意味着代价，你懂的。不是说你应该去更多地照看你的孩子们，至少我是完全不会在这点上感到内疚的。但是我作为你的老朋友，我有时很担心你根本不给自己留一点私人时间。”

史黛拉听惯了朋友们的建议，而且在很早以前就采取了正确的应对办法，就是不要让这些建议干扰自己的决定。埃米莉六个月前接受了她工作的那家银行提出的“自愿离职”方案，并不意味着她是希望能有更多的时间和她的孩子待在一起，更多的是出于对那份工作的厌倦，以及想借此在离婚财产分割上占据优势。她希望引导她的朋友过一种慢节奏的生活完全是赤裸裸的个人爱好。

“嗯，”她轻轻地说道，“没有必要担心。我过得很好。你近来怎么样？桃花运如何？”

“你完全不敢相信吧，”埃米莉说道，“我在玩网络约会。起先，我是去的match.com网站，但是最好的配对结果是一个计算机科学家，来自拉特兰郡，他说他身高‘低于5英尺10英寸（1米77）’，结果原来只有5英尺5英寸（1米65）。但是现在我都去那个‘露水情缘网站’，我正在和一个

已婚男人约会，非常非常非常合我的口味。”

“真的吗？”史黛拉说道，“这种做法好吗？”

“我知道你不会赞成。”

“不，我并不反对。”史黛拉说道，“我是真的看不出这样发展下去的结局会很好，对你们双方都一样。”

“结局？我们甚至都还没有开始。这里有几百万个男人在网站上，他们并不是生活的失败者或者是不善交际的土老帽。他们也不想和他们的妻子离婚，他们只是想寻找一些刺激而已。我明天晚上要和一个对冲基金经理见个面。我在google上面搜索了一下他，他非常富有。不幸的是我在google图片搜索中看到了他的照片，他有一个巨大的双下巴，还有他的牙齿，看起来有点像假牙。”

史黛拉笑了起来。

“我不知道我是否真的想和他外遇一下，”埃米莉继续道，“但是和他通电邮的感觉很不错。这只是因为人们想让生活过得不那么平淡。我得出一个结论，就是到最后并不是真的涉及到性，对吧？而是关于幻想，关于你精神上的寄托。”

“是的，”史黛拉肯定地说，“我明白你的意思。”

埃米莉觉得史黛拉说得这么肯定是言不由衷的，于是追问：“你真的明白？”

“不明白。”史黛拉回答。

过了一会儿史黛拉又补充说：“是的……我的意思是……事实上不是……在一定程度上……”

埃米莉露出一副被逗乐的样子。

“你到底怎么了，史黛拉？“

然后，史黛拉发现自己告诉了她的童年好友一些她并没有打算说出来的事情，一些直到那时甚至她自己都还没有真正承认的事情。

“好吧，我有一个幻想。但是它非常微小，而且非常愚蠢。是我工作上的某个人。我们互相发邮件。”

“什么类型的邮件？”埃米莉问道。

“噢，”史黛拉说道，“就是普通的邮件。你知道的，关于工作啊，还有我们正在做什么啊，还有我们对事业的看法啊，诸如此类的。”

“听起来是一个相当无趣的幻想。”埃米莉说道。

史黛拉或许应该在这里就结束这个话题，但是她发现自己一旦开始讨论莱斯的话题，就想要，或者说需要告诉埃米莉关于那个男人的一切。

“事实上，电邮不止聊这些内容。昨天我数了一下，他发了18封电邮给我，还有自从我上个月去俄罗斯我们就养成了在hotmail上互发信件的习惯，而不是在大西洋能源的邮件系统里，因为那样的话我的私人助理就会看到我的信件。她可能会感觉到奇怪，不过就是奇怪，我想的话，也是无害的奇怪。大部分信件都是讲的笑话，他真的很有趣。他也经常来我的办公室聊天。还有，一天早上我们都提前到了公司，然后坐在一起喝咖啡。”

“天呐，”埃米莉哀叹，“这对我来说听起来一点都不是无害的。查尔斯怎么办？”

“别傻了，嗯。我并没有说我和他有什么事情发生。这只是沉闷办公室里的一点放松，是无害的调情。对，就这样而已。”

埃米莉听到这里总算像是平息了下来，说道：“好吧，既然这样，你很幸运。我记得我那段迷恋上高级副总裁的日子。那时我们为同一个项目一起工作，一起翘班去喝调情酒——这是我在工作中从未有过的欢乐时光。”

“不过你嫁给了他，”史黛拉说道，“然后——我想我们必须承认——不是太幸福。”

埃米莉阴沉地大笑起来。

“不过，”史黛拉继续道，“这不是一回事。我并不打算跟他有一腿，更不要说嫁给他。不过即便如此，我还是悲哀地承认我知道我应该制止它的发生。这真的只是放松而已，作为他的上司这样做感觉非常的不职业，还有他有一点太年轻了——”

“你是他的上司？哦唷，天哪！他比你年轻多少？”

埃米莉看上去又有点不赞同的样子了，史黛拉开始后悔多嘴说了这些。

“年轻很多。”她含糊地回答。

“多少？”埃米莉坚持追问。

“你真的想知道？”

“是的，我想知道，还有我完全不明白你为什么会对这个问题扭扭捏捏的。”

“他27岁。”

“27岁？天呐，史黛拉。那么你可以安心了。他未必见得喜欢你，对吧？”

史黛拉很伤心，这就是她的命。两个老朋友之间的会面不可能以没有轻微的摩擦就结束的。一直以来史黛拉都会批评埃米莉的择偶标准不切实际，埃米莉则暗示史黛拉压力太大。

然而，以前的刺伤都没有留下痕迹，但是这次伤害造成的伤口刺得很深。受伤的原因，史黛拉非常清楚，那就是事实确实如此。

她在手提包里翻找她的钱包来付那张撕得整整齐齐的账单，低头不经意看见自己又老又粗糙的手。在她的第三指节上有一个小小的褐色印迹。是痣吗，或者可能是老年斑，她很怀疑。

贝拉

“詹姆士在哪里？”

CEO生气地站在那里俯视着贝拉，好像她上司没有坐在座位上在某种程度上是她的过错。

“他去参加和美林、花旗分析师一起的早餐会议了，然后会在10: 30回到这里和实习生开一个会议。需要我在他回来后通知他给您打电话吗？”

“那就拜托了。”CEO说完话就转身离去。

当詹姆士再次出现的时候看上去是一副受了打击的样子。

“CEO想要见你。”安西娅说道。

“什么事？”

“他没有说。”她说道。

詹姆士消失在了走廊尽头，十分钟后他回来了，脸色看上去更加糟糕。

“我们的股票价格计划真是异想天开，还要在接待处放上一个旧油桶然后在上面实时显示油价。我完全不能想到有比这更蠢的事了，但是他对这个想法执著不已。你可以去跟进一下吗，贝拉？”

他回到他的办公室里，留下贝拉在那里沉思，鬼知道怎么把一个旧油桶弄到接待室里去。

她是和安西娅一起共享一间办公室的，位置就在会议室外面。她正在为油桶的事情而烦恼时，看到实习生陆续来到会议室外准备参加10：30和詹姆士一起的会议。

10：29时她看到莱斯走了过去，把头凑近会议室的大门，看见里面空无一人，于是转身离开去了男厕所。过了一会儿，又有另外2个人经过，然后隐退到转角处。刚好10：30的时候，贝阿特直接走了进去坐了下来。其他实习生开始聚在一起，10：34的时候他们觉得门外已经聚集得差不多了就都一起进到了会议室里。几分钟后，莱斯一副散漫的样子悠闲地走了进去，紧随其后的是詹姆士本人，手里抓着她刚刚给他影印好的资料。

贝拉兴趣盎然地看着这出戏。她经常看到她的上司玩这种游戏，目的在于永远不要等待和你同级或更低等级的人。看了参加培训的实习生的反应，她越发觉得事实的确如此。莱斯学得很快，她想到，他进入会场的时间比他的同辈要晚，但是刚好又比他的上司要早，这显示出了他在这群实习生中杰出的领导力潜力。

那天贝拉准备和凯伦一起去吃午餐。凯伦是她认识最久的一个朋友，她们一两个月见一次面，这很不错；或者更确切地说这样应该是不错的，但是实际上出于一些说不清道不明的原因，这些会面常常让贝拉觉得情绪低落。

凯伦和贝拉是在学校里最好的朋友。她们都很漂亮也很聪明，彼此间的良性竞争巩固了她们的友谊。一直到大概16岁之前，贝拉都是略占上风的。但是到大学入学考试的时候凯伦一下就超越了，然后一直领跑。她进到了布里斯托尔大学，而贝拉去了班戈大学。凯伦和一堆迷人的男人出去约会，贝拉却和克桑一起。一个在BBC作为实习生走上了有无限上升空间通往成功的道路，而另一个却跌了下去，陷入了无尽的尿布之中，筋疲力尽地单身抚养着小孩。

贝拉一看到她的朋友欢快地走进“拉面道”，就注意到她整个人都是神采奕奕的。只有一个理由会这样：凯伦恋爱了。

看见你的女性朋友恋爱了，贝拉意识到，会有一种莫名的厌恶。这是失去好友方式中最糟的一种；他们坐着幸福的船儿飘走，你却双脚站在岸边坚硬的鹅卵石上。他们开心地对着你挥手，完全不在意你是否也挥手致意。

凯伦气还没喘匀就拉着贝拉说起她的新男朋友。是一个音乐制作人，性格完全合得来……是一个很幽默而且真的很好的一个人，深得她心……他给她弄了一个那个夏日全部表演会的后台通行证，所以她去参加了格拉斯顿伯里音乐节，Latitude音乐节，还有Szigit音乐节……

凯伦持续保持着这种情绪，有时贝拉会微笑一下点点头然后在适当的时候说句“听起来很棒”还有“你真好命”。最后，终于说完自己的恋爱心情之后，凯伦问道：“米莉还好吧？”

“很好。”贝拉说道，告诉自己克桑的所作所为绝不会影响她——聪明漂亮的贝拉，“她在学校生活得非常好——”

“那就好。”凯伦随口附和，但并没有相信她说的。

然后，凯伦又问：“你的桃花运怎么样？”

“零光蛋。”贝拉说道。

“怎么可能是零光蛋。你没有去尝试吗？”

“我一直在尝试，”贝拉说道，“但是真的很难。从那以后我没有和任何人约会，我的全部生活就是工作和照顾米莉。”

“这太可怕了，”凯伦说道，“我一定会竭尽所能帮你搞定这件事。”

贝拉不喜欢被人认为是那种找不到男朋友的女人，为了堵住她朋友的嘴巴，她说道：“倒是公司有个人我有点喜欢。”

“我就知道肯定有的啦。”凯伦说道，“他帅吗？”

“呃，”贝拉有些犹豫，“不完全是。他年纪有一点点大。”

“成熟的男人才性感！”凯伦说道，“记得那个和我约会的那个爱尔兰编辑吗——他都35岁了。他的大腿超性感。”

贝拉完全不记得什么爱尔兰编辑——凯伦的男朋友实在是太多了。她点点头，没有说出事实，詹姆士至少比她大10岁。

“我是指詹姆士一点也不性感，至少表面上看不到。我不确定我是否喜欢他，有时我想我是喜欢的，但有时我又不太确定。更多的是出于对他的聪明才智的佩服还有他拥有一种强大的……”

这个话题让贝拉感到不太舒服。说点什么改变一下话题吧。在此之前，詹姆士都是她心中的一块阴影，但是告诉凯伦这些事以后让阴影显得更加真实了。

“听起来很不错，”凯伦鼓励贝拉说下去，“那么到底有什么问题？”

“呃，”贝拉感觉很难直接回答这个问题，“他是我上司。而且他也结婚了。”

“什么？你开什么玩笑？我从来没想过你会去做一个勾引上司的蹩脚女私人助理。真是具有讽刺意味，这是一种后女权主义的方式？”

“这跟讽刺或女权运动无关。”贝拉生气地说道，“这和任何事都无关。我没有勾引他。我只是说我有点喜欢他，或者比我预期的更喜欢那么一点。”

“你始终是一个废物收留者。但是克桑至少还是很帅的。这个男人又不性感还是你上司也结婚了，还有如果你和他搞出点什么的话，你的工作也岌岌可危了。”

“你根本没听我说的，”贝拉说道，她现在很后悔说了这些话。

“我不会跟他有一腿的，理由太多了。这只是一个幻想，让日子过得轻松一点而已。他不完美，但是谁又是完美的呢？真的，凯伦，我描述不出来他带给我的那种感受。”

“什么感受，父爱吗？你的父亲没能让你依靠，于是你就想从他身上找到安全感吗？你父亲也喜欢年轻女人，对吧？”

贝拉不想听到凯伦攻击她的父亲。她更愿意亲自攻击他，但是那是她作为他女儿的权力。

“不是依靠不依靠的问题，你也知道。詹姆士的吸引力是，我觉得，是他对待我的方式。当我和他一起工作的时候，我并不是一个大胸部私人助理。他让我感觉到自己成为了那种我想要成为的那种人，而不是现实中的小角色。你明白我的意思吗？”

凯伦皱下眉头，表示她完全没有明白她的朋友在说些什么。

“我和他一起的时候，当他认真和我对话，我会变得很聪明。他让我感到我得做点什么事情出来才行，就像我承诺过的一样。他也会听了我说的笑话哈哈大笑——能让人大笑是很愉快的事情。他本身并不幽默，实际上他有点严肃。但是他好像觉得我是很有趣的。”

“嗯。好吧，据我的经验来看这相当棘手。”凯伦下了结论，“我希望你明白你在做什么。”

“我已经告诉过你了。我什么都没有做。”

史黛拉

莱斯7: 30准时来到了门口。史黛拉在楼上脱掉职业装换上了牛仔裤。她已经试过很多上衣了，但是都不太配。在门铃响起的时候她穿着一件橘色的绸缎罩衣，尽管这件看上去还不如她之前试过的一些，但是已经没时间再换了。

克莱米打开了门然后看到她的妈妈出现在楼梯顶部，把她从头到脚看了一遍然后轻蔑地说道：“好时髦的女人。”

“你看，我在家就得忍受这些。”史黛拉对莱斯说道，莱斯浑身不自在似地笑了笑。

克莱米脸一下就阴沉了下来。

莱斯站在客厅中间，四处打量着高高的天花板，还有装饰华丽的壁炉上的饰架镜，就好像他是被带来看房子的房地产经纪人。史黛拉给他倒了一些葡萄酒，他接过来小心翼翼地坐在深奶油色的沙发边沿上，他平时的随意都不见了。

“罗莎应该快要到了。”他说道，话音未落敲门声就响了起来。

但不是罗莎，是贝阿特和她的管理顾问男朋友弗雷德里克。

史黛拉接过了贝阿特带来的一大束粉红色和白色的花，然后带他们进到了客厅。莱斯站了起来，他们四个人都站在基里姆地毯上听史黛拉急促而大声地说着关于查尔斯的烹饪爱好，关于这间房子，关于受阿布扎比酋长国石油部副部长邀请的事。她都不记得以前在自己的房子里是否有过这么局促不安。

莱斯的女朋友是最后一个到达的。她完全不是史黛拉想象的那样。她肯定有一米八左右，一个很不错的身高，比莱斯还高，还有一头疯狂的黑色爆炸发型。

“真是难以置信的豪宅。”她说道，走进来和史黛拉亲了亲两边的面颊，她们这一代总是很容易就能和别人发生这种身体上的亲昵行为。

她给了莱斯一个飞吻，他也笑着从房间的另一头挥了挥手，脚下却没有移动位置。罗莎的到来使得史黛拉可以溜到厨房去，查尔斯正在从烤箱里取出一些珍珠鸡。

“去和他们聊聊吧。”她压低声音对查尔斯说，“他们整天都能见到我——他们烦透我了。我来上菜吧。”

但是查尔斯不喜欢她的妻子插手他的大餐筹备，他知道——完全有理由相信——她会把这一切弄砸掉。

“如果你不想和他们谈话为什么要邀请他们？”他问道。

“我不知道，”她说道，“我想我是在尝试变得更友善一点。当时看上去这是个好主意。”

晚宴的时候罗莎坐在查尔斯旁边，她把脸完全对着查尔斯，微笑着听他滔滔不绝地说着他在威尔士拍电影的事情。史黛拉一直很喜欢听查尔斯给别人讲这些事——当他全身心投入的时候依然那样迷人。在桌子的另一头，莱斯正在和小孩子们聊天。他和克莱米谈起一些关于俱乐部的事情，尽管14岁的她还去不了这些地方，但是她很喜欢了解最新潮流资讯。

史黛拉坐在桌子中间的位置上和贝阿特以及弗雷德里克闲聊着。她询问了一下他的工作情况，然后听着他面无表情地回答他在美国为慈善机构无偿地工作。他说作为一个顾问当他们有志于作出一些改变的时候却得到一个坏名声真是太不公平了。

这话题让人厌烦不已，史黛拉又问了一下贝阿特以及弗雷德里克的异地恋，他们是如何在3000英里之外互相保持爱恋的。她告诉他们她和查尔斯分居过一段时间，那时他在美国拍摄电影，她正怀着克莱米，那是他们婚姻生活中最成功的时段了。

她说完这句话整张桌子的人都沉默了下来，史黛拉看到她丈夫和莱斯都望着她。

“你在说什么我们成功的婚姻生活吗？”查尔斯问道。

“我们互不相见的时候这玩意儿运转得最好。”史黛拉答复道。

他怜爱地看着她，哈哈大笑然后扭过头去继续和罗莎交谈起来。史黛拉注意到莱斯带着估量的目光。

“我们拍摄的地方是地球上最丑陋的地方了，但是我们拍摄到了那些用木板全封起来的肮脏的商店，有些酒店里面甚至基本都是空的。我们记录了些凄美而富有感染力的画面。”

莱斯已经和克莱米无话可说了，于是问查尔斯他们是在哪里拍摄的。

“在地球上的一个旮旯里——一个叫梅瑟蒂·德菲尔的小地方。(就在威尔士，译者注) ”

一阵寂静。

“我在那里长大的。”莱斯说道。

“真的吗？”查尔斯说道。

查尔斯看上去一点也没有为此感到尴尬。莱斯看上去也没有非常的不高兴，实际上他同意那里是真够脏的。史黛拉看上去是唯一发现场面有些尴尬的人，当莱斯在一张纸上写下他母亲的电话号码并说他母亲肯定很愿意出现在纪录片中，因为她一直很渴望出现在电视节目里时，史黛拉的脸抽搐了一下。

与此同时，贝阿特问罗莎为什么要去上电影学校，就好像她完全不理解为什么有人会去做那种事情。罗莎神情黯淡地笑了笑，然后说她喜欢随心所欲，朝九晚五不太适合她。贝阿特没有发现她被轻视了，接着问了一个关于电影学院毕业后的就业前景的问题。

罗莎受够了，挪动到莱斯的旁边坐下把头靠在他的肩膀上。

“我们现在得走了。”她说道。

史黛拉发现自己不喜欢看到罗莎表现出的那种很强的占有欲，站起身来取过他们的外套带他们来到门口。

“谢谢你邀请我们参加这么棒的一个晚宴。真的很棒。超棒的食物。”罗莎说道，再次亲吻了史黛拉两边的面颊。

“谢谢。”莱斯生硬地说道。

他犹豫不决，在想是不是要吻她，史黛拉也在思考同样的问题。她想还是不要了，正在这时莱斯做出了相反的决定，伸出手来并且走向她。她尴尬之中转错了头的方向，他正好亲在她的嘴角上。

“莱斯真是个奇怪的家伙，不是吗？”当史黛拉和查尔斯躺在床上的时候，查尔斯说道，“有点讨人喜欢，还有点不太成熟。不过，有一个漂亮的女友。”

查尔斯关掉了灯，直接睡着了。

史黛拉很清醒地躺在他的旁边，开始在心里回想今晚发生的事情。她无法忘记莱斯嘴唇的感觉，温软而滑润，轻触着她的脸庞。

贝拉

透过玻璃墙，贝拉看到安西娅坐在詹姆士的沙发上，优雅地跷着二郎腿，身上宝蓝色的修身外套看上去很花哨。她正在滔滔不绝地谈论着她今年的工作表现评估，詹姆士时而点头时而大笑。毫无疑问，贝拉想到，他不可能对那些关于三明治的傻子般的幼稚无聊话感兴趣，更别提为此感到好笑了。

大约半个小时后，安西娅不动声色地出来了，这意味着事情是朝着她喜欢的方向发展的。

“你可以去会议室了，詹姆士先生想要见你。”

贝拉学着《学徒》真人秀里面的那个私人助理一样微微一笑。

“好的。”她说。

“坐吧，贝拉，”詹姆士说道，“我不喜欢绕来绕去，所以我直接跟你说吧。恐怕你不能再担任我的私人助理了。公司那些鼠目寸光的人说我只能拥有一个，而且那个人必须是安西娅。”

“是的，”贝拉说道，“我知道。”

她看着他的脸，一切都很正常。实际上他正对着她微笑，那种她觉得只有对她才有的笑容。但是现在她看见自己成了一个可怜的被迷惑的傻瓜。他的语气中没有丝毫遗憾的痕迹，甚至正好相反他看上去很高兴，几近激动的样子。我以为你很关心我，她想。我告诉凯伦你让我感觉好极了。这个感觉蓦然间倒塌了，你让我感到自己一文不值——还有悲惨。

“恐怕我们仍然需要走一遍这个年度报告的过场，不然我就得受人力资源部的惩罚了。”

说完这个打趣的话，他笑了笑。贝拉看着他那漂亮的白色牙齿但并没有报以微笑。她在竭尽全力让自己不要露出心烦意乱的神情。

“首先，我们需要写下本年度你的三个目标。”

“好的，”她说道，“我觉得继续在这里干下去还是不错的。”

“是的，显而易见。但是我觉得我们不能直接这么写。还有什么？”

“你真的想要知道我的目标？”

他无视她脸上的那抹辛酸，只是简单地点点头。

“我的目标就是带大我的女儿。”贝拉缓慢地说着，就好像是在和一个非常愚蠢的人说话一样。“还有支付租金。剩下的，我没什么好烦恼的了。我更喜欢和那些尊重我的人一起工作，做一些完全不用脑子的事情。但是现在我想我得随便找一份工作了。”

詹姆士用一种贝拉看不透的神情看着她，也许是尴尬，或者也许是同情。

“你女儿多大了？”他用一种温柔的语调问道。

“她今年七岁。”贝拉说道。

“是吗？好的，我不想让你担心你的女儿。你完全不用。你很聪明。我相信靠你的实力会取得成功的。”

“谢谢。”贝拉面无表情地道谢。

“实际上，我有一个小小的计划，”詹姆士继续说道，“我不是说现在就能很确定地告诉你，因为财政预算还没有批下来。我非常喜欢你在团队里，我不想让你离开。你非常有前途，比我认为你了解你自己的多得多。我能看到每天你在大西洋能源所做的各种事情，但是现在我打算让你作为一名初级调研员继续待在这个部门。”

贝拉不确定地“噢”了一声。

突如其来的愉快心情立即就被担心所淹没了。他需要我，她的第一反应是狂喜，但是她又想到：我做不来这个工作，这太难了，我会失败得灰头土脸，还有几点上班?

她做不到在那样的时间段上班，她曾见过莱斯的上班时间——他曾经自豪地对她说他现在基本都是早上7：30就到公司了。当然实际上，他去这么早根本不是为了工作。

“我需要考虑一下。”她说道。

詹姆士站了起来走向他的电脑前，什么也没有说。过了一会儿，他说道：“他妈的！”

贝拉凝视着他。她知道他常常把精准的用词用在阵阵的咒骂上，她喜欢这样，有点像她自己在爆粗口。但她觉得在对她是否接受这份工作上的犹豫不决而做出这种程度上的反应也太极端了吧。不过她发现这根本不关她的事。他盯着屏幕上的信件开始大声地念了出来。

> 作为大西洋能源的一个全球性重组，史黛拉·布拉德贝里挺身而出，接受了新创的首席顾问职位。她将直接对史蒂芬·辛顿负责，还将在公司战略指导中担任重要角色。
>
> 此外她将保留她在经济部门的领导职务。史黛拉是团体中的一名杰出的执行者，我盼望更密切地与她携手合作。我知道她还有更广泛的才能，这将造福集团继续前进。

詹姆士没有继续念下去，他说道：

“走，贝拉。我们出去喝一杯。让我们一起庆祝你的新工作。”

“我不知道我能不能去，”她说道，“我得给保姆打个电话。还有我还

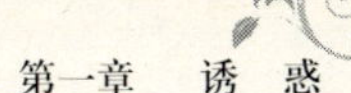

没有接受这份工作呢。”

“我也想要问你为什么要这么坚持。”

史黛拉

“我考虑过这点，已经有解决方案了。”

史蒂芬激动地大声叫嚣着，史黛拉不得不把手机从耳边移开一定的距离。他在挪威，她在伦敦桥旁边的福来莎百货公司的更衣间里。

她正在使劲尝试拉起一条牛仔裤的拉链，这条牛仔裤在屁股的口袋上镶上了钻石。

“给你的答案是接手新工作，同时仍然保留你原来的。当然，我们会给你派更多的助理。你是一流的经济学家，我想让你继续管理这个部门。我对你期望很高，史黛拉。”

史黛拉正背对着镜子扭过头来看看这条牛仔裤是否能让她线条突出或者是否能掩饰一下她下垂的屁股，然后吃力地在一张精致的小凳子上坐了下来。

当她听到史蒂芬的话语时她突然清楚地意识到：她并不想要这份新工作。她有太多的工作要做。确实，在这个时刻她不应该偷偷跑出来购物而是应该去弄完那份公司前景月度报告。

“呃，”她缓慢地斟酌着措辞，“我实际上被过分高看了——”

“这是你应得的，史黛拉。你干得非常好。我们明天就会发公告。”

“我不太确定我是否——”

史蒂芬打断了她：“等我回来后我们再讨论具体事项，现在我得走了。我叫了架直升机带我去我们的一个油田去鼓舞士气。这简直是浪费我的时间，我都不知道我为什么要在不断劝说下就答应来的。稍后联系。”

我也不知道我为什么要在不断劝说下就答应这份我不想要的工作。史黛拉想。

“衣服有没有什么问题？”

一个年轻的店员站在门帘的外面问。史黛拉拉开门帘，问道：“这条裤子我穿看起来可笑吗？”

“噢，不，完全没有。看上去非常适合你！”店员说道。

“但是是否让我看上去是想装嫩？你确定这些钻石设计原本是用在40岁左右而不是20岁的臀部上吗？”

“我曾经卖过这条裤子给比你年龄更大的顾客。大多数20岁的人可买不起这条裤子。”

史黛拉看了一下价格标签，上面写着169英镑，觉得店员的话很可能是对的。所以她决定买下这条牛仔裤，当她像蜕皮一样使劲脱掉这条裤子的时候，她回想起5分钟前她上司压倒性地说服她接受的新工作实在是太大了，而店员压倒性地说服购买的这条牛仔裤又实在是太小了。

这个想法把她逗笑了，她抱起牛仔裤连同一件裹胸裙和牡蛎缎上衣走去收银台。这件裙子是贴身针织款的，史黛拉觉得有点难为情，但是最后还是决定买下来。那件上衣是用的珍珠做纽扣，这是到目前为止她买过的衣服里面最有女性化设计的一件了。

购物让她感到有点头晕目眩，她打车回到了办公室。半路上她打电话给查尔斯，但是他没有接听，所以她发了一个短信给他。

我接受那个工作了。

他回复到：

非常好。

史黛拉偷偷地溜进她的办公室，想把手上提着的两个超大福来莎购物袋藏起来。她不确定为什么她会为了下午上班的时候溜出去一个半小时购物而感到这么内疚，也许是这耽误了她很长的工作时间，她从未这么偷偷溜出去过，但是今天她却这样做了。她刚把袋子叠起来放在衣架的后面，莱斯就进来了。

“我接受了那份工作。”史黛拉说道。

“太好了！”

莱斯当场高兴得来回地跑动着，他的某些热情感染了她。或许这会是全世界最棒的工作，她想。或许现在这个工作并不适合她，她在这样不可预知的情况下做出选择的原因是她已经感到厌倦了。新工作也许刚好是她自身所需要的。

“你给自己买了件礼物作为庆祝吗？”他问道，眼睛看着衣架背后的袋子，“你买了什么？”

“呃，没买什么。”史黛拉说道。

“这看上去可不像什么都没买。我可以瞧瞧吗？我超爱购物。”

“呃，我不喜欢。通常我都很讨厌购物，”史黛拉说道，“还有，不，你不能看它们。”

但是莱斯已经从椅子上起身向购物袋走去了。正当他这样做的时候，贝阿特正好从玻璃门前走过，疑惑地朝里看着。

“别碰我的东西。”史黛拉用假装严厉的声音呵斥说。

莱斯大笑了起来，说：“我们一起出去喝一杯庆祝怎样？”

史黛拉想象着她穿着新衣服坐在凳子上拿着一杯香槟酒和莱斯一起喝酒，她还在想要不要答应去喝一杯的时候她的手机响了起来。

“妈，你在哪里？”克莱米的声音听起来像受了委屈。

“我在上班。”史黛拉回答说。

“但是你说过你会提前回家帮我排练‘十二夜’的节目。你忘了吗？”

“我当然没忘，”史黛拉说道，实际上这是她有史以来第一次忘记和她女儿的约定，“我得把事情处理完，不过现在已经搞定了。我20分钟后就回来，我现在就走。”

贝拉

在经典的法国餐厅Le Coq d’ Argent詹姆士和贝拉面对面坐着，从窗户边这个座位可以看到英国中央银行的灰色石板屋顶。在他们中间放着的一个银质冰桶里面插着一支香槟。

詹姆士举起了他的酒杯。

“为你辉煌的前途干杯。”他说。

贝拉哈哈大笑。

“到目前为止还不是太辉煌。”

“你的态度让我很迷惑，”他说道，“我不太明白为什么你要待在之前的私人助理的位置上。你能说一口流利的俄语，你很聪明也有进取心。你为什么不出来发挥你的才干呢？”

贝拉喝了一大口香槟，感觉到气泡让她振奋了起来。

“你真的想知道吗？”她问道。

他做了一个表示诚挚的动作说他想要知道，于是贝拉开始讲述她的故事。关于这个故事有很多的版本，每个版本都或多或少不一样，这取决于讲述的对象。有晚上对自己讲述的最真实的版本；有她曾对她的朋友讲过一个把浪漫和危险元素都夸大了的版本；还有讨好的，部分删节的版本，总有一个适合讲给上司听。

她告诉他她的父亲拥有一家生产高端产品的家庭工坊，决心要把他那聪明的女儿不仅仅送上普通的大学——这是他从未做过的事情——而是要送去剑桥大学。但是贝拉的考试成绩让他失望了。

“啊？”

詹姆士看起来很吃惊。信心十足和缺乏想象力的人总能自己搞定一切，他无法明白其他人为什么搞不定。

“我不够努力。”她解释道。

她没有说16岁的时候她就完全停止学习了。每到午餐时间她都要去学校后面的停车场的野草丛里抽烟，和“矮子”一起，实际上他是学校里最高的也是最风流的男生了。她刚好通过大学入学考试的分数线，然后幸运地可以去班戈大学学习俄语。

“爸爸认为这是彻头彻尾的耻辱。”贝拉说道。

“我猜他现在应该不这样想了吧。”詹姆士说。

“我不知道。事实上我已经5年没有和他有过一次完整的交谈了。”

“天呐。为什么不？”

贝拉解释说她母亲让他收拾东西走人，因为她发现他越发频繁地外出去钓鲑鱼旅行，而实际上是跑去海威科姆和他办公室的会计部经理鬼混去了。

贝拉没有说她的母亲做了一个小小的调查发现鬼混对象还有刚卸任会计的继承者苏西，有销售团队的头儿克洛伊，市场部的乔安妮，还有——简单地说——公司的前台贾尼斯。

詹姆士朝前挪了挪屁股。

“那么你无法原谅他了？”

贝拉耸耸肩。

“嗯，我想我已经原谅他和这个那个女人鬼混，但是我无法原谅他作为父亲的失职。”

实际上他并没有变成像贝拉说的那样缺席了自己女儿的生活。她近几年几乎没有见过他，但是却见过他的钱，那些每个月都会打入她银行户头帮她支付贷款的钱。

“那么你母亲是不是立刻就把他赶出了家门？”

“应该是的，我想的话。那时我正在上大学。他们有过调解，但是之后妈妈找了一个私家侦探发现他对很多事情都在撒谎。所以她把他踢了出去，然后从那时之后她就把以前全心全意照顾他的精力全部投入到榨干他每一分钱中去了。”

“你是站在你母亲那边的吗？”

“不，不完全是。她本身也是有问题的。她从来都不在意我在学校过得如何，对我最失望的事情是我没有遇到一个富豪或者权贵。她总是滔滔不绝地说着她朋友的女儿在布里斯托尔大学的新生招待会上捡到一个二世祖，名叫塞巴斯蒂安，后来被证明是马尔伯勒公爵的大侄子，他们再也没有回来过了，还有他们要结婚了怎么怎么的，诸如此类。”

詹姆士给她倒了一点香槟也给自己倒了一点。

“为什么你没有在班戈遇到塞巴斯蒂安？”

“因为我遇到了克桑。在我这个年纪的学生看上去都是不成熟和书呆子气的，我想我对他们来说实在是太酷了。克桑是来自贝尔法斯特的二年级学生。他非常有——吸引力——比起其他人来说，还有他有那种富有磁性的声音。我和他常常去喝酒，不过我通常只喝到有一点醉意的时候他却快醉到要失去控制了。”

詹姆士一直凝视着她，举起杯子凑到嘴唇前又再次放了下来。他看上去被她的故事深深吸引了。贝拉已经说了太多超过她打算告诉他的事了，但是她正沉浸在告解之中。她一点都不想停下来。

“在第一年的年底我怀孕了。一开始我并没有发现，然后我就和同学一起去了俄罗斯，到了那里我才发现这件事。我飞回来做流产，但是当我回来的时候我发现我不能这样干。尽管我才19岁，我却很想要一个宝宝。克桑说他也是。我没有再返回俄罗斯，选择离开了大学搬到他的学生公寓去同居。他根本就不去上课，整天都在和他的狐朋狗友一起鬼混。那个地方非常肮脏，我完全受不了。所以我搬回家和妈妈住在一起，独自抚养米莉。我不是在抱怨——我的意思是有时虽然很困难但是我们都非常快乐，我完全不能想象会变成现在这个样子。克桑进入了我的生活却又离开了。他现在还是老样子，这对他自己和米莉来说都是很危险的，我已经申请了法院禁令阻止他去见米莉。”

他又喝下一口香槟，在吞咽之前在口里涮了一下。

“如果换做我早就疯掉了——你真是强啊。”他说道。

贝拉开始飘飘然起来，一种异乎寻常的自豪感油然而生，好似他用幻影的光束将她的经历变成一个精神胜利的故事而不是一个由她父亲支付的警察局和律师的无聊账单。

“那不可能，”她说道，“我肯定你绝不会疯掉的。当你有了小孩时你根本就疯不起啊。”

当贝拉说完这句话时她真希望她没有小孩。她想到了詹姆士的妻子，没有小孩已经疯掉了。詹姆士显然也有同样的想法，他从他的口袋里掏出他的黑莓手机焦虑地查看着。

“那么，”她说道，“换个话题。我猜你肯定是一帆风顺的，从出生开始？”

“我的故事，”他自嘲着，“真的是很无聊的。我8岁的时候就去了寄宿学校，然后去了温切斯特，在剑桥去念法律，结果我没有去当一名律师，我大学毕业后就直接在大西洋能源找到了工作。我和在大学认识的女友结了婚。我有两个可爱的小男孩。就是这样。我的全部人生。”

说到这些的时候詹姆士的脸色发生了变化，看上去有些心不在焉和心烦意乱。他想起了他的家的重要性吗，贝拉想知道。或者他是在为他那病入膏肓的妻子而沮丧吗？

她看了看她的手表。

“我该走了。”她说道。

“别走。”他说道。

他轻轻地抓住了她的手，她的手背感受到了他滑润的手带来的温暖。

“不行，”她说道，“我真的喝多了，而且真的太晚了。我得走了。”

“我们还没有谈工作，”他说道，“不过我们可以明天再谈。需要帮你叫辆出租车吗？”

“不，”她说道，“我坐地铁。”

“我和你一起吧。”

他们坐手扶电梯下到班克站，他和她一起站在向北行驶的站台上等着，尽管他回家的方向是在南边。

“海巴尼特，2分钟。”指示器响起来。

“你不用等在这里。”贝拉说道，希望詹姆士能离开。

“没事的。”他说道。

地铁叮叮当当地靠站了，门打开了。

“谢谢你请我喝酒，”她说道，“明天见。”她转过身对着他，突然的，几乎是出乎意料的，他给了她一个拥抱。

贝拉走进车厢坐了下来。当火车缓缓离开的时候，他看着她，微微一笑。贝拉仍然在回味他的手在她的背上的压感。

史黛拉

这是史黛拉开始新工作的第一天，她觉得随着新开始的到来必须做一些了断。她打算停止这件事——调情——和莱斯。他已经占据了她头脑里太多的空间了。在家的时候她会看见他的影子就坐在厨房里三周前他坐的位置上；在办公室的时候她能看见他靠在门口，当他本人没有站在那里的时候——他一天中的绝大部分时间都不在——她就会找个借口让他来谈谈。

现在他不但平常发电邮给她，而且在周末的时候也开始这样做了。上周六，在庆祝她父母结婚50周年纪念的晚会后，在回家的路上她看见包里的黑莓手机上有一条短信，11: 34发出来的，上面只有3个字。

喝醉了。

“你在笑什么。”查尔斯看着史黛拉变幻的表情。

“没事。”史黛拉说道。

但是并不是没事，而是发生了一些事。别提那天晚上有多开心了——她的整个家族都在荷兰园的橙花园餐厅里聚集一堂。史黛拉作为家族成员里最富有的人坚持要支付整晚的所有费用，大家都很感激她。查尔斯来了一个大方而幽默的祝词讲话，史黛拉那几乎从来没有任何表情的母亲听了之后也哈哈大笑，当查尔斯讲到他的岳父母的婚姻是一件多么美丽的事情的时候，史黛拉的母亲甚至拿起亚麻餐巾擦了擦眼角。

但是这三个愚蠢的字让这场盛大晚会的重要性在史黛拉的心里消逝了。她感到非常兴奋和激动，他在周六的晚上快接近半夜的时候还在想着她，他需要靠酒精壮胆才能表达出来。

那天晚上她做了一个奇怪的梦，她在办公室里，查尔斯和她父亲也都在那里。莱斯邀请她跳个舞，他们两个就在复印机和碎纸机之间跳起了缓慢的舞步，查尔斯和她父亲在旁边观看并随着音乐用手拍打着节奏。她早上醒来的时候，仍然可以感受到他的存在，她意识到这个让工作更愉快的调情并不是无害的。

它使人着迷，必须制止住。

我打算用委婉一点的方式告诉他我们之间走得太近了，这样很不专业，她一边想一边穿上她的新裹胸裙。我正在做一件不仅是危险而且是可悲的没有尊严的事。埃米莉是对的。我已经44岁了，快要绝经了，已婚有孩子，竟然为了一个野心勃勃的年轻人写的电邮而激动——他跟我打情骂俏是因为我是他上司。

那天早上莱斯正坐在他的办公桌前等她，这是他现在每天早上都在做的。史黛拉轻轻地和他擦身而过走进她的办公室里。他站起来跟了进来。

“怎么啦?”他说道。

“没事,”她说道,完全没有看他一眼,“只是今天我会很忙,这是我新工作的第一天。”

莱斯没有搭理这句话。

“我有东西要给你。我昨天晚上为你做的。”

他递给她一张CD,CD盒上有一张白纸,上面有他写的文字,工整的斜体字。

“我想给你一些歌,我觉得你会喜欢的。你现在就可以把它们放到你的iPod里面然后在飞机上听。”

“我没有iPod。”史黛拉说道,试图掩盖住她浑身上下猛增的愉快。

他哈哈大笑。

“为什么这一点也不让我吃惊呢?你有CD播放机吗?”

“你这样做真是太客气了,但是我觉得我不应该接受。”

“为什么不?这只是一张CD。你可能觉得所有的歌曲都是垃圾,但是我喜欢它们。”

“莱斯,”她说道,“不光是CD的事。事实上我真的不觉得我们应该互相发送除工作之外的电邮。”

“行。”他迅速地回答。

史黛拉刚松了一口气,又震惊地发现她排练好的话开始变成胡言乱语了。

“我的意思很明白,”她说道,“我不是暗示我们之间有什么事情,当然压根儿就什么都没有。我只是觉得最近几个月我们养成了一个坏习惯,我们花了太多的时间在聊天上,这影响了工作。我需要考虑组里其他成员的看法——”

莱斯转身离开了,但是史黛拉继续说着:“——还有,很明显我喜欢上你了,莱斯,不管是作为同事还是私底下——”

加文·梅雷迪思,产品部门的统计员选择在这个时候从史黛拉办公室的门外把头伸了进来。

“我打扰到什么了吗？”他问道。

“没有！”史黛拉几乎是在用吼的，“我们完了……”

她用了一个双关语。

莱斯离开了办公室，史黛拉嘴里有点干，开始和加文一起讨论这最新的石油产品数据。

她手里仍然紧紧地攥着那张CD。

我了结了这件事，她想。

“我想这对你做出的未来市场的预测是一个警告，”加文说道，“我让桑杰计算了一下，是前所未有的巨大数字。我打印了一些资料给你。”

史黛拉真的很想快点把加文赶出办公室。

“谢谢，”她说道，“我会让我的一个实习生，贝阿特·施莱格尔，来做一些调整预测方面的工作——我会把打印资料给她的。”

迅速搞定了加文，史黛拉在办公桌前坐了下来，凝视着她面前的图表。

在她脑海里仍然回响着莱斯的声音说着“行”。他竟然敢说行。真的不再给她写电邮了吗？难道这对他来说是小事一桩，根本就是无关紧要的事吗？

她拿起CD准备扔到垃圾桶里，结果没扔准掉在了地上。她诅咒着捡起来坚决地把它丢了进去。过了一会儿，她又走到垃圾桶前把它捡了出来，放进了桌子最底层的抽屉里。

她没办法集中精力在她打算阅读的报告上面。她想如果她给莱斯发个短信为她的语气道歉会怎样呢？他会怎么看呢？是不是一个非常明显的让步呢？正当她在想这个的时候，她收到了他发来的短信。

史黛拉。无论如何，我并不想打扰你，让你觉得我是一个不知趣的人。但是有点尴尬，有些事情我想要对你说。今晚在你走之前可以一起小喝一杯吗？

她回复了：

不好意思，我想你直接回家会比较好。

过了一会儿，他简单地回复说：

好的。

她继续看她的报告，但是她看来看去都是在看同一行。

布伦特原油3个月的交易增长了50个基准点……

她该去吗？不，当然不能去。但是假如她只是去一小会儿，委婉地告诉他她对他的一些感觉是完全不职业的，因此他们彼此不再见面会不会更好一些的话会如何呢？这个想法让她轻松了下来。无疑这样很好吧？而且是有益的。还有，如果这样想的话，并不是不职业的。如果她和他来一次适当的谈话，最好离开办公场所，不会被加文或者其他什么人打断。这毫无疑问是最好的做法。

这样做很妥当。实际上，更多的是，她欠他。这是毫无疑问的。

所以她点开了他最后的一封电邮，点击回复按钮然后写道：

经过重新考虑，可以设法在6点来一次非常短暂的小酌吗？

她发短信给保姆说她会晚一个小时回去，并嘱咐她把晚饭做了，还有要检查一下芬恩的家庭作业。

然后继续回到她的电邮上。有一个莱斯的回复。简单地写着：

x（kiss的缩写，意思是吻你，译者注）

她凝视着邮件。为什么一个小小的x，背后的含义是如此的深啊？她不断地点击着鼠标，看了一眼又一眼。他之前从来没有在发给她的邮件末尾加上吻你。当然x本身没有任何意义。它只是你27岁的时候做过的一件事而已。

贝拉

第二天早上贝拉伴着头痛醒了过来，感觉很不舒服。她看了看她的手机，但是詹姆士没有回复她昨晚发给他的短信。她又看了一遍她写的：

谢谢你请我喝九（这是她故意写的错别字），我真的很喜了个欢，贝拉 亲亲哟。

这里有三件事做错了。短信太幼稚了，她的错别字还有那个完全不需要的“亲亲哟”——难怪他没有回复。

贝拉迅速地穿上衣服，把头发向后绑成马尾辫，没有化妆。幸福总是很脆弱的，她想到。昨天她的感觉就像《西城故事》里的玛丽亚一样——“我感觉真好，噢太好了，我觉得自己漂亮聪慧又快乐，我很怜悯，那些今晚没有像我这样快乐的那些人……”

今天她是一个干巴巴的没有男人的年轻女人，她对她上司做了一件愚蠢的事情。

当她在穆尔盖特站爬上来走进细雨中的时候手机响了起来。有一个小小的未读标记在詹姆士的短信旁边。那一刻她心潮澎湃了起来。她打开了短信。

你可以帮我确定一下史黛拉是否参加今天的环保主义者午餐会吗？詹姆士。

“昨天的评估还好吧？”安西娅问道，她的语气带着很重的关注意味，贝拉知道她不是在试探。

“还行。”贝拉说道。

“很好，我真高兴你轻松地通过了。有人告诉你还要在对外关系部待多久吗，还有你会调去哪里吗？”

“我会留在这里。”

“噢！”

安西娅的脸都变黑了。

“不是作为私人助理，”贝拉解释道，“詹姆士想让我做另外的工作。成为一名调研员。”

“调研员？”安西娅重复了一遍，然后沉默了。

“好吧，”最后她说道，“时间会证明的。”

时间会证明什么，贝拉很好奇。她觉得安西娅这个词真是用得愚蠢无比。时间从来什么都证明不了。除非你等得足够长有时会发生一些事情，但是就像通常那样，在她的经验里，什么都不会发生。

她打开她的电邮箱，里面有一封来自设备部门主管的回信，那是对她之前发送给他关于油桶那件事的回复。他告知她这并不符合健康和安全条例，还有这个和“保持接待室的完整性”是冲突的。贝拉确信第一条理由是站不住脚的。她已经花时间阅读了公司80页的健康和安全手册，整篇都是关于什么不要站在椅子上去更换灯泡，指导人们上下楼梯的时候要扶住扶手，但是没有提及接待室不能放置障碍物。

她大声叹了口气，安西娅抬起了头。

“怎么了？”她的声音有些尖利，就好像感觉现在贝拉升职了她就失去了抱怨的权利一样。

“没事。”贝拉说道。

她站起来沿着走廊走到转角处去见娜塔莉，史黛拉的私人助理。她其实可以简单地发一封邮件给她，但是她觉得她需要远离安西娅那个阴郁而黑暗的存在。

贝拉看到娜塔莉坐在史黛拉的办公室外面翻阅着《Grazia》（Grazia的中文版是《红秀》，译者注）。

她喜欢这样的娜塔莉。她完美而有效率地把事情处理完，而且当她不忙的时候也不装出一副很忙的样子。

“詹姆士想要知道史黛拉是否要参加今天他的午餐会。”她说道。

“已经排在她的日程表上了。”娜塔莉说道，“另外便是恭喜你。我听说你成为调研员了。”

“消息传播得真快，”贝拉说道，“甚至都还没有正式公布呢。”

“那么你会干啥工作呢？”

“我也不知道。我真的不知道这意味着什么，他们都不付我更多薪水。这只是詹姆士被告知他不能拥有两个私人助理，所以他决定继续留用我只是换个头衔而已。”

“你得小心点他。他是个老色鬼。”

“是吗？”贝拉用几近厌恶边缘的语气说道，“他试图调戏过你吗？”

“问得好，”娜塔莉说道，“但是他和你的旧上司有一点不清不楚的事，难道不是吗，还有我觉得他和史黛拉正在发生一些事情。”

“什么？”贝拉不敢相信。

“尽管史黛拉觉得她真的很小心了，但是我还是注意到了一些事情。她有些心神不宁，而且看上去变漂亮了。起先我都不敢相信，因为她是那样的刻板，还有她有一个完美的婚姻之类的东西。但是现在我确信了。她开始涂口红，还常常中断工作跑去洗手间去补睫毛膏。还有一天在我进来的时候看见她生气地删掉一个调情短信，但看上去很内疚的样子。你有看到她今天穿的那条裙子吗？”

“可能吧，”贝拉说道，“但我完全没有注意到詹姆士有什么古怪的行为。”

“你可不能这样就下判断，”娜塔莉斩钉截铁地说，“男人不会露出太多马脚的。”

“你为什么在这方面表现得像专家一样？”贝拉问道。

“我在办公室里工作了很长时间了。我见过很多这样的。”

“那你是否也曾经——”

娜塔莉哈哈大笑起来。

“这不关你的事吧！”

“哎，继续讲吧。”

“好吧……是从在这里工作之后才有的。当时我在客户关系部，空闲时我和某个男生在办公室派对之后在浴室里做过爱。我当时喝醉了完全记不起来曾经做过什么了，但是我觉得那是我这辈子最烂的一次做爱。”

她俩都哈哈大笑，导致正走过娜塔莉办公桌进到她办公室里的史黛拉警惕地望向她们。她们默默地等她走进去关上门。

“明白我的意思了吗？”娜塔莉说道。

“什么？”

“非常的紧张。”

“这不能说明什么，”贝拉说道，“这不是她新工作的第一天了，她不会让自己这么紧张的。还有她如果和詹姆士有一腿，她真的会快乐吗？”

“快乐？你没有看到他那肥大的肚子吗？”

贝拉没有回答她，娜塔莉接着问道：“你有喜欢谁吗？”

“都不喜欢。”贝拉否认。

“很正常，”娜塔莉说道，“他们都不太合适。但是如果你不得不……会选哪一个？”

贝拉哈哈大笑起来，一副局促不安的样子。为了避开回答这个问题，她说道：“你是怎么知道詹姆士和茱莉亚的事情的？”

娜塔莉怜悯地看了她一眼。

“这个地方是没有秘密可言的。”她总结说。

贝拉心事重重地回到了她的办公桌前。她知道娜塔莉说的并不对，但是她需要知道真相。她来到詹姆士的办公室门前站定，他招手让她进去。

“史黛拉会来参加午餐会的。”她边说边仔细观察他的表情。

“哦。”他脸上没有任何表情改变。

然后她接着说：“设备部门说油桶不符合健康和安全条例，但我觉得根本不是这么回事”。

“告诉他们，是CEO要这样做的。这样他们就会闭嘴的。还有贝拉，”他继续说道，仍然面不改色地看着她，“还有一件事。”

他开始在他的办公包里翻找文件，然后翻出一个HMV的袋子。他递了过去给她，就好像给她一叠影印资料一样。

“给你的。”他轻快地说道。

里面有一张范·莫里森的精选集CD。

“这个拿来干吗？”她问。

这真是一个愚蠢的问题，但是喜悦的心情已经冲昏了她的头脑。

“拿来干吗？”他重复道，“除了拿来听什么也干不了。我猜你知道有首歌叫《褐眼姑娘》。这是我特别喜欢的一首。我知道你在想我都不知道你到底要说什么。其实一切都逃不过我的注意，你有一双褐色的眼睛。”

第二章
上 瘾

史黛拉

当史黛拉回忆起那件事的时候，总是想如果当时她做出不同的反应，那么随后发生的所有事情都不会发生，生活也可以沿着正常的轨道继续前进。转折点就是那次小酌。在去喝酒前她还可以停止下来，之后就太迟了。

既然她可以做到，那么为什么她之前不停下来呢？史黛拉告诉自己她试过了，实际上她只是想用喝一杯的方式来解决这件事。但是她知道这不是真的。就像她出去赴约时她心里知道的那样，她知道她对自己隐瞒了自己的真实想法，她其实是在自己骗自己。

“我们要去哪里呢？”史黛拉问道。

“让我们找个安静点的地方。”他说道。

他们开始向上走向北边的老街而不是向下走去城里的香槟酒吧。他们走得很快，相互之间离了一些距离。

“谢谢你出来。”他说道。

“不必谢。”她说道。

然后他们陷入了沉默，默默地走着。

“你要知道，”他说道，“这感觉很尴尬。你看惯了某人在办公室的样子，结果现在却又和她在一起喝酒，但互相之间又找不到话来说。”

史黛拉哈哈大笑。莱斯说的话让她脑子里想起了一些甜蜜的事情。

这让她想起了在公司高层们的交谈冷场时，芬恩常常用“尴尬的沉默”这句话来缓解气氛。

实际上她也有同样的感受，但她的感受是慌乱多过尴尬。这个男人——确切地说这个男孩——是谁，她寻找着问题的答案，还有我正在跟他干吗?

他们进到一个荒凉的酒吧，里面空空荡荡的，只有一排摆在红色图案地毯上的老虎机。空气中可以闻到一股淡淡的漂白剂味道。

“我想这里应该不会被公司的人发现了吧。”他说道，“你想喝点什么?”

她说她想喝一小杯红葡萄酒，转念一想，这里的葡萄酒应该非常糟糕，所以又说她还是来一杯贝克啤酒算了。但是又转念一想也许她根本就不该沾一点酒精，而是应该喝果汁。

最后她说道:“你喝点什么?”

他说他喝红葡萄酒，然后她说那样的话，我也来一杯同样的好了。

史黛拉从背后看着他站在吧台前面。他的头发垂到衣领上的地方变得很单薄。她很想摸一下，感受下那是什么感觉。

不，她告诫自己，她不能想要去摸上一把。她想要坚定地告诉他，他们必须停止这样下去。她想要告诉他的是她非常喜欢他，觉得他很迷人，还很喜欢和他在一起，但是他们之间的关系正在变得很不职业，她打算建议他调去其他部门。

莱斯拿着两大杯葡萄酒回来，举起杯子和她的碰了一下。

“干杯。”

他看着她，没有笑。她喝了一口，酸得她脸部都抽搐了起来。

“我有一些事情要和你说。”她说道。

“我也有一些事情要和你说，先听我讲。”

史黛拉点点头，很高兴在她开始说之前有更多的准备时间。

“我想说的是我的确是一个喜欢卖弄的自大狂。但是最近三个月在我身上发生了一些事情，如果我因此而丢掉工作我也不在乎。从第一天你演讲的时候开始我就无时无刻不在想着你。你非常的棒，很漂亮，让人着迷，幽默，我很崇拜你。听起来不可思议，我都不相信我会这样说。我甚至都还没有喝醉。”

史黛拉心里的天平开始倾斜和动摇了。她没有看着他。她盯着地上的地毯橙色玫瑰的花瓣，还注意到中心部分的颜色渐渐变深呈品红色。

“这真是可笑，”她说道，“你不能爱上我。这完全是荒谬的。我结婚了，我爱我的丈夫，我爱我的孩子们。他们在等我回家。这太疯狂了。”

“我知道这很疯狂，”他说道，“但这并不能改变什么。”

“你不是当真的吧，”史黛拉继续道，“你有一个漂亮的女朋友。我们之间有16岁的差距。”

莱斯说他根本不在乎她的年纪大小。他并不是特别喜欢中年妇女，而是特别喜欢她。

史黛拉凝视着桌面上她酒杯弄出来的水渍圈。此时她并没有感到愉快，而是一种纯粹的恐惧感，这辈子可能再也不会有第二次了。

莱斯倾身靠近她，把他的手盖在她的手上面。她看着他们放在一起的手。她的手看上去又干又皱。他的手又白又软的触感让她感觉像坐电梯失重一样，这种感觉很陌生，很令人陶醉。她慢慢地把手抽了出来。

“我得走了。”她站起来穿上了外套。他们在街道上不知所措地沉默地走着。一辆空出租车从旁边开过来，她举起她的胳膊。

“可以载我一段路吗？”他问道。

“不。”她拒绝。

“我可以拥抱你吗？”

“不。”她说道。但是他张开双臂，她俯身凑了上去，被他紧紧抱住不放。

她挣脱开钻进出租车走了。

—贝拉—

当贝拉看着大巴车来载对外关系部的成员从公司去希克斯顿酒店时，她原本以为她是不会去的。私人助理并不跟随团队活动，搞好成员关系并不是他们的工作内容。

贝拉主要担心的是课程。她感觉自己并不像是一个调研员，她很担心她会做出一些让别人觉得她是冒名顶替者的事情出来。她同样也很担心米莉，小姑娘几乎是被强迫式地留在了她外婆那里，这样她的外婆就可以照顾她了。但是她大部分的担心是来自于詹姆士。昨天早上她告诉他她听完了范·莫里森的CD，然而他茫然地看着她，就好像他忘记了他给过她这张CD一样。自从让她成为调研员后，他还没有分配工作给她做过，所以很多时间她都要假装成很忙的样子，几乎想回去做私人助理了。

同事们把大巴车塞得满满的，他们大部分都装着牛仔裤和毛线开衫，这让贝拉觉得自己的黑色裙子和夹克蠢毙了。詹姆士是最后一个上车的，有那么一刻她觉得他是有目的地穿过通道想要找个坐在她旁边的位置，但是他坐在了她前面一排，挨着他的是投资关系部二号副手。

开往伦敦南部的旅程缓慢而枯燥，贝拉是靠着看窗外的风景和听詹姆士的谈话度过的。

“市场和预计的一样建立了起来，我们将会有一个平稳的销量。”詹姆士正在侃侃而谈。

这该死的到底是什么意思，贝拉很想知道。当她还是私人助理的时候她根本不关心她是否明白周遭发生的事情，但是现在她的无知让她很焦虑。

詹姆士的手机响了起来。

“嗨，亲爱的……嗯，如果你觉得搞不定的话就别那样做……我正在车上，晚上会打给你的。”

贝拉已经可以分辨出他不同的声音。他工作时候的声音，很低沉严肃。此外他还有一种常常在喝酒时用的温和声音，即使不是非常温柔的也比平时要好得多。他现在和他妻子谈话时用的声音，贝拉觉得就是他工作时候的声音，只是稍微和缓一点而已。还有现在他和儿子谈话用的声音，充满了爱意。

来到了希克斯顿酒店，一个穿着拉链毛衣开衫的高大年轻人正等在那里。

“你好！你好！”他对每个下车的人问好，顺便做自我介绍。“我是杰伊，在接下来的24小时里我将会是你们的辅导员。我建议你们先去签到，然后回各自的房间梳洗一下再下来参加欢迎会。15分钟后见。”

贝拉之前从未独自住过旅馆。她把旅行箱放在简易行李架上，对那覆盖着白色英国优质细亚麻布的大床赞叹不已。她走进浴室里，用手抚摸着擦拭一净的光滑洗手盆，那形状就像一个很大的白色水果碗，然后又摸了一下纯白色的毛巾。她看着镜子里的自己，觉得她在一切的映衬下看起来太无知太卑微了。她顺了顺头发，补了下睫毛膏，然后给米莉打了个电话，米莉抱怨外婆说她太小了不能看《绝望的主妇》。

在底楼对外关系部的23名经理围成一圈坐在金色椅子上，看上去就像是来参加婚礼一样。

“不好意思。”贝拉一边说着一边坐在了最后一张椅子上，然后把一包东西塞在椅子下面。

“好的，现在所有人都到场了，我很高兴代表艾迪尔逊公司欢迎大家！作为24小时行程的一个开端，我们首先要释放我们的创造力，充实自己，后面还有一大堆有趣的事情等着我们。”

贝拉看着面无表情的詹姆士。

“那么，”杰伊继续道，“让我们直接进入第一个热身练习吧。我要求过你们每个人都带一件可以表明你自己的东西。一些令人惊奇的东西将会让我们了解你的独特个性，还有你的真实性。”

他们轮着圈一个接一个地开始了。一个男人带来了他的乳牙。男人可以远离那些炫耀父母之爱的无聊行为，贝拉想，但是女人不行。本带来了他摩托车的钥匙，这根本就是在逗大家玩，因为大家都知道他一直在骑摩托车。大多数的男生带来的东西都和运动有关。有四个人带来的是高尔夫球，给活跃的讨论带来了障碍，杰伊对此也只好保持沉默。组里除了贝拉只有2个女生：一个带来一本写了一些她想要去的地方的旅行书，如果她有那些时间的话——这种暗示她工作辛苦的行为毫无必要。另一个带来一顶泳帽，然后告诉大家她一个星期要去游泳两次，也没有什么特别的吸引力。贝拉一边等待着她的发言一边变得越来越恐惧起来。她认识到她误解了这个练习：目的不是要带来一些惊奇的东西，而是要带来一些安全的根本不会透露出你自己的东西。贝拉看着她包里的三样东西。

“你似乎带了不少东西来。”杰伊说道。

“是的，”她满脸绯红地解释，“我无法抉择带哪一个，所以我带来了三个。”

她可以感觉到詹姆士在看着她。

“如果需要三件东西来解释你的真实性，”杰伊说道，“那么开始吧！”

“这是一把锯子。”贝拉边说边迅速举起手里的锯子，“我带这个来是因为我喜欢DIY。这是一本俄罗斯的情诗集，因为那些句子很美。这是一个麦克风，这是属于我女儿的，我们喜欢在一起唱卡拉OK。”

一片寂静。

詹姆士直直地看着她挑了挑眉毛。

“太棒了！非常好！谢谢你，贝拉。”杰伊说道，“最后，我们的老大会带来什么呢？”

詹姆士在他的口袋里东摸西摸掏出了一个很小的木质衣柜，高度不超过2英寸。

“我自己做的。我喜欢做微缩模型。”

她看着他。这真是意想不到的。这个衣柜很不错，但是完全没用处。贝拉看着他拉出衣柜的抽屉，他拉着小把手的手指看上去很精致和文雅。

史黛拉

史黛拉正在希思罗机场排队等待签入。作为一个无家可归的人，她没有睡成觉但是感觉并不太累。她仿佛遭受了一场巨变，猛烈得让她无法明白为什么世界各地看上去都非常相像。

当她前一天晚上和莱斯喝完酒回到家的时候，查尔斯和芬恩正坐在沙发上看接近完场的尤文图斯对阿森纳的足球赛。她从背后轻轻地亲了一下查尔斯——她不想让他看见她的脸。但是他转过头来瞟了她一眼，眼神里充满了疑惑，觉得她很奇怪，和平时不太一样。

“不好意思我回来得太晚了，”史黛拉说道，“有些事我得处理完。”

查尔斯嘟哝着向前倾了倾身子继续看尤文图斯队在91分钟时的一个进球。

“不！”芬恩抱怨道，双手向后弯曲抱着他的头，这是他表示失望的新肢体语言。

史黛拉看着沙发上的他俩。那就是我丈夫，还有我的儿子，史黛拉想。当他们在看球赛的时候，我正紧握着一个同事的双手。

她正在临界点。她应该感到内疚，但是这时的感觉不是的，更多的是一种疏远感。内疚的意思是令人感到苦恼和难受，她并没有这种感觉。她感觉很愉快，就好像她浮在空中一样。她向下看着在下面自己的生活，看起来好像和平时一样精准地进行着。

一切如常，只有一个人不太正常，那就是史黛拉，但是没人看起来对她身上发生了什么事情感兴趣的样子，或者注意到有什么不一样的地方。只有正好过来吃晚饭的查尔斯的母亲被史黛拉的晚归感动了。

“亲爱的，你花太多的时间在工作上了。你在忙什么呢？”

史黛拉说这段时间有许多工作需要跟进，但是很快就会忙完的。

老太太考虑了一会儿然后焦虑地看着史黛拉再次说道：“亲爱的，你花太多的时间在工作上了。你在忙什么呢？”

史黛拉再一次地说有很多的事情要跟进。

这个问答又进行了三四次，然后晚餐照常进行了起来。克莱米比平常表现得要好一些，为了她的物理测验得了99分而欢呼，芬恩讨人喜欢地对着他的奶奶说着他在电脑暴力游戏里升到了多少多少级，她用最宽容的态度听着，其实根本听不懂他在说什么。

史黛拉吃着晚餐，尽管她并不饿。她还得参与谈话，尽管根本不记得自己说过些什么。孩子们都上床睡觉去了，史黛拉觉得需要做出一点赔罪的事，于是开车送查尔斯的母亲回家，进到她的公寓里，整理了一下她的垃圾，晾了一些洗好的衣服，然后陪她闲聊了一会儿。当她回来的时候，查尔斯已经在床上睡着了。史黛拉看着他的身体，曾经那么修长结实但是现在腰上长了一圈赘肉。她摇摇头甩掉莱斯的样子和他外套的味道。

史黛拉上床躺在她丈夫旁边闭上了双眼。没可能睡着——事实上，她甚至没有想去睡觉。她躺在那里，脑海里不断回想着晚上发生过的事。大概凌晨3点的时候，史黛拉越来越强的直觉告诉她，莱斯会为这次喝酒感到后悔。他并没有这样说过，或者说是并没有想拥抱她。她肯定她手机上会有他发来的一个短信来说这些事情。她下床从夹克的口袋里掏出手机，走进浴室里锁上门——她之前从未在家里这么做过。

她打开手机，这一秒变得好像一世那么长久。

有新到的短信。是莱斯2:38发来的，上面写着：

Xxxxx

坐在签入台的英国航空公司的女工作人员问史黛拉是要靠走道的位置还是窗口边的位置。

是什么让你觉得我会在乎坐在哪里呢？史黛拉想说。我没有睡觉。我歇斯底里地快乐着，同时又深深地痛苦着。不管怎么样，我现在还要去美国亚利桑那州去参加一个我根本没有准备的会议。我根本不在乎我在飞机上坐哪个位置。

“窗口边的位置。”她说道。

她把她的行李袋放在传送带上，那个女工作人员说道：“袋子是你自己打包的吗？”

“是的。”史黛拉说道。

“里面有尖锐物体或者液体吗？”

“没有。”史黛拉回答说。

当她例行公事地回答这些熟悉的问题时，她正在想着：他痴迷于我。我知道这很可笑，但是这是他自己说的。莱斯，看在上帝分上，我不能停止想念一个男人，他叫莱斯。甚至不是一个男人，只是一个男孩。一个男孩名叫莱斯。多么愚蠢的名字。多么愚蠢的女人。

史黛拉仰躺在她窗口边的座位上，闭上双眼，停止试图将这个想法驱逐开。她重放了一下当时的情景。出租车在等着，车门已经打开了，她正站在路边，他的手臂紧紧地环绕着她。还有更早之前，他在小小的酒吧桌上看着她，说她令人神魂颠倒，有趣、漂亮还有性感。

每个词都让她感到一阵喜悦。史黛拉已经习惯被人赞扬和喜爱了，但不等于她就习惯被像他这样的人赞扬。她也没有习惯被人说她既漂亮又——更不用说——性感了。她为这些赞美她的词语感到沾沾自喜，但是她说完之后又开始怀疑起它们来了。

他的确说过这些话，这是可以确定的。但是这是他真实的意思吗？他当时应该想一下他所做的，但是无疑他没有想过。他希望得到她吗？

"打扰一下。"

一个超级胖的男人坐在她旁边的位置上长舒了一口气。尽管商务舱的座位很宽大，扶手仍然深深地陷入了他的肉里，把他分成了两大块。史黛拉朝里挪了挪，翻开了她的文件。

他的呼吸声很沉重，他用他那肥大的手指在iPod猛戳了一阵，史黛拉试图集中注意力在自己的简报上。

《可再生石油能源价格波动的交叉需求价格弹性》。

"这看起来很有趣！"他说道。

史黛拉对他笑了笑。

她看了一下第一幅图表，然后又看了一次。

飞机开始在跑道上滑行。

"所有的手机和电子设备现在都请关掉，飞行过程中也请不要打开。"空姐说道。

史黛拉手机还开着。她发了一条短信：

快要起飞了。我觉得可能未来三天内我们不要再联系会比较好。

她发送了出去，关掉了手机，把座位靠背调回了直立式。

—贝拉—

贝拉在晚餐前喝了一杯加了奎宁水的伏特加，在晚餐的时候至少又喝了四杯，后来在酒吧又喝了一些加奎宁水的伏特加。她现在正在喝她的第三杯。

整个晚上她都在注意着他，看他站在哪里和谁在讲话。他有好几次对着她微笑，她希望他过来和她聊聊，但是他没有过来。他曾直接地注视着她，好像他们之间有什么共享的笑话一样，但是依然没有挪动脚步过来。然后，在临近午夜的时候，贝拉朝吧台走了过去坐在他旁边的凳子上。

"没人喜欢我。"她用撒娇的语气说，"我还在为诗歌集的事而小心翼翼地行事。我的意思是每个人都带了一个普通的东西——这会让我看起来像是要装成很聪明的样子吗？"

"不，完全不会，"他说道，"你为什么会这么想？"

"不知道。我只是……"

她蠢蠢地对他笑了笑。

"我觉得你会发现我们中有很多人都喜欢诗歌，只不过遗憾的是我们没有足够的时间来学习它们。"

她瞟了一下他的手表，为了延长谈话，贝拉说道：

"那么你喜欢哪种诗歌呢？"

"呃，嗯，"他说道，"我喜欢很多种诗歌。"

"喜欢很多种诗歌，然后呢，背诵一些出来吧。"

这看起来把他搞懵了。于是他说道："有人在吗，旅行者一边喊着一边敲着月光洒落的门……"

"我可不知道这首诗，"贝拉说道，"是这样的吗？"

他哈哈大笑起来。

"我不记得后面说的内容了。这真是漫长的一天，我得上床睡觉了。"

贝拉并不知道自己打算要干点什么，她摇摇晃晃地站了起来，发现她太需要上床休息了，然后跟着他走进了狭小的电梯里。她一进去就整个人靠在了他身上。

"我喝醉了。"她说道。

"贝拉，你没醉，"他一边说道，一边抓住她急匆匆地亲吻了起来。尽管她酒意朦胧，贝拉还是想知道他是否比她更喜欢冒险和刺激。

她不太清楚那天晚上之后事情发生的准确顺序。他把她带进了他的房间了吗？或者只是她自己跟着他进去的？她完全记不起来了，不过这也许没有什么太大的关系。

不管怎样，她都去了他的房间，站在地板的中间想找个地方坐下来。椅子上放着他的行李箱，所以贝拉坐在了床边上，不过当他并没有靠着她坐下来的时候，她又摇摇晃晃地站了起来。

“想要喝一杯睡前酒吗。”他一边问，一边打开了房间里的迷你酒吧。

他拿出两小瓶红葡萄酒，递给她一瓶。

“刚才真抱歉。”

贝拉哈哈大笑起来。

“有什么好笑的？”他问道。

“没什么。就是很好笑。随便什么都很好笑。”

实际上她大笑是因为他道歉，就好像他刚才是踩了她的脚而不是激情地亲吻了一样，她很久没有尝试到这么激情的吻了。

然后他说道：“这一切有一点——让人困惑。”

贝拉停止了大笑。她喝了一大口葡萄酒并拒绝了他递给她的一包烤花生。他把他的行李箱从椅子上提了下来，向她做了一个请坐的手势。

“不介意我用下你的洗手间吧？”

他的东西都整整齐齐地放在浴室的玻璃架上。银质剃须刀，吉列富士硬胡须剃须啫喱，潘婷洗发水，Sure男士香体喷雾剂——敏感肌肤型。贝拉抓着洗脸池的两边看着流动水中的自己的倒影。她拿起他的牙刷，用水冲了冲然后放进她的嘴里。

当她返回卧房的时候她发现他脱掉了外套，关掉了天花板上的标准照明灯光，打开了光线较弱的射灯，这样就可以让床头灯亮一些。

“贝拉，”他说道，“我知道这样不太好。但是你介意过来和我躺一会儿吗？只需要几分钟。”

贝拉爬到床上去，闭上了双眼。整个房间都在晃动着，詹姆士把全部身体压了上来，以出乎意料的灵巧解开了她的胸罩。

史黛拉

史黛拉降落在纽约肯尼迪国际机场后就打开了她的黑莓手机。有三条短信来自莱斯。

第一条，7:56发送的，她起飞后就发过来的，上面写着：

亲爱的黛拉，刚收到你的短信。好的，我会试着保持三天沉默的。 阿莱，吻你

第二条，9:34发送的，写道：

取消掉这个约定吧。我不喜欢沉默，我正在想念半空中的你。没什么事，我只是在凝视你的空座椅。我和一个丹麦人在吃早餐，可惜我吃不下。Xxxxxx

第三条，12:43发送的：

我想你了。这该死的飞机到底要飞多久？似乎已经飞了整整一天了。可以在下飞机后给我打个电话吗？Xxxxxxx

史黛拉向下翻动短信，她的面部肌肉开始不自主地抽动着，她用手盖在嘴上隐藏住了笑容。

“好消息？”

她的邻座正看着她。她表现得很明显吗？他可以看到她真实的内心，可以看到她的心正在跳跃和快速转动吗？

在候机大厅里，史黛拉站在行李提取处拨打了他的电话号码。

一声铃响后他就接听了。

“哈罗。”她说道。

“嗨，”他说道，”你在哪里？”

他的声音来自穆尔盖特遥远的办公室，听起来是一种怪怪的威尔士口音。

“我正在等待转机去亚利桑那。”

“噢。”

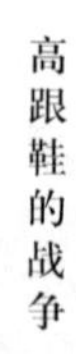

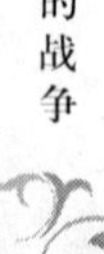

然后他们两个都沉默了下来。

“你在哪里？”她问道。

“我刚离开办公桌。现在我在走廊的垃圾桶旁边。如果我突然开始讲三月份的OPEC石油产量配额的话你就会明白为什么了。”

“我收到你所有的短信了。我不是要你不要发短信给我，我的意思是我们之间保持不要通话一段时间。”

“现在可是你打给我的。”他指了出来。

“确实是的。”她承认，然后哈哈一笑。

“你什么时候回来？”

“星期四。”

“我知道，我是问你航班到达的时间。”

“是夜班飞机，太早了。大概是6:30，我想的话。”

“我会来接你的。”

“不，你不要来接我。这太疯狂了。莱斯，我是说真的。我要好好考虑一下。”

“好吧，”他不情愿地说道，“既然你已经决定了。”

“我现在得走了，我的行李到了……”

她挂上了电话。

电话很快又响了起来，尽管史黛拉和他刚讲完还没过15秒钟，她仍然很高兴再来一次。没有看电话屏幕，她接听了电话。

“又是你，”她说道，柔和的声音中荡漾着笑意。

“妈妈？”

是芬恩。

“哈罗，亲爱的，”她用稍微有点不同的语调说道，“你还好吗？我刚到纽约。”

他没有理会这句话。

“妈妈，我的护膝放在哪里了？”

听着他粗鲁的声音，她感到了那种对她儿子单纯的爱。他很耿直也很懒散，然而他希望得到爱护，因为在他短短的人生经历里还没有失望过。

"我也不知道。也许你把它丢在哪里了。"

"再见，妈妈。"他说道，然后挂掉了电话。

贝拉

贝拉醒来的时候发现床旁边是空着的。透过隔断墙她可以听见淋浴的声音，两只空葡萄酒瓶旁边，她的衣服在地板上散落得到处都是——一只鞋子掉在浴室门口，另外一只戳在窗帘里面。他的衣服整整齐齐地叠放在椅子上，一个小衣柜放在他的床头柜上。

贝拉静静地躺着。她感觉身体被酒精摧毁掉了，但她又承认昨晚是她从未有过的最棒的一次做爱。她茫然不知所措，不清楚最主要的感觉到底是为刚才自己所做的感到愚蠢还是感到幸福。

她希望他能回到床上来。

花洒的水声停了下来，过了片刻的寂静后，詹姆士腰上裹着紧紧的酒店白毛巾出现了，他那白色的皮肤被水冲成了玫瑰红色。他没有看她。

贝拉用混合着憧憬和窘迫不安的目光仔细端详着他的后背。看着一个平时一直穿着西装的人几乎裸体地在你面前，真是不可思议啊。他转过身来，她盯着他围绕着乳头的黑色胸毛。这就是我的上司，她想到。我刚做了一件非常疯狂的事情，但我不顾一切地想再做一次。

"哈罗。"她一边说，一边撑起身子靠在枕头上。

"早上好。"詹姆士精神饱满地用办公室语调说道。

贝拉幸福的感觉在缩小，恐惧的感觉在扩大。

"我希望你能应付今天早上的集会。"

他尴尬地笑了笑。

"我调整一下就好。"贝拉说道。

她的舌头黏在了上颚上，她的眼睛被昨晚的睫毛膏粘在了一起。她像淑女一样快速拉过床单盖在胸前，觉得这是在弥补几个小时前没这么做的错误。

"你要赶在其他人起床之前回自己房间梳洗一下吗？"他问道。

命令的语气多过询问。

“好的。”她说道。

这太可怕了，她想。为什么他不能亲吻一下她，或者抚摸一下她或者说点好听的？她穿上了她的又脏又皱的衣服，然后踮着脚尖沿着走廊跌跌撞撞地走向她的房间。宿醉有一个目的，她想。它可以保护一个人远离所有的麻烦，除了一件简单的日常事务，那就是把一只脚放在另一只脚的正前面。屈辱和痛苦的感觉她很快就会体会到，在这一刻，她暂时处于麻醉状态。

她在口袋里翻找钥匙，里面没有。她看了看提包里，然后跪在地毯上翻找了起来，掏出来的有她的钱包，各种各样的化妆品，皱巴巴的收据，还有一些糖纸，但是依然没有找到钥匙。

“早上好！一切都还好吗？”

贝拉抬头看着杰伊，他刚从他的房间里出来穿着一件新的白色尼龙运动服，看上去是正要出去跑步。

“是的，都很好，”贝拉说道，“我只是在找东西。”

“稍后见。”杰伊高高兴兴地说着。

贝拉等他走了之后，立即返回詹姆士的房门口，轻轻地敲了敲门。这时他已经穿上了平脚短裤和黑色短袜还有烫熨笔挺的衬衫，正在费力地扣着衬衫的纽扣。贝拉低头看着他的腿，很白而且相当细长。她很想要把她疼痛的头靠在他的胸前，让他可以把她抱上床。她注意到床上已经被他整理干净，就像从未有人睡过一样。

“我想我房间的钥匙掉在这里了。”她说道。

他皱了皱眉，拿起他的文件看了看下面。没有钥匙。他在房间里四处翻找了起来，把东西拿起又放下。

“回想一下你最后一次在哪里见过钥匙。”他用一种不耐烦的父亲指导孩子的语气说道。

但是在这种情况下，她无法回想起昨晚的事。要是她回想的话，她记得她走进了房间，然后坐在床上放荡地傻笑着。她记得她穿着衣服躺在床上，现在她还很清楚地记得詹姆士一边亲着她一边说“贝拉，贝拉，我们不应该这么做”。钥匙可能掉在床上了，她翻开白色的羽绒被，眼睛尽量不去看床单上一连串淡淡的污渍。钥匙不在这里。

“接待处应该有备用钥匙，”他说道，“如果有什么困难记得告诉我。”

我现在就有困难，贝拉想。现在这个奇异的状况，就是我的困难。

“稍后见。”她说道。

吃早饭的时候贝拉可以感到桌子有点晃晃悠悠的。在房间的那头她可以看见詹姆士平静地把果酱涂抹在他的羊角面包上，一边用一个银制的小勺子小心地搅拌着他的咖啡一边有礼貌地听着杰伊说话。

贝拉靠过去坐在本的旁边，他正在吃着他英式早餐的开胃菜。她尽量不去看涂在整整齐齐的小蘑菇上的那屎一样的黄油。

“你昨晚什么时候裹上毛巾的？”他问道。

毛巾？这个词戳进了贝拉的心脏里，她一下就想到詹姆士出浴后的样子。

“我的意思是你什么时候睡觉的？”

“嗯，我不清楚。我想当时你走了之后我也离开了。”

她看着水果盘，那是她从早餐吧台盛过来的，但她并不想吃这些。

杰伊从他的桌前站了起来，拍了拍双手。

“早上好！希望各位都活力十足地准备好了。我们现在要进行热身运动，在我们进到厨房之前，充分发挥我们的创造力吧。我希望各位都大笑出来。是这样的。想象一下有趣的事情，然后表现出来。”

大西洋能源的经理们一片寂静。

“来吧，别怕，”他呼吁，“只要一开始‘哈-哈-哈’笑起来，你就会发现你的身体和幽默连接了起来，这样将会释放你体内的内啡肽。”

“哈哈哈哈哈……”他们全都开始笑了起来。

本是第一个真正傻笑起来的人，然后很短的时间内其他人也开始支吾着哄笑起来。尽管她宿醉，尽管事实上她才做了一件自毁前程的事情，贝拉还是开始大笑，直到狂笑着不知道怎么停止下来。她转过头看见詹姆士站在那里和他的手下与歇斯底里狂笑着的人有点格格不入。他看上去非常沮丧，她还从未见过这样的他。

史黛拉

史黛拉在她飞机的座位上坐下来，拉过人造毛毯盖在身上。这趟行程并不太成功。他们寄予高度期望的技术讨论是在三间波浪形钢屋顶的棚屋里进行的，科学家们对用海藻提炼燃料何时才能进行工业化量产还没有取得一致的意见。

史黛拉开始后悔她在董事会上热情洋溢地表露出来的雄心壮志，思考如何才能更好地向史蒂芬透露实情，公司计划投资5亿英镑在这个还在试管里的伪绿色事业可能泡汤。

尽管如此，她很惊奇地发现她对此只有一点点在意。仅在几个星期前她还会觉得这是一个灾难。现在她所能做的就是在笔记本里输入一份简报，然后关掉开始想念莱斯。

史黛拉已经精疲力竭了。想念莱斯和睡觉休息是互相冲突的。他的身影让她身心都充满了焦虑，顽固地影响着她的睡眠。在最近的72小时里，她只睡了7个小时。现在她喝着一大杯红葡萄酒，手里还拿着安眠药，靠着麻醉性进入昏睡，直到4个小时后女服务员把她摇醒。

史黛拉东倒西歪地走进飞机的厕所里——这么长时间飞行的使用让厕所变得黏糊糊的还有一股难闻的味道——她在镜子里看见一个单薄而疲惫的女人，眼睛里充满了血丝，有一只眼皮都肿了，皮肤又热又干。她理了理头发，机舱里的静电让她的头发贴在她的头皮上，然后漱了漱口。感谢上帝他没有要来接我，她想。我无法接受他看见我这个样子。

她走回座位看向窗外，伦敦灰色的早晨里行李装卸工们驾驶着他们的大卡车来来去去，机场里巨大的金属大鸟们连成一条弯弯曲曲的线。史黛拉平常很喜欢快要回家的感觉，常常很高兴地想着可以再次看到她的家人。但是这次她只有一个想法，就是莱斯在干什么。她想象着现在的他应该正在床上睡觉。他在床上穿什么呢，她很好奇。他是仰躺着睡还是侧身睡呢？他早餐喜欢吃什么呢？他打呼噜吗？怎会有人如此地渴望一个人，却对那个人一无所知呢？

入关的队伍进行得很快，她拿起她的行李箱急匆匆地走出去拦出租车。她可以回家洗个澡换身衣服然后再去办公室参加她10:30的会议。

她先看到他，准确地说是她先看到他的接机牌。他站在一个库尔德人出租车司机和旅行社接机人的旁边，旁边那个高大帅气的穿着深海蓝色衣服的男人正举着一个小纸板，而他的接机牌却非常大，并且被他双手拿着直直地高举过头。华丽的青春女神，上面写着。是用大号水彩笔写在一张很大的硬纸板上的。

他的脸上没有任何表情，只是严肃地看着她。

“哈罗。”他说道。

“我告诉你不要来的。”

但是她的心在胸腔里怦怦跳动着。她想高声喊出她心中那份纯粹的快乐。

“这个反应可不好。我5点就起来做这个了。”

他接过她的行李，然后带着她走向出租车等候站。

“天，”她说道，“这次出差是个灾难。在未来的15年内如果没有什么突破性进展的话，我真的看不到这个技术能成熟到可以工业化生产。创始人不让我们直接和科学家交谈，他们自己的经济学家又生病了，所以我只得到了一叠文件，还有几个户外的海藻池参观而已。”

她喋喋不休地说着，她盯着前面排队的一个男人雨衣的背后。她意识到莱斯站在她的旁边，专心致志地看着她的脸的一侧，但是她没有勇气转过头正面对着他。

他用手背抚摸她的脸颊。

“别。”她说道。

最终他们来到了队伍的最前面，钻进一辆等待的出租车。

“史黛拉——”

她让他把她拉过去面对他，这样她的头就可以靠在他的胸前，感受他的衬衫，夹克，还有外套，她还可以感受到他的心跳。

“史黛拉——”

他扶着她的脸转向他的脸，然后亲吻了她。这个吻一开始是试探性的，显得笨拙而犹豫。史黛拉脑海里面的声音沉默了下来，没有再说不要。她觉得这个世界上什么东西都不存在了，除了出租车里的她和莱斯。他吻她的时候她闭上了眼睛，然后睁开来看着他的被耳朵截断的头发还有她觉得无与伦比帅气的他的胎记。她轻轻地摸了一下。

“这真像电影。”他说道。

史黛拉哈哈一笑。

“有什么好笑的？”他问道。

“有什么好笑啊，”她重复着，“就是我很开心，还有我准备在我下车之前让自己开心，还有想一想自己今后的生活就开心。”

准确地来说这并不是让她大笑的原因。他甜言蜜语错了，还错得很厉害。这并不像她看过的任何一部电影：一个年轻又不般配的男生笨拙地不顾一切去拥抱一个飞机晚点的石油公司管理人，一个年龄几乎大他20岁的上司。

他又吻了她一下，脚不小心把她的行李箱撞翻了。

史黛拉抬起头来看见司机的眼睛快速地从后视镜里瞟了她一眼。他在想什么呢，她很想知道。他很快地瞟了一眼，说明没有特别地感兴趣。显然他在开车的时候见过更令人吃惊的事情。这个想法让她略微欣慰了些。

莱斯摸着她的头发，好像从未见过她一样地看着她。她伸出她的手抚摸他的脸和嘴唇，然后吻了他，带着一点让人眩晕的绝望。

连接希思罗机场的M4公路是这个国家最繁忙的公路之一，堵塞严重，车辆几乎动不了，但是出租车专用道还可以移动，只有这一次史黛拉为这份幸运感到懊恼。她想到了《包法利夫人》里面的场景，马拖着有窗帘的马车在鲁昂不断地转圈，以便让艾玛和年轻潇洒的法学院学生在车厢里做爱。

“史黛拉。”他凑到她耳边悄悄说道。

她的名字从他的嘴里说出来听起来让人很舒服。

“要去我的公寓吗？”

“不行。我怕。”

“别怕。”他双手抱着她的脸说道。

“就算我不怕，我依然不能去。我答应过孩子们在他们去学校前见他们一面还有要给他们做煎饼。”

出租车停靠在了康登高街的一家电器商店门前。

“你必须在这里下车了，”她说道，“稍后再见。”

莱斯站在人行道上向她眨了眨眼，她觉得他像一个逃课的学生。

不一会儿出租车就停在了圣马可广场7号的门外，几天前还认为自己的生活是简单而快乐的史黛拉走上约克石的台阶，穿过像哨兵一样修剪整齐的两排月桂树，进到了屋子里。

贝拉

贝拉正坐在她的办公桌前试图起草一封邮件。从酒店他的床上起来已经过去28个小时了，这期间她的情绪经历了一个周期的循环。窘迫——担心——愤怒——自责——渴望——屈辱。然而，当她坐在办公桌前装作一切都没发生过的时候，又愤怒了起来。

在厨房里的团队建设课程变成了一场闹剧。她被分配去切蔬菜，但是她发抖的双手根本没办法把萝卜和南瓜切成均匀的块状，反而切到了手指，她看着红色的血液把白萝卜都染红了，心想这下可伤得不轻，然后就贴上创可贴无所事事地坐在了一边。此时詹姆士正在做油酥面团，这是他一本正经给自己分配的任务。大部分时候他都背对着她，偶尔他们目光相对的时候，他就会对她微微一笑。但是也就仅此而已。

现在贝拉正看着黑色的屏幕。

嗨，詹姆士——她开始输入。

这有一点唐突，但是我只是对发生过的事想说声抱歉。我真的喝醉了，我知道这不是借口，但是我想知道我们是否可以把这件事抛之脑后？从你最后一天半里的沉默里我明白了你的悔意，还有对我在其中担当的角色感到生气。就像我刚才说的，我很抱歉。

贝拉停了下来，过了一会儿，继续输入，速度却比刚才更快了。

荒谬。我才不抱歉呢。我想知道的是为什么你要生我的气？和你的新调研员上床然后装作什么都没发生过，这对你而言没有什么不好。但是你他妈的知道我的感受是怎样的吗？

还有一件事是我想知道你是如何做到的。在前一刻还送我范·莫里森该死的CD，带我出去喝香槟假装对我的生活感兴趣，然后下一秒就完全无视我？我曾经对你非常尊重，但是现在荡然无存。你这个变态，还有你那个愚蠢的什么小衣柜——还有你的床上功夫真他妈的烂——我绝不想再有一次这样的体验，所以你不必担心面对……

"贝拉。"

詹姆士俯身看着她。

她慌慌张张地点了下窗口让邮件消失掉。

"你有空吗？"

她站起来跟着他走进他的办公室。他示意让她坐下，但是他自己却依然站着。看着他，贝拉完全感觉不到生气的样子了。他看上去很尴尬，她有一种想要张开双臂环抱他亲吻他的冲动。她跷起腿满怀期待地等着。

"两件事，贝拉，"他终于开口了，"第一件，可以帮我准备一下投资者见面要用到的幻灯片吗？请确保它们包含的是最新的石油产品价格。还有请帮我向史黛拉确认一下看看我们是否收到了最新的预测报告。还有一件事——"

来了，来了，贝拉想到。

"我想在网站上弄一个包含我们在全球做过的所有的环保公益活动的数据库。现在我们有很多提案在国家层面和政府层面实施着，但是我想要弄一个一站式存取。你可以把这些资料收集一下吗？这样我就可以把它们交给我们的网站设计师。"

"没问题。"她说道。

然后他走到了他的桌子边，就像她不再存在一样。

贝拉回到自己的办公桌前想要大哭一场。她被当成了白痴。他是个混蛋。没得到的时候渴望得不得了，现在他却只是想要像往常一样继续他的生活。难道他不喜欢吗？

她的屏幕进入了休眠状态。她随手按了按键盘，让屏幕重新恢复过来，屏幕中央显示着几个字：

邮件已成功发送给詹姆士·斯汤顿。

天呐！天呐！贝拉都要抓狂了。上帝啊。

她的心开始急速跳动起来，她感到自己的脸都变成了深红色。她肯定是慌忙之中把删除按钮点成了发送按钮。她从未想过要让他看到这封信。写这些只是她发泄内心的一种方法。她又看了一遍邮件。她告诉他的上司她觉得他是一个变态，床上功夫又烂。没有比这更糟的了。

史黛拉

史黛拉走进接待室里，刚推开门就看见在大理石地板的中间放着一个很大的油桶，里面插着一堆兰花。油桶是放在一个黑色花岗岩基柱上的，在她看来这很俗气而且很像愚蠢的纪念碑。在油桶上面有一个红色的霓虹灯，显示着石油价格$150，+$4，以及公司股票的价格1120,up 59p。

她走出13楼的电梯径直走向她的办公桌。

"旅途愉快吗？"娜塔莉问道。

"很麻烦。"史黛拉说道。

她看上去让娜塔莉觉得很古怪吗，她疑惑地想着。她觉得肯定是她的嘴巴看上去很滑稽，莱斯的嘴唇在那里留下了印记。如果她依然能够感觉到印记的存在，无疑那里肯定是有外在痕迹的吧？为了打破沉默的尴尬，史黛拉没话找话说道：

"接待室里有一个很丑陋的东西。是詹姆士什么可怕的方案吗？我觉得他应该有更好一点的品位。"

娜塔莉用一种很古怪的眼神看着她然后直截了当地说道："无可奉告。"

天呐，史黛拉想到，她知道了。但是她的私人助理用一种更正常的语调继续说道："史蒂芬现在想要见你，没有说什么事，但是说是很重要。他的最佳时间是在11:20到11:30之间。"

史蒂芬正在打电话，招手让她进去。他皱着眉头不断地点头。

“这趟差事如何?”他问道。

她做了个鬼脸，然后慢慢回想。从她五个小时前降落在希思罗机场后发生了很多事情。

“我觉得有一些很严重的问题，”她缓慢地说道，“我怕我们需要重新审视一下整个计划。我们被误导了，这项技术离我们能投入应用的程度还距离很远。他们完成了小型实验室规模的实验，但是还没有迹象表明能够达到工业化量产级别。如果你要让我终止这个项目，我不认为这对我们现在的股票价格会完全没有影响。”

史蒂芬皱了皱眉头。

“史黛拉，”他说道，“我不会要求你做任何你觉得不舒服的事情，但是我想俄罗斯的事态发展已经让我们彼此间的距离越来越远。所以我们需要你的计划来支撑我们的股票价格，并且增加新一轮的竞争力来制作更加乐观的前景报告。我把这件事交给你来处理可以吗?”

“可以，”史黛拉说道，“当然可以。”

“还有我想让你参加今天的分区董事例行晨会。让杰基给你一份简报。”

史黛拉站起来准备走的时候说道：“楼下那个油桶是个什么鬼东西?”

CEO的脸一下就变黑了：“你有什么意见吗? 它能让每一个来这里的访问者看到每天布伦特原油价格的变化，能实时看到大西洋能源股票，还有可以买入我们试图想要达到的……”

“噢，对，”史黛拉急忙说道，“我非常同意。我只是觉得油桶本身可以小一点，好看一点，文字排列更好点。”

“史黛拉，”他说道，“我知道你和我对艺术有一样的热情。但是这里是一家石油公司，那不是一个艺术品。”

是的，我意识到了，史黛拉心里想。她微微一笑站起来走了。

史黛拉站在围坐着十二个高层运营管理人员的桌子前。

“先生们，”史蒂芬说着指向性地看了一眼史黛拉，“还有女士们，在我们开始之前，我要说的是，我让史黛拉加入我们这个会议，首席顾问将是她的新职位。我知道她将会为此作出许多贡献的。”

才不会呢，史黛拉想。

“恭喜你。”勘探产品部的头儿对她抛了个媚眼说道。他脱掉了外套，史黛拉注意到汗水让他腋窝处的淡蓝色衬衫变成了深蓝色。

她试图集中精神在第一条讨论的事情上：针对所有炼油厂安全等级升级的计划。这项投入计划陷入了困境，她听他们说着，现在已经超预算和超期了。但是这对她来说没有任何意义。她仍然在回味莱斯的吻，那个感觉没有渐渐消逝而是增强了。他在她的皮肤上留下了清香。她渴望离开会议室走出去到他的办公桌前去见他。她想象着他弯着腰伏在办公桌上，还有他那可爱的胎记，还有那双被咬着指甲的手。

她是否曾经这样想念过查尔斯？已经是很久以前，久到她都记不清楚了，但是她觉得是没有的。她曾经很快乐，很兴奋，很骄傲拥有一个那么英俊聪明和够格的丈夫。但是都没有像现在这样过，简直是鬼迷心窍。

史黛拉的黑莓手机闪烁了起来，她拿着手机放在膝盖上假装在看刚才石油下游产业部头儿散发的资料。是莱斯发来的短信。

亲爱的黛拉，今晚你可以来我的公寓吗？我一直对你有一些非分之想。请答应我。快点搞定那个会议吧。

莱 XX

两团幸福的红晕在她脸上绽开了。她觉得莱斯也有类似的欲望看上去真是不可思议。她为她自己的想法感到沾沾自喜，完全忘记了正在折磨着她的这个会议。

她简单地输入道：

好。

她完全没有犹豫。他让她去，那么她就去。完全不在乎飞行时差，完全不在乎实际上她应该去做一个《深海石油钻取的经济性》的演讲，完全不在乎实际上她应该回家去见她的孩子们。这件事比所有的事情都要重要。

七姐妹山的白悬崖是伦敦的一部分，史黛拉开车去看望她住在萨福克的朋友时经常路过，但是之前从未上去参观过。莱斯向她保证到他那里坐地铁是最快的，然后还画了一张从地铁站到他公寓的地图给她。他下班后直接就回家了，而她则先去做了一个简短的演讲报告，她口袋里揣着他给的地图站在车站心都要跳到嗓子眼了。

她走进了夜晚的七姐妹山，穿过被木条封起来的烤肉摊，前方还有一个在门前卖烂香蕉的店铺。她几乎是在跑了，身上那件她两天前在布鲁明戴尔百货店买的羊绒外套让她感觉怪怪的。

威尔顿·瑞斯23号是一栋三层楼的爱德华式房子改建而成的公寓。前面的花园没有人照料过的样子，里面长满了杂草，市政设立的垃圾箱里塞满了玻璃瓶。

现在她站的地方，就在他的大门外，她在会议上所有的信心都逐渐消失了，取而代之的是惶恐不安。我到底在干什么，她仍在问着自己。

上面的门铃旁边有一个塑料牌子上面写着“威廉姆斯——使劲按”。莱斯的字迹让史黛拉感觉平静了一点，然后她按下了门铃。门咔嗒一声打开了，她推开走进了黑漆漆的门道里，一股潮湿中混杂着油炸的味道扑面而来。她听见他在楼上喊着：你得一直爬到顶楼来。史黛拉爬了5层楼梯，气喘吁吁地到达了开着的门口，莱斯正站在那里。我不能这样做，她想。她没有做出向他走去的动作，他也没有朝她走来。

他换了一身衣服，穿着一条松垮垮的低腰牛仔裤和一件带拉链的羊毛开衫。克莱米的男朋友也是穿着类似这样的衣服。但有个细节更让她感动，他光着脚。白色的脚尖从破烂的牛仔裤脚戳了出来。这比他裸体更加私密，更让人尴尬。这表明：这就是我的家。这是我的地盘。

然而，史黛拉想，我不属于这里。她低头看了看自己的鞋子，一英寸半的精致高跟，黑色的裤子在鞋子前面优雅地折了一个褶。

“公寓很不错。”她说道。

“别安慰我了。这里烂透了。我去过你家……你家的客厅就可以放下这里所有的东西。”

“话是没错，但是我们是很早以前买的——我们在房市开始涨价之前就买了。”

她到底在干什么？她到这个荒无人烟的地方来见一个她朝思暮想几

个月的男人，一个今天早上在出租车里和她激情拥吻的男人，现在她却在说着房地产市场。

“想喝点什么吗。”他问道。

他走进长条形的小厨房里打开橱柜。

房间里有一股强烈的碧丽珠和另一种清洁剂的味道。沙发和茶几是她去年在给法国的房子购置家具的时候在翻阅宜家商品目录时注意过的款式。茶几上堆叠着一些男性杂志。《男人帮》，《智族》还有《男性健康》。她看着这些哈哈大笑起来。

“你要看这些东西？”

“是的。”他说道。

“为什么？”

“因为我是男人，因为我27岁。你看些什么杂志，《Saga》（英国最畅销的老年杂志，译者注）？”

史黛拉哈哈大笑，开始感觉放松了一些。他从厨房走了回来，端着两大杯红葡萄酒和一桶品客薯片。他拿起他的杯子，史黛拉瞧见他的手在发抖。他坐了下来，没有挨着她而是坐在了单人沙发上。

“谢谢你能来。”他说道。

“不客气，”她说道，“葡萄酒还不错。”

他问她是否想要听一些音乐，她说好的。他拿着他的iPod摆弄了一阵，看上去有点不太会用的样子。

她抓了一把薯片放在嘴里，结果一次吃太多了咽不下去，就喝了一大口葡萄酒，却被呛着了。莱斯连忙过来坐在旁边的沙发上让她闭上眼睛，轻轻拍打着她的背。慢慢地他的手从她背上移动到了她的头上，轻轻抚摸着。她靠在他的身上。她觉得自己像又回到了14岁那年，去她喜欢的男孩家里。他们并肩坐在他的床上，他学着J.J. Cale，她吻了他。亲吻本身让她非常开心，但是却很害怕接下来要发生的事。

“我现在不能和你做爱。”她说道。

“我知道，”莱斯说道，“没事的。”

“我很害怕。”

但是她现在大部分的害怕并不是来自于做爱，尽管她对做爱也很害怕。她害怕的是爱他太多陷入太深，而没办法再回到以前的生活再开心地过下去。坐在这里，这种担心闪耀得像一把利刃，但是现在坐在这里同样也很幸福，就像利刃外面包裹的一层薄薄的塑料包装，让她觉得这把利刃还是很安全的，没有人会被割伤。

莱斯又亲了一下她，顺势把她推倒，这样他们就并肩躺在他的米白色皮沙发上。

她把手伸进他的T恤里面摸着他的背，他的皮肤和她孩子们的一样柔软。她试图把这个比较的想法抛之脑后。她躺在他的臂弯里吻着他，她孩子们的影像渐渐消失了，感觉她的身体慢慢和他的融为了一体。她闭上眼睛吸了一口气，想要待在这里，就这样，永远下去。

史黛拉看了看她的手表。她已经来这里50分钟了，必须开始进行返回缙庭山的长途跋涉之旅了。

“我得走了。”她说道。

“我送你去地铁站。”

站在街道外面，他单手抱着她的腰向前走着，史黛拉又一次有一种奇怪的感觉，好像他是她的第一任男友，而她也是第一次做这种事情。没人会看见我们的，她想，至少这里不会有。他们的步伐是不同的，他的步幅很大但是懒散而拖沓，她的步幅很短但是很轻快。他调整了步幅来适应她的，他们蹒跚着向前走着。

到了七姐妹山地铁站他紧紧地拥抱着她再次亲吻了她。

“我不知道我怎么了。”她说道。

“你越来越瘦了，你都没吃东西。”

他从他的口袋里掏出一块特趣巧克力。

“给你的，拿着。”他说道。

史黛拉回到家的时候发现查尔斯正在看晚间新闻。

“今晚过得还不错吧。”他问道。

“就那样了。谈话很无聊，我被一个海洋生物学家逼得走投无路，他们喜欢谈论一些什么俄罗斯的鲸鱼之类的，所以我们溜出去喝了一杯，我们去了苏荷馆（Soho House，高级私人会馆，译者注），我快饿死了，知道吗，我只吃了一点坚果。还有剩的晚饭没？你知不知道史蒂芬在我的绿色石油方案上指手画脚？”

史黛拉知道言多必失。她知道你越这样就说明你越想要隐瞒真相。但是她同样知道她必须不断说话来提醒自己是谁，她真实生活的根基在哪里。其实无论她说什么根本没关系，因为查尔斯根本就不会听进去。

她一屁股坐在沙发上，BBC的经济记者站在一个变动颜色的图表前面。

“我累了。”史黛拉说道。

“晚安。”他心不在焉地说道。

一贝拉一

贝拉第一个条件反应就是从她的电脑上登陆他的邮箱去删掉那封邮件。但是由于她不再是他的私人助理，因此跳了一个对话框出来：禁止访问。

她站起来走向他的办公室，但是发现门是关着的，詹姆士和一些访客正在里面。透过百叶窗她可以看见他在平静地交谈着，这是否意味着他还没有看见那封信。不过他偶然一抬头，看见她愣了一下，然后转过头去装作没有看见。

会议结束的时候，詹姆士带着两个男人走出了他的办公室，贝拉逮住这个机会，走向他的电脑查阅起他的邮箱来。她的那封信在邮箱的很前面呈黑色标记，这表明他已经打开看过了。她点击删除按钮，这时安西娅正好走了进来。

“需要我帮忙吗？”安西娅多管闲事地问道。

贝拉说她只是在帮詹姆士搞定一些电脑故障。安西娅抬了抬过分修剪而显得稀疏的眉毛，但是詹姆士本人的到来阻止了她对这事发表意见。

“贝拉正在修理你的电脑。”安西娅严肃而又怀疑地说道。

詹姆士冷冷地看着她：“谢谢，你真好心啊。”

“看起来现在一切运行正常了。”贝拉说道。

回到自己的座位上，贝拉开始写新邮件：

亲爱的詹姆士：

我并不想发送那封邮件给你，还有信里面写的内容并不是我真心想说的。我只是在生气情绪有点混乱，但是我现在再看觉得那很可笑也很不职业。请原谅我。

贝拉

她发送了出去，尽管知道这样做是徒劳无功的。她已经被给予了一次机会来对自己做点什么，但是她搞砸了。就在三天前，她的未来看起来比她过去8年的任何时候都要更加光明有前途。她获得了提升，离开了私人助理这个贫民阶层，她有一个欣赏她照顾她的上司。然而她喝醉后出尽了洋相。她做了，就像凯伦那样伤感地说过，私人助理和其上司鬼混的那老一套戏码。也许她本可以侥幸逃脱，但是现在他看见了她那封电邮，应该不会再想让她继续在这里为他工作了。她应该会被弄回去为其他什么人做私人助理之类的。

史黛拉

晨会的时候史黛拉和她部门的11个人围坐在桌子边，这样他们就可以告诉其他人他们正在进行什么事情。史黛拉对于保持会议的简短性很有一套，从不让她团队里的任何人讲话超过一分钟。

但是今天她完全没有在听他们在说些什么。她的睡眠实在是太少了，她的脑子几乎不能运作了。她原以为飞行时差能够盖过兴奋，可以让她睡上一会儿，但是她错了。每次她一闭上眼睛，莱斯就会出现在黑暗里。现在他正坐在离她三个位置远的地方。她看不清他的脸，只能看见他放在桌子上的胳膊。他脱掉了外套，挽起了袖口露出手腕。她看着他的双手，回想着这双手昨天是如何抚摸她的皮肤的。她看着他前臂上的汗毛，看着他的指甲，指甲被咬得露出下面的肉了。

“这个计划的时间框架是怎样的？”有个人向她问道。

上我已经对你的美丽和活泼刻骨铭心。

我被你对团队展示的东西感动了。还有我很抱歉如果你觉得我的小衣柜很滑稽的话——我意识到很多人会用这种眼光来看待它们。

酒精让我内心那抗对你的诱惑的声音消失了。我想你可能推断出我妻子现在的情况并不是很好。她已经遭受抑郁症的痛苦很多年了，有时比其他抑郁症患者的情况要严重得多。最近几个月她过得很艰难。

我强烈的意识到我对她的责任，还有我对她的爱。

贝拉读到这些词语的时候，和屏幕拉开了一下距离。是什么让你觉得我想要知道你有多么爱你的妻子，她想。

她一直在为养育孩子们做着不可思议的事情，勇敢地处理她的病情。她不应该得到一个欺骗她的丈夫这样的回报。

其次还有孩子们。我的儿子对我来说比世界上任何事情都要重要，我不打算做一些在某种程度上会使他们受伤害的事情。我根本无法用他们的幸福来玩俄罗斯轮盘。

所以和任何人的风流韵事都是错误的，和工作中的人一起就更是错上加错了。我强烈地意识到自己和直属下属牵涉到一起是非常不专业的，会危及到我的职业生涯。

我真的不想再继续看下去了，贝拉想。我失去的比你的要多得多。我会被炒鱿鱼，失去收入，完全没办法供养我的女儿。她对我来说同样是比这个世界上任何事情都要重要的人。

幸运的是，从你的来信的主旨来看，你看上去也同意我们之间发生的事情是错误的。我们能就此达成共识，这非常好。

但是我的意思不是那样的，贝拉想要大喊出来。那不是一个错误的事情。那是很愉快的一件事。

那么下一步我们该怎么办？其中一个选择是把你调去另外的部门。如果你愿意的话，我将保证你会得到一个配得上你的才干，能让你的专业水准尽情发挥的职位。

不过，我强烈希望你继续留在对外关系部工作。不仅我信心十足地认为你会继续做出优异的成绩，而且我还有一个更自私的理由想让你留在这里。就这么简单，贝拉。我喜欢和你一起工作。

昨晚，希拉里正在看一部名叫《窈窕淑女》的片子。我并没有专心在看因为我在一心一意地工作，老实说，是在想你。不过当听到男主角说“我已熟悉她的脸庞”的时候我吃了一惊。

请原谅我的多愁善感，但是这句话深深触动了我的心弦。

这样就好多了，贝拉并不确定她看自己像伊莱莎，最多她看他像希金斯（《窈窕淑女》的男女主角，译者注）。然后她一直读到了最后。

也许你愿意让我知道你在这件事上的看法。我没有权利来要求你同意，但是如果你同意的话我真的会非常高兴。

最后，贝拉，我想对你说一声抱歉。如果这件事我让你觉得痛苦或者难堪，我真诚为此道歉。

致以最亲切的问候。

詹姆士

当贝拉读完整封信的时候，她又返过头去读了第二遍，然后是第三遍。每一次都留给她不同的感觉。第一遍的感觉是非常冰冷，是她收到过的最冷漠的信件了。整篇都充满了自负傲慢，措辞就像在写商务信函一样。她无法想象写邮件给上床对象还在结尾署上致以最亲切的问候的人。

再一遍的感觉是这是一封非常自私的信件，都是写的他对他家人的爱情，还有他必须要做正确的事情，根本不曾提到过哪怕一丝她的需求。但是第三遍的时候，看上去就很不一样了。

这个男人想念她，如果不是作为一个情人，那么就是作为一个想要亲近的人。他说过，为她而失眠。他没办法给她任何东西，但是他依然不想放弃她。这也是个大问题，前景看起来也不是太好。有一些事情她知道她应该放弃掉，但是有一些事情她不能放弃。他说我有一个马麦酱的眼睛，贝拉想。他说他无法停止思念我。他已熟悉我的脸庞，而我也熟悉他的脸庞。

在读过第三遍之后，贝拉说服了自己，感觉变成了欣慰和乐观。她没有丢掉工作，同样没有完全失去他。很明显我们不能再做在旅馆里面发生的事了，但是我们之间仍然会有一种会激动人心但是不危险的特别关系。她将会集中她的精力在专业上愉快地工作。她将会明白他是真的喜欢她，但是不希望跟她有进一步的发展。这对她来说是最好的选择——对他来说也是。事情，她想，都会好起来的。

史黛拉

连续六天晚上史黛拉都几乎没睡着。

她紧张而警觉地躺在床上，查尔斯在旁边睡得死死的。

起先她只是单纯地觉得兴奋——那种上瘾的感觉是如此的强烈以至于无法入睡。但是大概在凌晨3点的时候，兴奋开始改变了：现在不再是喜悦和期待了。现在是疑惑，还有恐惧。这真是愚蠢的行为。这太危险了。还有这是错误的行为，她并不是一个荡妇，这不是她的本性。

凌晨3点，她从床上爬起来穿着睡衣坐在了楼梯上。我要给他发条短信告诉他我不能这样做。

她从她的手提包里拿出手机来，但是上面已经有条短信，是他凌晨2点发来的。

睡不着。为什么我必须还要等待5个半小时？

完全是心甘情愿的，她输入了一条和刚才打算的内容完全不同的短信：

我也是。现在只有4个半小时了 xx

她回到床上闭上眼睛试图拉紧和放松她身体的每一块肌肉，但这是一个漫长而无趣的过程，才做到第二条腿的一半时她就已经厌烦了，她的心思又跑到了莱斯身上。凌晨5点30的时候她放弃了睡觉的打算，爬起来洗了个澡。她躺在热水里看着自己的身体，发现了一些她过去44年里都不曾注意过的事情。这个年纪的身体有一些古怪的现象，在某些灯光下和从某些角度来看的话状况还行，而换个角度却不怎样。躺在水里她的腹部又平又光滑，但是当她弯腰去拔塞子时，腹部又变成松散的肉垂下来晃荡着。她擦干了身体，抹了些查尔斯母亲圣诞节送给她的昂贵润体霜在皮肤上，然后穿上了几天前在纽约买的黑色蕾丝内裤。

这是她？她看着浴室镜里的自己。她从来没有买过这样的内裤，当她在商店试穿的时候——出于她自己对内裤的健康要求——她觉得它们看起来可能太性感了。在晨光中看着她的身体，那条内裤看起来很乏味——几乎是糟透了。她脱掉换上了一条白色的内裤，因为洗过太多次有些许变成了灰色。她感觉好多了：这看上去正是她想要的非庄重的感觉。

6:45她叫醒了芬恩，他正呈大字形斜躺在床的对角上睡得死死的，就好像昏迷了一样。她吻了一下他那直而松软的头发。

“该起床了。”她说道。

在克莱米的房间里她踮着脚走在散落在整个地板和床上的衣服、胸罩、裤袜还有包包中。女儿睡觉的时候和史黛拉四岁的时候一样，她弯下腰轻轻抚摸着她女儿眉毛上的伤疤，这是她在法国时从滑梯上跌落下来造成的。

“还有15分钟就7点了。起来吧亲爱的，我得走了。晚上见。别又睡着了。“

克莱米睁开眼睛迷迷糊糊地凝视着她的母亲。

“好的，”她说道，“再见。”

“我爱你。”史黛拉说道。

她并不经常告诉她的孩子们她爱着他们，她的观点是这没什么意义，因为这是不言而喻的。但是这一刻，不管打算正要去做什么事，她都感觉到她有多么的爱这两个孩子，并要告诉他们。

史黛拉没有叫醒查尔斯，而是穿上外套步入了昏暗的早晨。

她对她正要做的事情并不感到内疚。她的生活很简单。她正要去七姐妹山，她正要去见莱斯。她在地铁上数着站名，从优斯顿，到国王十字，海布里和伊斯灵顿，芬斯伯里公园，然后，最后一站，七姐妹山。

莱斯打开门，这一次把她抱在了怀里。他们抱在一起轻轻晃荡着，他们的身体在开着的门口紧紧地贴在一起，公寓楼下传来一阵东西煎糊的味道。莱斯的皮肤有一点浴后的湿润。

他仍然紧紧地抱着她进到了卧室里。

“来这边。”他说道，然后坐在床上把她推倒了。

史黛拉突然觉得自己对此很抗拒，觉得自己现在在哪里都比在这个年轻的同事的卧室里要好。

此时她的恐惧完全是身体上的。她19年来除了她丈夫外从未跟任何男人做过爱。没有其他人看过她的裸体。现在要对着一个小17岁的年轻人展示她的身体，一个拥有年轻漂亮女朋友的人，她的心中充满了恐惧。

“我不知道我是否能这样做，”她对着他的耳朵悄悄说道，“我自从25岁后就从未和查尔斯之外的任何人交媾过。”

“交媾？你是这样说的吗？“他哈哈大笑起来。

“好吧，你是怎么叫的。”她问道。

“做爱，或者上床。我不知道。但是无所谓，我也很害怕。”他说道，“我从未在没喝醉的情况下在7:14的早晨干过这种事。”

他温柔地脱掉她的裙子，但是拉链卡住了，所以她不得不自己来，然后当他看见她的白色内裤时，他又一次哈哈大笑了起来。

“你很美，”他说道，“但是你的内裤好可怕啊。”

她也哈哈大笑了起来，心里没那么害怕了，躺在这个年轻男人的宜家床，还有他那便宜的涤棉羽绒被上面，紧张又害怕地吻了他。幸福来得如此猛烈，她觉得她可能会死掉。

史黛拉的手机响了起来，就在丢在莱斯床上的她的包里。她伸手拿过来接听了电话。是娜塔莉打来的。

“你在哪里？你10点的访客到公司了。你还在健身房吗？”

“没。啊，是的。”史黛拉有点语无伦次。

她本能地拉了一下羽绒被遮住他们，就好像娜塔莉能够看到她的裸体紧紧地缠住莱斯一样。

“实际上，”她继续道，“我还没有去健身房，我家里有一点小事情——”

她看着莱斯做了个鬼脸。他正在不断地从她的肩膀轻吻到脖子上去。

“但是我刚给你家打过电话。”娜塔莉怀疑地说道。

“是我母亲家那边的问题……不是很严重……我45分钟后就过来。”

“那稍后见。”娜塔莉说道。

史黛拉挂上电话。

“讨厌，太讨厌了。”她说道。

“你是一个小骗子，”他指出，“你脸都变红了。”

他试图再次紧紧拥抱她，但是她站了起来。她讨厌迟到，讨厌错过约定。她飞快地穿上衣服，莱斯躺在床上看着她。

“我想要永远拥有你，”他说道，“就像我口袋里的那只白鼬一样，这样我就可以拿出来轻轻抚摸。”

“一只白鼬？”史黛拉说道，“但是它们有一个尖得可怕的鼻子。还有为什么你不把它们放在你的大腿上呢？”

“那样也不错。”他哈哈大笑。

过了一会儿在出租车里，史黛拉把鼻子凑到她的外套上，上面有他的味道。她感觉既精疲力竭又欣喜若狂。我是一个荡妇，她想。她轻声地自言自语着但声音里没有任何意思。除了这个我什么都不在乎。我没有什么好担心的。这就是为什么人们对于性如此的大惊小怪，她想。有那么一刻，当整个生命都变成一个瞬间的时候。当其他所有一切都消失的时候。她回想起在某个地方读到过一篇关于和某一个你爱着的人做爱时，大脑会释放出和海洛因一样的化学物质。还有多久，她想到，离下一次购买海洛因还有多久呢？

— 贝拉 —

贝拉的桌子贴着走廊移动了大概三十英尺，作为她新地位提升的象征。这就意味着她脱离了安西娅的视线，这样就可以在不被注视的情况下在电脑上打字了。但现在她脱离了习以为常的安西娅的注视后，她发现她开始想念那些注视了。她一个人形单影只，她的桌子就像在宽阔大海之中的一个小礁岛，没有人可以一起聊天，只能起身四处走走。

今天，她特别地想要一个同伴。

一整天她都在准备着回复詹姆士的信件，但是她怎么写都写不好。

写了一个半小时的草稿后她觉得信件写得太过于露骨的饥渴，太使性子了或者说是太亲密了。所以她决定写简短一点：

嗨，詹姆士，

感谢你的来信，对不起过了这么久我才回复。是的，我愿意继续当你的调研员。感谢你的道歉，但是我不觉得你有太多需要道歉的地方。反而是我应该为发送那样愚蠢的信件而向你道歉。我所提及的小衣柜或者性什么的都不是我的本意。我故意说些伤人的话是因为我情绪很不好。

贝拉

但是她又想到她是不是不应该再提到他们之间过去发生过什么。还有她觉得那个小抽屉真的很怪异。另外她也想到他已经为此做了大量真诚的道歉，为什么她的信中居然一点也看不出自己有放他一马的意思呢？也许她不应该用“嗨”作为开头，就像他的开头是用的“亲爱的”。

所以她又修改了一下。

亲爱的詹姆士，

是的，我当然愿意继续当你的调研员。其他的事不用担心，一切都好。

贝拉

这次的好多了。尽管她想要他担心一下。还有其实不是一切都好。

于是她做了第三次修改。

詹姆士——是的，我愿意继续当你的调研员。

贝拉

但是她不能真的就这么发送出去。这太冷漠了，就像那种詹姆士会经常发送的商务信函一样。不，她应该等到他一个人的时候走过去直接和他谈谈。

现在从她的座位上站起来看看他是否在办公室里变得更麻烦一点了，她需要多走30步才能走到能看到他办公室里的桌位。在这里她同样能够被安西娅看到，她正看着她的类似蚂蚁的东西爬来爬去，真是一个奇怪的爱好。贝拉每次过去看他的椅子上都是空着的。第四次过去看的时候他终于回来了，她敲了敲门，他招手让她进去。

“我本来打算写一封信给你的。”她说道，声音因为紧张变得又高又尖。

“噢？”

他对着她微微一笑，带着一点暧昧和轻微的超然。

“但是没写出来。我想说的是，我决定了愿意留下来当你的调研员。”

“很好，”他说道，“非常好。”

他简单地点了点头，又回头看着他的电脑了。

贝拉转身离开了他的办公室，感觉很失望。经过了那样的苦恼，经过了那样的仔细剖析他的来信，经过那么多次精心修改她的回信，换来的却只是一个短暂的微笑和一个点头，真是沉重的打击。如果是这样子的话，她宁愿回去给某个人做私人助理。什么渴望她，想念她，还有他妈的什么《窈窕淑女》都是胡扯。他明显没有其中任何一个意思。

史黛拉

“抱歉，”史黛拉对坐在她办公室外面几乎快一个小时的伊朗经济学家说道，“我家里出了点紧急状况。”

他礼貌地点了点头。

史黛拉示意他坐下，当她坐下的时候她注意到了有一股微弱但是很明显的做爱后的味道，有她的，有莱斯的，还有他们两个混合的。她把座位稍微向后移动了一点然后继续进行会议。

之后她回到她的办公桌前，登陆了她的hotmail私人邮箱账户。有一封来自他的电邮，就像她意料之中的一样。

> 最最最亲爱的最可爱的最性感的白鼬
> 哈罗。我想你了。
> 真是让人愉快，你太可爱了。
> 我可以找个借口过来看你吗，现在，就现在？
> 莱斯　无限多个X

史黛拉对着她的电脑屏幕笑了笑。

> 最亲爱的莱，
> 不，你不能来。现在不行。继续做你的工作吧。黛拉 XX

她让自己把注意力集中到一些数据处理上。她也许没有睡觉，但是她浑身充满了疯狂的能量，莱斯看起来并没有听从她的话，站起来穿过公共办公区走进了她的办公室站在她的办公桌前。

“哈罗。”他说道。

他站得离她非常近。

“哈罗。”她回了一句。

他们互相凝视着。

“我要吻你。”他对她嘟起了嘴。

他背对着玻璃墙，但是她却是面对着的，所以如果有人朝里看的话就会看见她面色红润，而且神情紧张地凝视着他，完全不像一个经理正和实习生谈话的样子。

“退后一点，”她说道，“你站得太近了。”

他非常轻微地又向她靠近了一点。

“莱斯，”她嘘声说道，“别这样。”

“我不打算离开这间房间了，”他非常霸道，“除非你答应我在电梯里见。”

“这太疯狂了。”她说道。

“不，不疯狂。南边那部电梯没有人使用。我现在就过去，你5分钟后跟过来。进离安全门最近的那部电梯，我会在里面的。”

他转身走出了办公室。

史黛拉看着他离去的背影。刚好过去4分半钟的时候她从她的桌子前站了起来，走过娜塔莉，走过贝阿特，走过她团队里的半打人，穿过安全门走向了电梯。一个男人正站在那里，史黛拉见过这个人，但是并不知道名字。他已经按下了电梯的按钮正在安静地等待着。电梯按钮发出叮的一声，表明电梯已经到了，但是这是离安全门最远的一部电梯。那个男人走了进去，史黛拉站着没动。他疑惑地看着她，史黛拉说她刚才想了一下她想下楼而不是上楼。电梯门带着他的疑惑表情关上了。

史黛拉又按了一下电梯按钮。这真是疯狂十足，她不能够这样做。正当她要掉头离开的时候，另一部电梯响了，门滑开，里面正是莱斯，正在看自己的鞋子，一副非常漫不经心的样子。她没有动，而他，感觉到了她的忧郁，向她稍稍地伸出了手。

她完全没想清楚自己应该怎么做，但她的身体已经走进了电梯，他顺手关上了电梯门。她吸了吸他的味道，然后重重地将嘴唇印了上去。她的手指滑进他的衬衫纽扣里感受着他的皮肤，又温暖又光滑。当电梯开始降速的时候，他们猛的一下分开分别靠在对面冰冷的墙上。

门在底楼打开了，集团的财务手里正端着从食堂弄来的一杯咖啡站在外面。

“嗨。”他一边对史黛拉说道，一边走进了电梯里面，而他们两个则走了出来。

“嗨，埃文。”史黛拉回道，她觉得自己的语调听起来非常的不正常。

“你觉得他注意到什么事了吗？”莱斯问道。

“我不知道，”她说道，“我也不在乎。”

他们又按下了向上的电梯按钮，另外一部电梯来了，里面没人。当门关上的时候，他用双手捧起了她的脸颊。

“史黛拉，”他说道，“今天早晨是我这辈子从未有过最快乐的时候了。我爱你。”

史黛拉开心地闭上了她的双眼。他爱我，她想。当她睁开眼睛时她看到电梯的两面镜子里面无限嵌套反射着紧抱在一起的他们。她，一个高瘦的女人傻傻地笑着，他，一个年轻的男人，比她矮半英寸，一本正经认真地看着她。

“我们看起来像一对疯子。”她说道。电梯正好回到了13楼。

“我不在乎。”他说道。

当史黛拉走回她办公桌的时候，她的母亲给她打了个电话。这让她感觉非常古怪，她母亲从未在工作时间给她打电话：她母亲这一代人会觉得在下午六点之前打电话实在是太贵了（英国平日下午六点之后话费会打折，译者注）。

她接听了，原来并不是她母亲，而是她父亲打来的。

“原谅我在知道你很忙的时候打给你。”他说道。

史黛拉瞥见了莱斯，正站在她的办公室里假装来询问对他写的一个报告的意见。

“你好，爸爸，”她说道，“我现在不忙。很高兴听到你的来电。”

“我想应该告诉你知道，”他继续说道，“今天早晨你妈妈从楼梯上跌倒了下来。”

“噢，天呐，”史黛拉说道，“她还好吗？”

“还行，幸运的是今天是个寒冷的早晨，所以她穿上了厚长袍，这样减少了她身体上的挫伤。”

“挫伤？她到底有多糟？”

“她在拉德克利夫医院（牛津大学教学医院，译者注）里。医生的诊断结果比较乐观。”

“她在医院里？为什么今天早晨不告诉我呢？”

“我不想打扰到你。”她心里一沉，听到电话里父亲接着说，“你对此也帮不上什么忙。当时她有脑震荡，在医生诊断完毕前我不想让你担忧。”

“我已经担忧了。我现在就过来。”

“我希望你不要过来。这里没有什么事情你可以做的。”

“我现在就过来。”史黛拉重复道。

她挂掉电话，然后看着莱斯。对性的痴迷已经完全消失了。

“我母亲从楼梯上跌下来进了医院。我现在要去牛津。”她说道。

“我送你去。”

“不，我想自己一个人去。”

“至少可以让我跟你一起去到帕丁顿，好吗？”

史黛拉心不在焉地同意了，然后和他一起坐进了出租车。早晨她还裸体躺在他的床上，但是现在在她看起来他像一个她完全不认识的人一样。

她完全没办法逃避一个想法，她觉得这是对她的一个惩罚。如果她早晨没有去他的公寓里，她的母亲可能根本就不会跌倒。就在她在莱斯卧室里的灰黑相间的羽绒被下欣喜若狂的时候，她的母亲从牛津的房子里的橡木楼梯上重重地摔了下来。而且——最糟糕的是——她已经告诉过娜塔莉她迟到的原因是她的父母出了点状况。

史黛拉又捧住自己的脸，莱斯伸出手臂来抱着她。她抖掉他的手臂。

这是胡扯，她告诉自己。这当然不是对她的惩罚。她和一个不是她丈夫的人上了床，几乎在同时她的母亲跌倒了。这两件事完全没有关系，它们在道德上和构成原因上都是互相独立的。她的母亲，一个热情洋溢的无神论逻辑学家，比起她女儿的通奸行为来可能会对她女儿的哄骗理由更加惊骇。史黛拉知道就是这样，还有她也知道，假逻辑还是真逻辑，这是一个信号和一个警告。她的母亲不省人事，这就是她的错。

到了帕丁顿，她告诉莱斯直接回办公室去。她允许她自己被轻轻地亲吻了一下脸颊，当她看着他离去的时候她和自己做了一个交易。

如果我的母亲一切没事的话，我就放弃莱斯。

—贝拉—

贝拉正坐在她的桌子前为詹姆士那份火灾演练的大西洋能源安全记录报告找一些图片来让它更加生动活泼。贝拉爱死火灾演练了。这让她回想起了在学校的时候不用上课的喜悦，还有当你错过最后一节课而没有任何家庭作业的时候会有双倍的喜悦。

但是今天甚至火灾警报都没有让她快乐起来。通常来说这是很棒的事，但是最近几天她在工作的时候都陷入了痛苦之中。尽管她享受着工作，詹姆士仍然是那个样子，如果不是冷淡，就是高兴的疏远——这可能更糟。她不断打开重读他的那封发送给她特别标注的长邮件，上面他说他无时无刻不在想念她。但是如果真是这样的话，为什么他几乎都不看她一眼。为什么他不安排一个空闲时间，让他们像以往那样聊天呢？她知道目前的安排符合她的长期利益，但她发疯地想和他做爱，即使他明显没有想。她也知道此刻最重要的东西是她的工作。她必须保住这份工作，她必须充分利用这一机遇，因为她可能再也没有其他的机遇了。

贝拉拿着她的手提包走到了楼梯口，恰恰在这时詹姆士抓着一把很大的绿色大西洋能源高尔夫雨伞也走到了这里。他们穿过了电梯，安西娅已经穿着背后写着“消防管理员”的荧光外套站在那里了，她总是把这件衣服与她外套和水壶一起整齐地挂在小橱里。她正在往电梯门上贴一个告示，告诉人们不要使用电梯。

拥挤的人群正呈蛇形向楼梯下涌去，贝拉发现自己被挤到了詹姆士旁边，她的肩膀撞到了他的上臂，给她一个令人兴奋的摇晃。

“我记得有一次，”她对他说，“当我们消防演习的时候，老师忘记把登记册带出来了，所以我们全跑掉了，把剩余的时间都花在公园里了，最后我和班长吻成一团。”

詹姆士尴尬地笑了笑，正在向楼梯下涌的人们纷纷回头看是谁在说“亲吻”这个词。

2300名大西洋能源伦敦分公司的雇员从大楼里喷涌而出，来到寒冷的户外，三五一堆，四五一群地在一起聊着笑着。在贝拉看来他们像一个巨大酒会的客人一样，尽管没有任何酒水。在人群中她看见莱斯独自站在那里猛戳着他的黑莓手机。

“我不想待在这里闲晃，”詹姆士说道，“让我们去找点咖啡喝吧。”

有一家百特文治快餐店就在穆尔盖特的街角处，他们走了进去。詹姆士排队去买咖啡，然后拿着纸杯走到她自己找的一个桌子那。

“贝拉，”他说道，“我觉得我应该对你说你留在部门里我有多么高兴。”

“我也很高兴。”

他专心地看着她，停滞了一会儿，他说道：“你是否会非常介意我在桌子下面握住你的手？”

贝拉沉重的心情顿时得到解脱，想要大笑。她很喜欢这个虚拟语气——是否会非常介意，甚至超过了她对这个邀请的喜爱。她伸手到桌子底下摸到了他的手指，很温暖，干燥和顺滑。

他们两个为了手牵在一起，不得不肩膀下垂做出身体向前倾这种不舒服的姿势，他们更多地是牵引着身体本身而不是普通的握住双手。她对他指出了这一点，他哈哈大笑地说道：“贝拉，没有人和你一样。”

“也没有人和你一样。你给我写了一封10000字的信件来阐述为什么和我上床是一个巨大的错误，然后10天之后你却在百特文治的桌子底下抓住我的手。”

“啊哈，是的。”他微微一笑，“我也看到了这一点点矛盾。但是从另一方面来说，准确来说从这次来说，”他轻轻地用他的手掌拍了拍她的手，“我发现在办公室里和你在一起真的太难了，我想尽办法想要做好一点，但是我想火警就意味着普通的规则都要让行，对不对？”

贝拉默默地点点头。她对于形势的变化惊讶得说不出话来。但是总的来说她正渐渐步入一种出乎意料的幸福之中，尽管她的肩膀现在因为向前靠在桌子边儿感到疼痛不已，她也不想他松开她的手。她最近几天搭建的相当大的论据大楼就像纸牌屋一样轻松倒塌了。

“我不是很擅长处理这些事情，”他说道，“但是我们在回去之前出去走走好吗？”

他们两个都没有喝完咖啡，这时外面下起了雨，詹姆士撑开他的雨伞，把她拉进伞下靠着他，带着她迅速地穿过阴沉的街道来到城市大道的后面。他没有说他们将要去哪里，她也没有问。

在走了相当长一段时间之后他们穿过一家荒无人烟的酒吧，在酒吧不远的地方有一个夹在两栋塔式大楼中间的儿童游乐场。那里有一个板条不齐全的长凳，一个被毁掉的滑梯，一坨狗屎躺在沙坑肮脏的沙子里。

詹姆士掏出一张很大的亚麻手帕擦了擦长凳，这样他们就有一个干爽的地方可以坐了。他抱着她猛地亲吻她，这让她相当惊讶。

“贝拉，”他在她耳边轻声说，“美丽的贝拉。我很抱歉让你如此困惑。你始终都在我的心里，但是问题太复杂了。”

他又吻了她一下，然后说道：“尽管当时看上去一点也不复杂。”

他一只手撑着雨伞，另一只手伸进她的衣服下面摸着她后背的皮肤。

贝拉看着他的脸被绿色的大西洋能源高尔夫伞映成了绿色。他对她来说看起来不再那么相貌平平了。一张脸的改变取决于你从多远的地方看它，在几乎只有几厘米的距离，他看起来差不多算是一个帅哥。她闭上了双眼，向这种幸福的感觉投降，这种他手掌抚摸她皮肤的感觉让她放弃了所有关于她正在做什么或者可能会导致什么事情发生的想法。

一个响动惊动了贝拉，她扭头过去看见一双小小的耐克跑鞋还有粉红色留着汗渍的长裤，裤腿上面印着“Just Do It”。

詹姆士向上抬起了一点雨伞，发现那是一个黑人胖女孩，大概五六岁，正盯着他们看。她可能在那里站了有些时间了。

“你们不能这样做。”她说道，依然凝视着他们。

贝拉想要大笑，被那样一个不太可能是权威人物斥责让她感到非常好笑。但是詹姆士，很显然，不觉得这很好笑。他看起来被这个小女孩搞得心情很糟糕。他匆匆地站了起来，紧张的神情消失殆尽。

“这是她的权利。”他一边对贝拉说道，一边急匆匆地走出了游乐场。我们不能那样做。

他们默默地走回了办公室发现消防演习早就结束了，其他人都回来工作了。

史黛拉

坐在开往牛津的火车上，史黛拉凝视着窗外，心里不断重复着和自己定下的那个交易。

“如果母亲没大碍，”她对着迪德科特正冒着烟的烟囱说道，“我就停止继续和莱斯做这件事。”

“如果母亲一切都好，”当火车停靠进牛津站看见熟悉的石尖塔时她说道，“我就放弃莱斯。”

在从车站开往医院的出租车上，她收到了一条他发来的短信，上面写着：

> 最亲爱的白鼬，
>
> 我被火灾警报驱赶出了办公室，现在我正站在雨中。我正在想念你，还有你可怜的妈妈。希望她没大碍。我不是想要纠缠你，所以不必回复这条短信，但是我想让你知道我爱你。莱 xx

史黛拉迅速看了一遍然后删掉了。

史黛拉的母亲正躺在约翰·拉德克利夫医院的公共病房里。她看上去比史黛拉6周前在他们的金婚庆祝会上老了20岁。她的骨盆骨折了，头一侧包着一大块绷带。

但是她微笑着迎接史黛拉的到来，还给了她一个让人惊讶的有力握手。

“你太傻了，”她说道，“为了我这愚蠢的小跌倒中断你繁忙的一天。”

史黛拉从她母亲的紧握中抽出双手，发现她的眼里充满了泪水。

她的母亲，只在史黛拉小的时候见过她哭过，迅速说道：“真的，史黛拉，别这么傻了。我很好。”

但是史黛拉，还是不能自已地哭了起来。

她为她母亲没事而解脱大哭，但是同时也是为她在医院看到穿着黄色病号服弯曲着身子那样虚弱的母亲哭泣。她哭得精疲力竭，但是总的来说，她哭泣最主要的理由是她要放弃一个她爱着的某个人了。

她擤了擤鼻子：“抱歉妈妈。你没事我就很放心了。告诉我到底怎么回事。”

“我老糊涂了，跌了一跤然后摔了下来，就是这么回事。”史黛拉的母亲回避了这个问题，反而询问起史黛拉的生活来。她问道：“查尔斯的关于工人阶级的纪录片进行得如何了？”

“他已经拍摄完很久了，我想他已经看到第一个样片了，觉得是有前景的。每个人对此都很激动。”

她在编故事，她根本不知道电影进展如何了，因为她最近没有问起过相关信息，查尔斯也没有主动提起过。

“这太棒了，”她母亲说道，“做那些没有创造性的事情对他没有好处。他完全可以胜任这种上档次的工作。他的最后一部片子是什么，《恶魔妻子》？”

“《地狱来的妻子》。”史黛拉纠正了她。

“对他来说卷入那种沉闷的片子里真是太可怕了。这部新的听起来倒像是能展现他的才华。他有那种传播社会真理给大众的天赋。”

史黛拉听着她的母亲赞扬她的丈夫，那种传统的想法萦绕在她心间——她的母亲喜欢她的女婿更胜过她的女儿。

这个想法很不公平。史黛拉的母亲有自己的表达方式，而且她一直支持着史黛拉。尽管她从未明白为什么史黛拉要投身进商场里——她认为贸易作为一个聪明人想要从事的工作是一件古怪的事情——不过她依然赞许她女儿取得的成功，并用她的方式为她感到骄傲。

但是她母亲最看重的还是正直诚信，每当她在报纸上读到石油公司的恶劣行径时，她都会打电话给史黛拉并告诫她一番。有一件事是她母亲绝不能忍受的，就是撒谎或者掩饰，哪怕这些谎言和掩饰不是冲着她来的。史黛拉还是十几岁的时候偷过一瓶她父亲的葡萄酒来喝，结果吐了，但使她惹上大麻烦的不是偷窃葡萄酒也不是喝醉——她母亲直接跨过了这些——而是她企图掩盖这件事。

但是现在，史黛拉正坐在她母亲的床边握着她的手，正在对她隐瞒一件更加严重的事情。如果她知道现在正在医院竭尽全力如此亲切地来探望她的女儿今天早上躺在一个年轻下属的床上时，史黛拉可以想象她母亲会说些什么。如果她母亲知道她是如何欺骗她的丈夫和她的孩子们，如果她知道她一直信任为她感到骄傲的好女儿是一个彻头彻底的骗子……

我完全不能承受这样的结果，史黛拉想。我要放弃莱斯。不是为了什么愚蠢的迷信的交易，而是为了我的母亲。我将会放弃他，那样我就可以成为她想要的那种女儿。

贝拉

贝拉从火灾演习的兴奋中回味了过来。她当然想要这样，她想要他，她不在乎这么做是否是很愚蠢。她不在乎他是她的上司，或者他已婚，或者甚至他的妻子有精神疾病。那是他的事。

她刚坐到桌子前，电话就响了，贝拉迅速抓过电话来，看屏幕上显示着他的名字。

“呃，哈罗。”他犹豫不决地说道，声音很低沉。

“哈罗，”贝拉说道，感到很开心，他那结结巴巴的口音让她想要大笑。

他清了清嗓子然后说道：“瞧，我有一个想法。在你告诉我发给你的邮件里提到的想法是矛盾的之前，让我先说我同意你的看法。

贝拉再次哈哈大笑起来，为他那饶舌的逻辑。

“明天下午，”他继续说道，现在的语气显得比之前更有信心，“我本来要去会见一些投资者的，但是我可能会取消掉这个会面。我想知道你是否可能愿意在某个地方见我，私人的——？”

“愿意，”她边回答，边瞟了一眼办公室周围是否有人注意到她脸红着悄悄打着电话。

“我安排好了发短信告诉你详情。”

十分钟不到她就收到了短信，上面写着：

利物浦街大东方酒店。下午1:30。

她盯着这条信息反复看着，觉得迫切需要见他一面。

她站起来走到他的办公室门前，但是他没在里面，反而碰见了安西娅。安西娅看见贝拉红色的脸颊和闪耀的眼睛，问她是否还好。

贝拉匆匆地说她的牙齿又开始疼起来了。这个编造的谎言似乎被安西娅接受了，她开始说起她已经做了根管治疗，而且花了很多的钱，牙冠还在上面，但是根管坏掉了，所以她正打算去植牙……

第二天，贝拉很早就起来了，洗了个澡然后穿上了一套圆点花纹的胸罩和内裤，这是她几年前就买的但是从未穿过，她保留着它们是为了在有纪念意义的日子穿，但是直到今天为止都未有过值得纪念的日子。在和米莉吃早餐的时候她一边闲聊一边开心地笑着，完全不在乎米莉没有练习她的竖笛。

她的女儿几乎是哀怨地说道：“妈妈，你为什么在笑呢？你从来都不笑的。”

贝拉对此有一点郁闷，想知道这是否是真的。

在办公室里贝拉把今天的工作用三个小时就打发掉了，她对自己工作的弹性感到吃惊不已。现在刚好12:45，她从桌子前站起来拿上她的手提袋，没有和任何人打招呼就离开了办公室。她鼓励自己穿过芬斯伯里马戏团公园和布罗德盖特去到利物浦街。城市里充满了出来吃三明治的上班族，对这些人来说这又只是一个单调无聊的一天而已。

门侍穿着棕色和金黄色的制服，握住把手拉开了大东方酒店的门，酒店外墙是用维多利亚时代的红砖砌的，给人一种井然有序的感觉，内部却又很现代化。贝拉站在宽阔光亮的接待大厅里，试着让自己看起来像漫不经心的样子，就好像等待着和她的上司上床是世界上非常自然的一件事。

没有瞧见詹姆士的影子。

她确定柜台前的女人看着她的目光里充满了怀疑。她走开了坐在一个低矮的山羊皮沙发上，当她坐下的时候看见她的裤袜上有一个洞。我到底是来这里干什么的，她有些迷惑。这太疯狂了，她下了一个结论。她考虑了一会儿站起来走回大门处，经过门侍的时候正好詹姆士焦虑不安地看着他的手表从门口进来。他拖着一个行李箱，当他背对着她在接待台接过刚才那个女人热情地递给他的价格单上签字的时候，贝拉看见行李箱上贴着一个标签，上面写着“打折”，69.99英镑的原价被画去，取而代之的是49.99英镑。

贝拉看见他拿着塑料的房间钥匙，谢绝了服务生要帮他提箱子的服务。他走到电梯前面，她跟了上去站在他旁边，在另一边是一棵装在银制花盆里修剪成球形的橘子树。他们和一对德国游客一起走进了电梯，她心里惴惴不安地看着他。在下午3点左右的时候她和她的上司到底在酒店里干什么？她当时是有机会离开这里的。但结果完全相反，他们一起走出电梯来到4楼，他领着她走过一条粉刷成暗紫色的很长的走廊，打开门走进一间阳光充足的房间里，里面有白色的被单和红色的枕头。在他小心地在门外面挂上“请勿打扰”的牌子之后，他才亲吻了她。他小小地叹息了一下。

“你根本不知道，”他说道，“我有多么期待这么做。”

她笑了起来，感觉被幸福淹没了。她亲吻了他，抚摸着他的头发，耳朵，面颊。

当贝拉后退着走向床时，她踢翻了行李箱。

“这是干什么用的？”她边问边不停地笑着。

他说他觉得到酒店来不带上一个行李箱感觉怪怪的，所以他去玛莎百货买了一个，这是为什么他迟到的原因。然后他还很担心箱子里太空了，所以买了一些东西放在里面。贝拉开心地笑了。一个男人买了一个空的行李箱来幽会，很明显他并没有经常这么干过。

她把箱子放倒打开，里面是一袋薯片，一个苹果，两个三明治，还有一瓶葡萄酒。

“我想你可能会有点饿。”他说道。

“生土豆才是我的最爱。”贝拉答道，“你真有趣，长得又漂亮。”

“贝拉，”他说道，“来这边。”

她躺在酒店的豪华按摩浴缸里，而詹姆士则匆匆忙忙地擦干淋浴后的身体，赶着去查看他的黑莓手机。

“你什么时候必须得到家？”他问道。

他的声音现在变得平淡而商务化了，完全不同于一个半小时前他在她耳边对她说的轻言细语。

“我没事，”她说道，“6点以前我都不需要急着去接孩子。所以我还有20分钟的时间。”

她走出浴缸来到他面前，身上裹着一条厚厚的浴巾。他没有做出要亲吻她的动作，而是说道：“这是给你坐出租车的钱。”

他掏出一张20英镑的纸币。贝拉像被什么击中了一样后退了一下。

“我不想要你的钱。我不是妓女。”

“听着，”他说道，声音稍稍柔和一点，“这是出于我对你的爱。谢谢。谢谢你所做的一切。”

但是他没有看她。谁会在做爱之后说“谢谢”？这两个人却说了，因为他们两个都想要说谢谢。贝拉坐着电梯下楼走回大堂，穿过橘子树和假笑的接待员，坐在地铁上开始进入遐想。经过那样激烈的兴奋之后，整个人都空了，她觉得疲惫不堪。

— 史黛拉 —

“贝阿特的表现非常符合我的期望。”史黛拉对罗素说。

她正在她的办公室里召开一个实习生表现的谈论会，罗素正拿着一个清单坐在那里打钩。

“她在做扫尾相关事务和工作主动性上得分很高，”她继续说道，“但是她在和其他人的沟通上有困难，我发现她的情商不太高。我并不是说我在要求接下来把她安排在哪个岗位，但我个人觉得她轮换到人力资源部可能对她是有好处的。你可以教会她很多东西，罗素。”

罗素狡黠地点点头。

“那么莱斯·威廉姆斯呢？”

“最近几个月来他的成长也很巨大，”她说道，“但是因为他不是经济学专业的，我实在是看不到有任何理由要把他留在我的部门里。他现在需要一个能够展示他能力的机会。我个人的建议是给他一个外派工作。阿拉斯加什么的之类的工作如何？”

稍后，在她的办公桌前，史黛拉正在和她下的决定作斗争。放弃莱斯是正确的，她不断告诫着自己。对她母亲来说也是正确的。对查尔斯和孩子们来说也是正确的。对她的工作来说也是正确的。甚至对莱斯来说，也是正确的。他应该得到一个新的更好的职位。

对她来说，如何面对没有莱斯的未来是一件困难的事情。但她安慰自己最艰难的一步都已经迈出了。她已经对罗素谈过了，他们同意莱斯还能再为她工作几天，然后她可能几个月都看不到他，在这之后他们两个可能只剩下朋友关系。

这种想法，看起来非常明智——可靠又冷静——这是史黛拉当时的想法，后来证明这只是一个可笑的妄想而已。她虽然迈出了最艰难的一步，作出了停止继续和莱斯发展下去的决定，还做了些相对简单的事情，比如和人力资源部谈论莱斯的表现和对未来岗位的安排，但事实上如何停止又是另外一件事了。

三个小时后，史黛拉停止了告诉自己她作的是一个正确的决定，绝望地坐在她的办公椅上。 她抬头发现贝阿特在她的门外徘徊，眼里的愤怒从她的爵士眼镜后面射了出来。

“你有空吗？”她问道。

史黛拉点点头，但是并没有请她入座。

“我刚刚被告知我会被派遣到人力资源部，”她说道，“你知道这件事吗？”

史黛拉犹豫地点了点头。

“我就知道是这么回事。”她说道。

“我对这个部门作了杰出的贡献，我在领导能力的十个测试中都是顶尖的，把我弄去人力资源部是不合逻辑的。对此唯一可能的理由就是性别刻板印象（心理学用词，指人们对男性或女性角色特征的固有印象，它表明了人们对性别角色的期望和看法，在对人的知觉中，人们总是力图找出各类角色的共同特征，以方便认识判断，和性别歧视差不多，但是没那么严重，译者注）。”

“听着，”史黛拉安抚着，“你现在是在进行一个为期三年的实习计划。你将会待在人力资源部一段时间。也许只有6个月，然后又会去到另一个部门。最有价值的是，我觉得尽管你在预测方面的掌控能力非常强，你也可以从其他方面学习到很多有益的东西。”

越过贝阿特的肩膀，史黛拉看见莱斯正朝这里走来。

他直直地看着她，大大睁开的眼睛里面充满了责难，他的肩膀微微有点蜷缩，黑着脸。

史黛拉微微皱了下眉，这是一个沉默而显得专业的警告。这个警告对他完全没作用，反而使得贝阿特转过身去看。

莱斯走过来盯着史黛拉，发现他黑着脸的表达方式让她情绪奇怪地高涨了起来。他完全没必要看起来像这样，除非他真的很在意。

“你会继续留在经济部吗？”贝阿特问。

“不，”他说道，“他们把我派去阿拉斯加去管理那里的一个社区项目。”

史黛拉用绷紧的面部挤出个微笑，然后看了下她的手表。

“我现在和CEO有一个会要开。”她说道。

她开始收集她的报告，然后丢下贝阿特和莱斯看着她的背影消失在走廊上。她刚坐下和史蒂芬开始讨论和加拿大的合资企业的可行性问题时，她偷瞄了一眼她的黑莓手机。

？？？？？？？？？？我他妈的简直不敢相信这件事。

她回短信：

抱歉。我可以给你解释。稍后一起喝个茶。X

他们坐在穆尔盖特的星巴克里面，史黛拉觉得这里比以往都要烂。她的一杯伯爵茶又淡又凉。

“很难解释，”史黛拉说道，“但是当我妈妈昨天跌倒的时候，我和自己做了一个交易，就是如果她没大碍，我就让你离开。”

“让我走？”

他暴怒地看着她。

“理由呢，”他继续道，“因为你的母亲没大碍，所以你觉得这是一个可以摧毁掉我生活的好主意。这样很合理吗？”

“别这么歇斯底里。我没有摧毁你的生活。”

“别他妈的这么冷冰冰的。”

“我哪有冷冰冰的。我只是在非常努力地尝试着做正确的事情。我讨厌现在这个样子。”

“噢，好吧，那么好吧。我不认为你有任何兴趣知道我是否也许也讨厌现在这个样子。”

他站了起来，留下没有喝过的茶走了出去。

史黛拉拿着她的手提包跟着他走进了街道里。她抓住他的袖子拉住了他。

“莱斯，”她说道，“这的确让我左右为难，我处理不了这个了。我当然不想让你去阿拉斯加，但是你同样也不能待在这里了。我不能这样做。我爱你，我真的爱你。但我们是完全不可能的。”

史黛拉从未打算过告诉他她爱他，不管是现在还是将来。但是莱斯在听到这两个词之后，用双手紧紧地抱住了她。他们两个就站在穆尔盖特的中央，在下午5点的光天化日之下。

他们两个蹒跚着走进一条小巷的门洞里。这是一个餐厅的后巷，通风口排出的空气都是热的，油烟喷得到处都是。

史黛拉站在烟熏火燎的热气里面，让他亲吻了她。她亲吻了回去，带着头晕目眩的解脱感。

现在，一小时四十五分钟后，他们又从后巷走出来回到了公司里，略微有点衣衫不整，但却拥有了世界上最亮堂的心。油桶上的霓虹灯对着她闪烁着。布兰特原油：$120.56 下跌$20.80，油桶上面显示着。

整个晚上史黛拉都在担心如何才能完美地解决她的难题。詹姆士就是答案，她作了决定。这将会是很困难的，但是她会尽她所能的。

到最后这根本就不是一个困难了。在他开始抱怨职员限额和油价暴跌后是如何增加他的工作负担之前，她直截了当地坐在詹姆士的沙发上。听他抱怨完之后，史黛拉才漫不经心地说："让我的一个实习生过来帮你怎么样？莱斯·威廉姆斯刚好完成了跟我的阶段，他比其他人要成熟一点，我想你能够把他训练成一个非常有用的人。起先我觉得他是个刺头，但是后来越来越能干了。我觉得罗素对他有另外的安排，但是如果我是你，我会第一时间联系上把他弄过来。"

詹姆士对此嘟嘟囔囔说了会，然后说他的人员短缺量比任何事情都要厉害，不是一个实习生就能够解决的，但是却高声吩咐他的私人助理接通罗素的电话。

"打铁要趁热。"他说道。

史黛拉进屋的时候查尔斯正坐在沙发上读着《新政治家》，完全没有抬头看她。她走过去坐在他的旁边，把头靠在他的肩膀上吻了一下他的脸颊，品味着她此时的奇特感受。她见到他并不是不开心的，她是开心的。在工作上的狂风骤雨并没有让她在家的心变得坚硬。她推断查尔斯和莱斯在她的爱情上是竞争对手根本就是一个错误的想法。她从莱斯那里得到越多的幸福，她就会留给查尔斯越多的幸福。

的确古怪，她告诉自己，和莱斯幽会让她成为了一个更好的妻子，一个更好的母亲和一个更好的女儿。

她拨打了她母亲的电话号码。

"哈罗，妈妈。"她说道。

"我现在还不能和你聊天，亲爱的。一个非常棒的年轻人正在填书面资料，弄完之后我就可以回家了。”

她的母亲正在好转。所有的事情都会好转的。

贝拉

昨晚贝拉很沮丧。她坐在沙发上和米莉一起看《东伦敦人》和接下来的《圣橡镇少年》，里面有一个年轻的女人正被一个大她20岁的男人追求纠缠。

“这真是恶心。”米莉主动评价说。

贝拉勉强地笑了笑，轻轻摸了摸女儿的头发。

没有任何来自詹姆士的消息。在旅馆的那4个小时里，她感觉棒极了，让人非常满意。她同样也感受到一些之前她都记不起来的感觉，一种和他待在一个小小的气泡里的感觉，在这个气泡里她生活中的其他东西是不存在的。在气泡里她不是他手下那一群群的初级调研员，她感觉到他们之间的能量平衡颠倒了过来——他想念和需要她多过她想念和需要他。这是一个激动人心的位置。

但是现在气泡爆裂了，她又回到了她的生活里，渴望从他那里得到一切。她动摇了，虽然不是非常强烈，但她不再觉得他需要她，她觉得她就是个隐形人。

她把手机放在沙发的扶手上，不断看手机多过看电视，祈祷着一个短信的到来。大概9:30的时候她再也忍受不下去了，给他发一条短信：

哈罗。

9:56的时候他才回复道：

哈罗。

这并不是她想要的，但是总好过什么都没有。

第二天早上，当她到公司上班的时候，詹姆士正在他的办公室里关着门和史黛拉在交谈着。当贝拉走过的时候，他看了她一眼，露出会心一笑。她昨晚的沮丧真是愚蠢，她确信无疑：他就在那里，正看着她。

过了一会儿，史黛拉离开了，詹姆士走出他的办公室。

“你有空吗？”

贝拉走进他的办公室。

“有三件事情我想对你说，”他说道，“第一件，我想要吻你，尽管我担心这可能会很轻率。”

透过百叶窗的叶条，外面有一打办公桌，大部分的办公桌前都有人为自己的工作忙碌着。

“第二件，你的短信几乎引发一次重大的家庭事故。我预防性地在手机上把你的号码名字存成比尔，但是昨晚手机响起来的时候，我最小的儿子正在摆弄我的手机，想要知道比尔到底是谁，为什么我会收到他的短信却只是回复一个哈罗。”

“天啊，”贝拉说道，“我很抱歉。只是我很担心，昨天一直没有收到你的消息……”

“没关系，”他说道，“不过以后最好还是不要在我在家的时候发送短信给我。”

贝拉同意了这点，他继续说道。

“第三件事，就是我们将会拥有一名新的成员，一个现在正在跟随史黛拉工作的实习生。他的名字好像是叫布莱恩，史黛拉对他赞不绝口。”

“他叫莱斯。”

“噢，你知道他吗？”他问道。

“是的，他很不错，我个人觉得。”

詹姆士皱了皱眉头。

“我犯了一个错误，我问了史黛拉一个问题，如果他长得很帅的话，我很担心你可能会爱上他的。她给我了一个奇怪的表情然后说不，非常非常夸张。这有点尴尬，现在她大概觉得我是一个同性恋了吧。”

贝拉对此哈哈大笑起来，被这种年纪一大把的异性恋男人被人认为迷恋上了孩子气同性恋的误会而逗笑了。

“我不想你希望破灭，”她说道，“但是他长得不错，有那么几分帅。”

“见鬼，”詹姆士说道，“我打算把他安置到你旁边的那个空位上。

我觉得你可以照顾好他，但你最好不要太友善。”

贝拉对于他的嫉妒感到非常高兴，尽管知道不太可能和莱斯处得很友善。自从他们一起在烤肉店吃过午饭以后她几乎没有再见过他了，而当她看到他的时候他的行为又很怪异。有时候他见到她时会兴高采烈地向她打招呼，有时候他则是闷闷不乐的样子。尽管如此，让他坐在这里也是不错的，只要他别聪明能干得让她难堪就好。

虽然莱斯只在公司工作了6个月，但是贝拉看到他已经积累了很多的个人物品。他有好几个不同的健身工具包，他把它们丢在桌子底下，还有一条看起来并不是特别干净的毛巾紧挨着贝拉的外套挂在衣架上。他有一组耳机，还有一堆各式各样电子产品的充电器。

他的屏保是一张穿着火爆，撅着屁股对着镜头，回头嘟着嘴的GIRLS ALOUD女孩乐团的照片。

“我简直不敢相信你喜欢GIRLS ALOUD，”贝拉说道，“我的女儿也喜欢她们，但是她才7岁。”

“她们烂透了。”他说道。

“那你为什么用她们做你的屏保？”

“我不知道。我只是觉得她们很好笑，典型的非大西洋能源风格，还有我觉得金柏莉穿得这么火爆显得很可爱。”

贝拉大笑起来，开始想着今后和他坐在一起会有什么样的有趣事情发生。

“你中午吃什么？”他问道。

贝拉刚刚想说她还没想好的时候莱斯的手机响了，他转过身去背对着她接听了，悄悄地对着手机说着。贝拉肯定他是在和他的女朋友讲电话，尽管她也不知道他为什么要用这么奇怪的方式。

他用这种夸张的方式讲了一会儿，然后在他挂电话之前说了一句听起来像是“方的”的话。

“不好意思，”他对贝拉说道，“突然有一点事，我们不能一起吃午饭了，但是这周晚些时候我们可以再一起吃吗？”

贝拉独自一人走下楼去到食堂。她拿着她的托盘走到了一大群正在讨论他们多么为因为信贷危机商店的东西都降价这件事开心的私人助理们那里。娜塔莉在那里骄傲地告诉每个人她是如何在多萝西·帕金斯（英国第二大服饰品牌Arcadia旗下的女装High Street品牌，译者注）讨价还价的，还有是如何说服店员对一双手套降价10%的。”

正当她们在聊着的时候，贝拉抬头看见莱斯溜达着走进了食堂，买了2个三明治，2瓶水，付了钱之后就消失不见了。

这让她觉得非常古怪。他难道不是和他的女朋友一起去吃午饭吗？

史黛拉

莱斯已经离开了，准确的说是离开了一个上午，但是史黛拉真的很想念他。每次她从繁忙的工作中抬起头来时，就再也看不见他的背影还有他那一堆乱七八糟的东西，只有一张桌子空空如也地在那里，椅子紧靠着桌子放着。那天她本来应该是和一个盛气凌人的哈佛大学经济学家共进午餐，他在大概6个月前就提出了共进午餐的邀请，史黛拉把这个邀请排在了行程表的最后，以此希望这个午餐永远不会到来。

她正准备离开办公室去圣詹姆斯区的林荫大道餐厅去和经济学家会面，她接到了他私人助理的电话。那个经济学家正从机场回来，他的航班因为大雾的缘故延期了，他不打算过来了。

“噢，天啊，”史黛拉说道，她把她的高兴假装成失望，“对于他的行程被搞乱掉，我也很难过。”

她没有做出想要另外约一个时间的尝试就迅速地挂掉了电话，然后拨打了莱斯的号码。莱斯接听的声音很奇怪和僵硬。

“你讲话不方便吗？”她说道。

“是的。”他说。

“听着，发生了一件超棒的事情，”她宣布，“我的午餐会被取消掉了。你现在正在做什么？”

“我刚约好了但是我可以取消掉。”

“我们可以去你的公寓吗？”

“时间不太够，”他说道，“我2:45有一个会议，到那时我不得不回来。”

史黛拉感觉心里有一点刺痛。但是他接着说道：“要不，房顶？”

然后她说道：“10分钟后在消防门见。”

莱斯站在通往14楼的半层楼梯转折处等着她。

他们推开消防门，门上写着：C区——紧急逃生专用，然后顺着消防梯爬到顶层走到一个用鹅卵石铺成的，长了一些杂草的屋顶平台上。

在平台边缘有一圈很矮的栏杆，史黛拉走过去坐在上面，但是莱斯把她拉了回来，说他有恐高症。然后他们手牵手走到平台的另一边紧靠着建筑物的倾斜面下面，盘腿坐在了一起。

“好冷。”她说。

他脱下他的大衣覆盖在他们两个身上。他递给她一个三明治——白面包上面有一块烤牛肉和辣椒混合酱，正好是她自己绝不会买的那种——然后他吃起了自己的那个三明治。

史黛拉躲在他的大衣下面倾身靠在他身上，感觉幸福极了。她正在做一些在身体上、情感上和职业上都很危险，但是她却觉得相当安全的事。她支配着伦敦，而莱斯的手抱着她。

“我可以问你一些事情吗？”他说道。

“可以。”她说道。

“你为什么喜欢我？”

史黛拉哈哈大笑。

“我也不知道。”她回答说。

贝拉

贝拉吃完午饭回来后大概过了1小时45分钟她的手机响了起来。是莱斯。

“嗨，可以帮我一个忙吗？”他问道。

“那要看是什么忙了，”贝拉说道，“但是也许……应该可以的。”

“我干了一件蠢事。我被关在屋顶上了。我爬上来看风景，结果身后的门被关上了，我回不去了。你可以过来帮我一下吗？”

贝拉说好吧，心里很好奇他到底在上面干什么。她完全搞不懂他。他说他要出去请某人吃午餐——但是之后他在食堂买了三明治，现在又被锁在了屋顶上。她甚至不知道如何上到屋顶上去，但是他向她说明了门在哪里，她推开门看见莱斯红着脸气喘吁吁地站在门外。

“你到底在这里干什么呢？”在他们走下楼梯的时候贝拉问。

他耸耸肩膀。

“那里的风景很棒。”

当快要走到安全门回到他们的办公桌的时候，莱斯说道：“糟糕，我东西丢在上面了，我去去就回。”

贝拉坐在自己的办公桌前思考着，他是一个多么古怪的人啊。她第一次遇见他的时候还觉得他很有魅力呢，狂野的冲动让他居然做出了一些像穿过消防门去到屋顶这种看起来勇敢的事情。这种行为真是蠢透了。为什么他不能像其他人一样把午餐时间花在食堂里呢？

当他回来的时候，贝拉问道：“我猜你和罗莎一起吃午餐去了？”

“噢，不，”他不假思索地答道，“我们分手了。”

“你把什么东西丢在屋顶上了？”贝拉坚持不懈地追问。

詹姆士的到来把莱斯从这个尴尬的话题里解救了出来。他直接走到他的面前说，他希望他准备一份消费者对于征收石油公司暴利税看法的报告。

看着詹姆士命令着莱斯，看着莱斯尊敬地点着头，这让贝拉很紧张。她只知道当詹姆士不喜欢这个的时候会喜欢什么。上次午餐的时候他们又一次去了大东方酒店，当贝拉躺在浴缸里的时候，詹姆士举起他的手，装作拿着一个相机要拍摄她照片的样子。

“咔嚓，”他说道，“我想保存下来。当我老了回忆往事的时候，就会想起这个我生命里最快乐的时光之一。”

“但是你已经老了。”贝拉毫不客气地指了出来，她无礼的回答中影藏着她的快乐。

现在他转过来对着她，一视同仁地看着她。

“你知道我下周将要去纽约会见一些分析师。我觉得如果你跟我一起去的话将会有帮助的，这将让你对于投资社区是如何评价我们的有更进一步的感受。”

有帮助的。贝拉爱死他用的这个词了。这当然是有帮助的，非常有帮助。

这个时间去劝说她的母亲来照顾米莉还早了点。贝拉的母亲现在明显确定她女儿的新职位是一件好事情，如果贝拉赚得越多她就越有希望找到一个体面的男友。她同样也注意到贝拉有多么漂亮，觉得这个也许会帮助她找到一个男人。之所以这没有发生在她自己身上，是因为她已经有了一个男人的缘故。如果她知道她为女儿祈求的这个男人的真面目时又将会大大的不同了——作为一个婚外情的受害者，她觉得任何跟已婚男人上过床的女人都是狐狸精，荡妇，非常邪恶。

安西娅预订了飞机票：三张公务舱票给詹姆士、贝拉还有财务总监菲利普·米勒 。但是詹姆士在看过行程表之后，平静地说从盖特威克机场（伦敦第二大机场，译者注）起飞比从希思罗机场更加适合他，如果贝拉和他在同一班飞机上是一个不错的主意，这样他就能够在航程中和她讨论一下事情。安西娅看上去想说点什么，但是转念一想，就照他所说的做了。

当安西娅走近她的桌子的时候，贝拉正准备要回家。

“我们需要谈谈。”安西娅说。

“抱歉，”贝拉说道，“我还有很多事情要在出差前处理完。”

“我觉得无论如何我们聊一下会比较好。”

贝拉停止阅读一份解释石油价格和企业的赢利能力之间的复杂关联的报告，跟着安西娅进到了她以前的办公室。她坐在她以前的桌子前，拿起一个订书机开始摆弄起来。

“人们对我有很多评价，”安西娅说道，“但他们从未评价说我是个瞎子。他们也没有说我是忠心耿耿的。因此我并不是一个瞎子——”她用手指做了个戳眼睛的动作证明她没有瞎。“我能够看到你和詹姆士之间正发生着什么事情。我从事情的一开始就注意到了。我看见你是如何勾引他的，看见你是如何引起他的注意的——表现出会俄语翻译还有亲自拿着票去他家之类的事。”

贝拉想她并不是为了捕获詹姆士而去学的俄语，还有帮他妻子一个忙通常并不是一个要和她丈夫偷情的前奏曲，但是她没有说出来。

“每次你们一起出去我都看见了。火警那次真是太可笑了。难道你认为人们没有注意到吗？”

“并不是你想的那样。”贝拉弱弱地说。

“我是一个非常宽宏大量的人，而且我并不是一个爱传播流言蜚语的人。”

贝拉对这两个断言置若罔闻。

“不过，我永远相信在办公室里发生这种事情不仅是错误的，而且非常不专业，还反映出了整个部门的问题。”

“你和詹姆士说过吗？”

“不，我没有，我也不打算去说。我知道詹姆士是花花公子——”她弯起两根手指做出引号的动作，“至少上一次那位并没有和他延续多久。他一个正常的男人有着正常的——”她停顿了一下，“——冲动需求。”

她故意低下了她的头。

“所以如果一个年轻有魅力的女人走过来坐在他的桌子上，对他暗送秋波，他当然会有所反应。”

“我从未那样做过。”贝拉抗议着。

“尽管你在这上面没有过错，我依然很担心你。你和我一直都有非常好的工作关系——难道不是吗？”

“哦，是的。”贝拉有气无力地说道。

“你会失去一切的，难道你不知道吗？当他对你感到厌倦时，你就出局了。”

詹姆士本人的到来打断了这场讲演，他的头从门口伸了进来，无视贝拉直接对安西娅说道：“你可以去订一辆车来直接从纽约肯尼迪国际机场载我们去第一站吗，我想时间可能会很紧。”

她对着他微微一笑。

“我已经搞定了。”

“你真棒。”他夸奖说。

贝拉看到安西娅板起了面孔，当她真心高兴时就会板起面孔。这让她想到：安西娅是不是也喜欢他？

史黛拉

“你为什么要去医生那里？”克莱米问道。

“因为我需要去检查一下胸部。”史黛拉回答说。

“你长了肿瘤吗？”她惊恐地问道。

“没有啦，但是我有好几年没去检查过了，所以我想最好还是去一下。”

克莱米同意了这点，因为并没有什么特别的理由让她不同意。

“希望你不会死。”克莱米说道。

“谢谢，亲爱的。我相信我一切都没问题的。”

她并不是打算去医生那检查胸部的。她之所以去是因为昨晚当她和查尔斯做爱的时候，她闻到一股强烈得让人作呕的鱼腥味，直到今天早晨味道都还在。当孩子们在吃他们的麦片粥时她在网上搜索了一下，她自己做出的诊断结果是得了细菌性阴道炎，需要使用抗生素治疗。

在候诊室里她给莱斯发了一条短信。

在看医生。这是一个抱怨的投诉，全都是你的错。臭味像海鲜店一样。史黛拉 X

他回复到

!!??XX

这样的回复并不能让史黛拉觉得十分满意。

这天早上在急诊室值班的医生看上去年轻得可笑，可能只比莱斯大一两岁而已。史黛拉注意到这个医生是她两个月前带着芬恩来检查他因为踢足球拉伤的小腿肌肉的那位。

“那么，”他爽朗地说到，“有什么可以帮你的吗？”

她急促地快速讲了一下症状，就好似企图抛下它们远去一样。

“我阴道瘙痒，发出一股恶臭，那是一种很让人讨厌的味道——很像鱼腥味——在做爱的时候发出来。”

他清了清嗓子，稍微换了个音调。

“很抱歉不得不问你一个问题，”他说道，“但是这将会有助于我做出正确的诊断。你最近一周是否有超过一个以上的性伴侣？”

史黛拉已经很长时间没有这么尴尬过了。她上一次的记忆是在大学一年级的时候因为膀胱炎去看医生，被问到她是否性活跃。她没有弄明白这个问题，反问说这取决于你说的活跃是指什么，然后医生严肃地解释道他是问她是否还是处女。

史黛拉的眼睛盯着旁边的器械，以此来分担自己承受的巨大压力。

“是的。”她说道。

“通常，”年轻的医生解释说，“阴道里面包含了平衡的细菌群落，有益的比如乳酸杆菌，还有危险的比如厌氧菌。阴道里的酸性环境帮助保持这个菌落平衡在控制范围内。然而，有时候，阴道内的这个环境被破坏掉了，结果大量的厌氧菌开始增长。”

史黛拉宽慰地听着，因为她的害羞可以藏在这些医学名词后面。

“请躺下，脱掉外裤还有你的内裤。我需要用棉花签采集样本。”

他按下了内部对讲机的按钮然后对着它说道：“我需要一名护士来3号诊室做体内检查。”

一个年轻女人敲门进来。史黛拉知道这个护士来这里的意思是为了保护她的名誉：男医生不再允许在没有女伴护的情况下对女性患者做体内检查。然而多了一个旁观者让史黛拉感觉比没有还要令人不自在。她脱掉了她的衣服然后躺在了又高又硬的床上，这样医生就可以从她体内收集一些样本放到试管里。

史黛拉看着她弯曲着膝盖苍白的大腿，对她的身体甚至她整个人都产生了厌恶感。

“你现在可以穿上衣服了。”

他给她开了一个处方，告诉她必须完成这个疗程。

站在外面的大街上，一辆出租车也拦不到，会议也迟到了，一阵恐惧在史黛拉的心里冉冉升起。她讨厌她正在变成的那种人，她希望事情变得简单一些。厌倦，这种她曾经很害怕的情绪，现在她却渴望拥有。她想起了克莱米，她想起了今天早上自己是那样轻易就欺骗了那么信任她的女儿。她想起了医生，还有那个作为她耻辱见证人的漂亮护士。但是然后她想起了莱斯，想起了失去莱斯，这让她感到了更加巨大的恐惧。

坐在出租车里她拨打了他的电话；他的电话响了两次然后转到了语音信箱。

不可思议，史黛拉想。我不得不欺骗孩子们，承受一些恶心的感染，上班迟到，还有他甚至不能接听他那该死的电话。

但是当她走进办公室的时候她发现电脑屏幕上贴了一张便条。上面写着：

大概几天能收到呢
在我的心中有一个愿望
还有一条鱼的回忆

史黛拉微笑了起来。当一个恋爱中的并熟悉奥登诗句主题的人向一个年轻的医生分开双腿那是怎样的羞辱啊？她从便签簿上撕了一张下来写下了一首引用的诗句：

我在这里，这里有你
这意味着什么？
我们又将何去何从？

然后她将纸放进内部邮件的信封里，在信封上写上他的名字然后丢进发件箱里。

贝拉

坐在开往盖特威克机场地铁上的贝拉正在担心着她的衣服。她周末去血拼买的一件Zara便宜的纯莱卡面料的细直条纹外套太紧了。当她昨天晚上试穿的时候她觉得她完全不符合商务会议的穿着，并且和她那笨

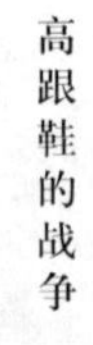

重的鞋子完全搭配不起来。

这个担忧又带来了更大的担忧：安西娅还会做些什么？她会去告发吗？她很想告诉詹姆士他们被发现了，但是害怕他可能会恐慌而终止掉。

但是她主要担心的是詹姆士，他是她做过的最差选择。他已婚，是她上司，表面上他总是表现出一副“花花公子”的样子，她几乎肯定将会受到巨大的伤害然后被开除掉。昨晚她躺在床上在脑海里反复思量着这些，突然想出一个办法。如果他是在利用她，那么她也可以利用他。她可以利用他带她去纽约，过一段美好的时光。如果他想要和她上床，她一样也可以想要他上床。她可以乐观地面对所有的事情。她可以享受这一刻。

詹姆士让服务员倒了两杯香槟，递给她一杯。

“你的，”他说，然后抿了一小口他自己那杯，“你真是光芒四射。”

“没错，”她喝了一大口，“你的光芒让我感觉我好像已经喝醉了。”

“我通常不在横跨大西洋的飞机上喝酒，”他说道，“太容易口干了。”

贝拉感到有一点点失望的刺痛，甚至当他在做不计后果的事情时他也是理智的。

“不过，”他继续说道，“我通常不这么做。实际上我这辈子之前从未做过这样的事情。”

“从未？”她问道，“你发誓？”

“我发誓。”他拉过她的手紧紧握住。

她刚刚才放下的怀疑又回来了，比之前的更大。

“我可以问你一些事情吗？”她问道。

“当然可以。”他答应着。

“你可以保证你不会生气吗？”

“不，”他说道，“我不能保证。但是我可以说的是出于我对你的了解，我不能想象你有什么事情可能会让我生气……”

“好吧。我想问你的是关于茱莉亚的事。”

“茱莉亚？”

“是的，茱莉亚。”

“关于她的啥？”

“这应该由你来告诉我。”

詹姆士收回了他的手。

“你怎么知道的？”

“这并不是关键问题，还有这也不是我问题的答案。”

詹姆士停顿了一会儿，跷起的双腿换了一下位置又重新交叉。

“好吧。”他承认，“我们有过一段简短的——”

他停了一下好像在搜寻一个恰当的用词。

“——交往。这是个错误，虽然我对我所做的此事要负全责，我头脑真的不太清醒。我并不以此为骄傲。我想我们两个都无法从这件事里得到什么好处。”

“但是你不是从中得到好处了吗？”

“你指的是什么？”

“她因你而离开了大西洋能源，然后你接手了她的工作。她失去了一切，而你，得到了一切。”

“贝拉，”他断然说道，“恕我直言，你根本不知道你在讲些什么。”

“我知道。我完全知道我正在说些什么。我是她的私人助理，而你们两个都是电脑白痴，完全不知道如何保护机密，我看过你们所有的邮件。”

“你干了什么？”

他用一种几乎是狰狞的神情看着贝拉。

“它们是私人信件。你这是在犯法。”

“我所做的就是看一些电子邮件，而我的工作就是处理电子邮件。至于你，首先你和一个同事偷情，然后你抛弃了她。你没有流露出丝毫的后悔，相反地你接手了她的工作。接着你又和你的新私人助理偷情，但你依旧觉得你是一个正派的男人，因为你已经告诉了这个私人助理你爱着你的妻子。你不是正派男人，你是一个伪君子。还有，你居然有胆说这是你第一次偷情。”

贝拉向后靠在了椅背上。她浑身都在发抖。她究竟在干什么？为什么她要把10分钟前得到的幸福撕成碎片。为什么她要破坏放松心情享受他带给她的快乐这个决定?

她无法忍受眼睁睁地看着他撒谎,她无法忍受不明真相。

"贝拉,"詹姆士说道,"贝拉,听我说一句。"

他试图重新抓住她的手,但是她缩开了。

"和茱莉亚一起的时候我处在一个低谷期。家里的事情很麻烦,希拉里在一定程度上因为服药的副作用而变得很冷漠,茱莉亚又百般勾引我。我意志薄弱地陷入了其中……这主要是生理上的……"

贝拉脸上抽搐了一下。

"但是随后希拉里病症复发了重新住进了修道士医院,我觉得太可怕了,所以断绝了和茱莉亚的来往。我没有告诉她关于希拉里的事,因为我不觉得这和她有关系。我并没有以我所做为荣,但是我想体面地结束这件事。真是遗憾,她自己没有真的想要专业地处理这件事。"

"体面地。"贝拉轻蔑地说道。

"我之前从未做过这样的事情,我发誓我以后绝不会这样了。但是随着你的到来,贝拉,这里有一些东西不一样了。我整天都在想念着你。你知道吗?你很勇敢又可爱,我完全不敢相信你竟然能主动投入我的怀抱。此刻我感受到了一种我不应得的幸福感,我从未想过这辈子还能感受到。"

"但是你的妻子怎么办,"贝拉说道,语气稍稍平缓了一点,"她仍然很不好吗?还有你这样一直关心下去是有价值的吗?"

"是的,肯定是有价值的。"他说道,"这比任何事情都要有价值。我对那件事怀有内疚,我对此感觉很糟糕,但是那是我的责任,不是你的。你可以帮我个忙吗?在未来的三天里你不要提起这件事好吗?"

出租车停在了南部中央公园的丽思卡尔顿酒店前。詹姆士给了面无表情的司机60美元,然后从后行李箱里拿出他们的提包,贝拉那便宜的黑色滚轮箱看上去与詹姆士的玛百莉(Mulberry,英国顶级皮具,译者注)西装行携具(一种专门装西装的提包,译者注)完全不相称。

贝拉上一次来纽约是在她高中毕业后的假期里,当时她坐着"灵缇"

长途公共汽车到处旅行，睡在皇后区一个朋友妹妹家的地板上，还在世贸大厦的顶楼照了一张头发被狂风吹拂的照片。九年过去了，这个世界改变了，她也改变了。

一个服务生提着他们的行李带他们去房间。贝拉向下看了一眼中央公园的景色，下面有一些马儿在那里等着让游客参观。窗子前摆了一盆白兰花。房间里放了两张床，她觉得这真是浪费。她把她的外套挂在衣柜的衣架上，又重想了一下她和自己订下的约定。她不想再吵架。她不想再去担心未来。她想享受自我。

房间里的电话响了起来，她拿起来接听了。

"你是谁？"一个英国腔的女声。

"我是贝拉·钱伯斯。"

"噢。我丈夫在你那里？"

"你好，希拉里。"贝拉僵硬地问候道，"这不是他的房间。总机肯定搞错了。"

"好的。"她快速地说道并挂掉了电话。

贝拉有点稍稍地讨厌这个她知道并不漂亮的女人。她感到更加讨厌的是她自己，她觉得自己同样也不是真的很漂亮。这个糟糕的感觉是由詹姆士决定的，而不是她。

这天晚上在四季酒店为投资者开设了一个私人晚宴。一个12人位的大桌子——6个投资者，3个投资银行家，詹姆士，菲利普还有贝拉。除了贝拉只有一名女性，一个非常瘦的金发女郎，大概有40岁，穿着海蓝色的西装和平底鞋。而贝拉穿着一双杀手级高跟鞋和一件黑色的紧身衣，感觉很可笑，好似她走错了地方一样。

幸好，没有人有兴趣和她交谈，因为这个桌上谈论的话题只有一个，这让贝拉很容易保持沉默。她的脸上装出一种好像她有充分的学识和重要的事情可以讲的样子，如果她选择要说出来的话，只不过她此时并没有这么做而已。对贝拉来说，随着时间的流逝她的这种假装就越困难，不像桌上的其他人，她把酒保殷勤地倒进大水晶高脚杯里的5种不同的葡萄酒喝得一滴不剩。

在饭局结束的时候，气氛开始活跃了起来，贝拉发现她自己凝视着面前夹着菜单的银夹子。

“金莲花，祖传番茄还有芥末花。”她大声念了出来。

没什么特别的，然后她说道：“如果番茄是祖传的，难道它们现在还没有烂掉吗？”

桌子上一下就安静了下来，还是詹姆士用尴尬的笑声才打破了僵局。

“抱歉。”稍后在酒店的卧室里她说道，当时詹姆士正在剥去她身上的衣服。

“没关系，”他说道，“你真幽默。”

他坚持吻遍了她的全身直到她不再感觉自己愚笨为止　她觉得自己放荡、不学无术，但和大多数的曼哈顿的女人一样。

快到凌晨三点的时候，詹姆士才渐渐睡着，而贝拉太兴奋而难以进入梦乡，突然有一个想和米莉说说话的愿望。在过去的24小时她一次也没有想起过她的女儿，而现在开始担心她的自私和分割开的幸福感可能会引发一些不好的事发生在她身上。

她踮着脚尖走进浴室里拨打了号码。她母亲接听了：“你还没有上床睡觉啊？你那边几点钟了？”

“凌晨3点，我的飞机晚点了。米莉还好吧？”

“是的，她当然很好。你想和她说话吗？”

然后米莉接过了电话，贝拉说道：“总有一天我会带你来纽约的，我们可以在中央公园骑着马儿吃着热狗……”

米莉听上去不为所动，而是告诉她的母亲她早餐的时候不被允许吃可可米——一种以可可为原料的垃圾食品。

当她说再见的时候外面响起了轰隆隆的雷声，詹姆士醒了过来叫她床上去。贝拉在白色的羽绒被上滑了一跤，他紧紧地抱住了她。他浑身是汗，眼睛也是闭着的。

又有一记强烈的雷鸣。他呻吟着把他的脸埋进了她的胸口。

“怎么了？”她轻声问道。

“我受不了打雷。”他声音闷闷的，因为他的嘴巴被她的胸口埋住了。

和克桑在一起的时候贝拉曾经很厌恶负起责任的感觉，但是她发现来自这个刚才还几乎是纽约最高档酒店晚宴上主持全局的男人的依靠让她感到了最深的快乐。她闭上双眼，向他靠了过去。

“我会照顾你的。”她轻语道。

早上六点的时候，詹姆士伸手去摸遥控板然后转到CNN台。

伦敦股票市场开盘下挫460点，电视屏幕下方的滚动字幕上写道。

“他妈的。”詹姆士说道。

昨晚的畏缩男不见了，他自发地开始他的高效率工作，浑身赤裸地坐在床边上，盯着他的黑莓看着。

电视上的播报员正在播报：“现在转到我们驻伦敦的商业评论员南希·西尔弗曼。”

贝拉看着一个戴着头盔的白金发美国女人站在英国中央银行的前面，说戈登·布朗的救市计划已经失败。

“你觉得，”贝拉问詹姆士说，“人们谈论着市场好像他们就是那些需要冷静下来的人是一种很好笑的行为吗？”

詹姆士看着她好像他完全不知道她在说些什么。

“嘘。”他急速地说道，身子向电视机倾了过去。

“其中遭受打击最沉重的就是石油巨头大西洋能源，”那个女人继续说着，“它们的普通股跌落到3.56英镑，在今天早上的新闻里，俄罗斯政府已经将他们封停的西伯利亚油田国有化。”

“他妈的。”詹姆士再次骂道。

史黛拉

史黛拉正注视着她的电脑屏幕。市场大跳水，大西洋能源的股票价格大幅下跌。她不禁想起这个崩盘的金融系统，结果虽然很令人震惊，但是很合理。现在她有两个世界，私人世界她和莱斯一起共享——这是一个危险而失控的世界，还有就是公众世界，一个专业的世界——安全而又井然有序。但是现在，这两个世界都分崩离析了，里面一片混乱。

史黛拉取消了去莱斯公寓的计划，很早就来到了办公室。她昨晚从家里给他打了个电话，蜷缩在浴室里悄悄地解释说，因为市场太反复无常，她没办法冒这个翘班的风险，他也一样。他用一种和语义相反的声调说了声好吧，然后挂掉了电话。

第二天早上他站在她的办公室里。

“你在搞什么东西？”他说道，“你早上没有顺道过来的真相是不是这个？是不是我们将再也没有普通的时间在一起，做一些普通的事，就像普通人做的那样——我们甚至不能一起去看电影，沿着沙滩散步，或者甚至不能在公开场合牵手，或者甚至在他妈的电话里聊天。”

他觉得他们是一对情侣的想法让她精神一振。她想知道到底哪个词才比较适合形容他们两个，语言并不会迁就他们的情况。他们并不是一对。她不是他的女朋友。也不是他的情妇。也许她是他的情人，尽管这个词听起来太老气了。但是无论他们是或者不是什么关系，他都想要和她一起走在沙滩上，这个事实让她感到有些头晕目眩。

因为市场骚乱的原因，史黛拉3点的会议取消了，她发现她的行程表里有两个半小时的空白。她打电话给莱斯。

“想和我一起去看场电影吗？”

“什么时候？”

“现在。”

“你是想和我约会吗？”

史黛拉哈哈大笑。

“是的。”

出租车里史黛拉亲吻了莱斯，她已经不再为司机的存在而感到尴尬了。他爱怎么想怎么想去吧，她想。相反的，她为自己和莱斯这个大胆的翘班约会而狂喜不已。下午上到一半翘班出去在雷诺阿电影院的黑暗里手牵着手时，比起正在崩溃坍塌的市场，她想得更多的是被打断的去莱斯公寓的做爱。

一共有三场电影，其中一场显示已经开始了，另外一个是晦涩的关于阿尔及利亚纪录片制片人的法国喜剧片，第三部是《断背山》的重放，他们两个都已经看过了，但是决定再看一次。他们拿着票走进了半明半暗的影院里，除了两个孤零零坐着的女人外几乎是空场。

莱斯买了一包爆米花，牵着史黛拉走到了后排。她上一次在电影院里轻吻一个男孩之后就再也没有坐过靠近墙壁的位置了。那时，她回想了一下，可能比莱斯出生的时候还要早。现在背后有一条走道了，而且座位很宽敞很适合做一些亲昵的行为。当莱斯用手环抱她时，史黛拉整个身子都靠了上去，结果背部的肌肉都拉痛了。

她第一次看《断背山》是和查尔斯一起看的。她觉得这部电影被高估了，但是他却被里面的摄影技术所折服，在回家的路上他还给她上了一课。

这一次她看到一部完全不一样的电影。两个年轻的牛仔就是她和莱斯，互相紧紧地抱在一起，一次不可能的激情之恋摧毁了他们的一辈子。

她的眼里充满了泪水，而莱斯，看着她的侧脸更多过电影，伸出他的手用手指拭去她的泪水然后把手指放进他的嘴里。

“别伤心，”他轻语道，“要快乐。我在爱着你。”

史黛拉在电影院座椅扶手允许的范围内尽力靠近他，想要永远地待在这个黑暗里。

当他们重新出现在外面的日光下时，史黛拉看见她的黑莓手机上的股市行情又下挫了4个百分点，石油价格又下跌了15美元，40亿美元的公司市值蒸发掉了。

有6个未接电话来自在纽约的詹姆士。史黛拉几分钟前还非常强烈的幸福感消失殆尽。她决不能让她的工作也随着其他的事情一起崩溃掉。

十 贝拉 十

詹姆士，贝拉和菲利普三人正在第一美洲银行54楼的办公室里。向投资者的演讲报告应该10分钟后开始，詹姆士正在踱来踱去地在电话里和史蒂芬讨论着，史蒂芬这时正在莫斯科接受调查。

“我也不知道泄露来自哪里，”詹姆士正说着，“但是这里有一个很明显的问题，所以我们需要的是要说些什么……我想给他们一些东西来思考，这样就能让它们转变为一个积极的故事……好的，对，但是史黛拉的幻灯片不是很乐观的……"

詹姆士挂掉电话，对着贝拉说道："你可以用最快的速度帮我接通史黛拉的电话吗？"

贝拉打给了她，但是对方没有接听。她写了封电邮给她，接着又发了一条短信，还是没有回信。接着她又打给了娜塔莉："她在哪里？"

"我也不知道，"娜塔莉没好气地说道，"我自己也一直想找到她。"

贝拉觉得真是古怪。她想知道为什么在市场暴跌的一天，史黛拉会关掉她的黑莓手机？

当史黛拉打回来的时候，已经是三个多小时后了，詹姆士正忙着对分析家解说，告诉贝拉通知史黛拉发一些更乐观的幻灯片过来用在下午的演讲上。贝拉从未期待过去告诉一个高层人士去做一件这个人不愿意做的事，也并不确定她能够坚持她的立场。

然而史黛拉不仅没有生气，而且还像着了魔一样。她为很难找到她道了歉，当她被告知需要重写她的关于可持续汽油的报告还有关于石油市场的中期前景时，她简单地说："我现在刚要回办公室开会，但是我回去后会尽快重写的。告诉詹姆士一个半小时后他会收到的。"

接着，就好像一个平等的谈话，她问道："那边的情况如何？"

"人们都非常担忧恐慌，我不知道他们是否会给一个关于我们的长期预测的东西，"贝拉说道，"我觉得他们连未来5分钟的事情都很担忧。"

不到一个半小时史黛拉的新幻灯片——现在宣称从藻类制造汽油将会在5年内改变公司，然后同样展示了公司是如何在几乎任何油价下面都是有巨大利润的——附带着演示稿寄到了。

詹姆士面带微笑地迎接它们的到来。他站在一个大会议室的荧幕面前，正在被昨晚一起共进晚餐的一个银行家介绍给大家。

"在过去的几个小时里我们见证了一场完美风暴，"银行家说着，"我们看到全球市场的外壳已经改变了，我们正在进入无序的领域。但是请允许我荣幸地介绍大西洋能源的詹姆士·斯汤顿为你带来最新的在石油工业方面翻天覆地的变化——”

贝拉听着这个在极端严峻形势下的演讲，对于演讲者优雅的外表而感到惊讶。他的头发看上去好像是被粉刷过的一样，西装非常整洁，甚至他的牙齿白得都不自然了。他的眼中不时闪过一抹亮光，不过这是激动还是害怕，她也不知道。

詹姆士与之相比，看上去有些凌乱。他的衬衫皱皱的，领带结不是完全直的，还有他的头发看上去有点乱，但是贝拉很钦佩他演讲的诚恳性。

“我们正在进入一个新的未来，”他说道，“我们不知道将来会是什么样子，我不打算向你们撒谎来假装我知道将来会发生什么。我绝不会。”

当他说到这里的时候，他看见了贝拉的眼睛，就好像直接对着她说话一样。

“不，”她想到，“我也绝不会。”

史黛拉

史黛拉尽她可能快地重写了她的预测报告，不仅仅是因为有一个迫切的需求在等着它们，而是因为她发现做这件事太令人恶心了，所以她想要迅速地搞定它。

这是她职业生涯以来第一次使用明知是错误的数据。在过去通常她都是在事实上进行编造，但是这一次她在完全不存在的情况下暗示了一个令人激动和能够获得成功的东西。

她完成了这个任务，发送了出去然后尽量不再去想这件事。她并没有欺骗投资者——欺骗这个词用得太重了点。她只是在误导他们。她所利用的事实并不是完全是错误的，只是简单有选择性地进行了挑选。她告诉自己在这件事上她完全没有选择。史蒂芬和詹姆士，两个非常正派和值得信赖的人，都让她这么做，那么如果她不这么做，他们可能就会自己来写这份预测报告，可能还不如她修订后的效果好。无论如何，她思量道，这就像作为公司的那些高层。有些时候你必须得做一些令人恶心的事，只要你站在正确的界线那边。史黛拉知道她刚才做的已经是临界线了，但是她不会再进一步了。

她无法避免地把这件事和她私人生活里的日常欺骗作了个比较。她并不仅仅是在诱导查尔斯。她是在欺骗他。她是在欺骗她的孩子们。她同样也是在欺骗她自己——通过告诉自己她能够控制住还有她感情的力量会搞定一切的。

但是她思量尽管她确实欺骗了查尔斯和孩子们，他们也不会发现。他们不会受到伤害，她会确保这一点。史黛拉相当清楚她会受到伤害，会伤得很严重，但是她现在不想去想这些。

这太古怪了，她想到，在这个道德沦丧的时候在她生命里唯一一个她不会欺骗的人就是莱斯。因为她和他之间是坦诚相见的关系，这种关系是非常非常错误的，但却是唯一让人感觉正确的。

当那天下午她和莱斯坐在电影院里时她感觉置身于天恩（神学术语，指上帝赐予人们的恩典，译者注）中迎向他一样。那里没有谎言，只有她和他，他抚摸着她湿润脸庞的手，但是外界的所有事情都是复杂而扭曲的。

娜塔莉伸了头进来问道："你下午去哪里了？很多人想要找到你。"

史黛拉说道："我没告诉你吗？我去国际能源署开一个研讨会了。我觉得我把这个放进行程表了啊。"

娜塔莉说道："哦，那好吧。"

但是她的语调让史黛拉感觉不舒服。她以后得小心一点了。她是一只九命猫，现在已经丢掉一条命了。她还剩八条命，她必须要在她继续丢掉最后一条命之前停下来。

十贝拉十

在纽约的最后一晚里，贝拉和菲利普还有詹姆士在一起吃了顿晚餐，两个男人凑在一起谈论着市场的垮塌接着是高尔夫球，贝拉觉得好像自己根本不存在一样。她喝了很多的葡萄酒，吃光了她那份巨大的丁骨牛排，然后吃掉了一个大份的儿童圣代冰淇淋布丁，结果在他们回酒店房间的时候感觉想要吐了。他们默默脱掉了衣服，詹姆士说过去的36个小时他太累了，他得睡觉。贝拉在黑暗中躺在左侧的白色羽绒被上感觉空虚和孤独，真希望她从未来过纽约。

但是大概5点的时候，詹姆士醒了过来，和她激情地做了一次爱，然后说这将成为他这辈子两个最难忘的夜晚。

过了一会儿，他们并肩躺着，詹姆士说道：“我很害怕。”

贝拉回答道：“但是暴风雨昨晚过去了。”

“我是在害怕另外一场暴风雨。不仅仅是市场，尽管有一部分是……我害怕的是我们之间正在发生的事情。”

出入境的队伍移动得很慢，他们默默地排在队伍里面。昨晚的亲昵行为都不见了，就好像詹姆士的心思已经飞回家里和他的家人待在一起，而贝拉刚好在旁边而已。詹姆士对大家说他打算从机场坐出租车回去但是他可以顺路载她一程。贝拉拒绝了，从维多利亚机场坐火车会比较快。他点头同意，然后匆匆地在她脸颊上吻了一下。

“明天见。祝你安全返回。”

贝拉刚刚错过了火车，正坐在站台上累得不想去思考她身上到底发生了什么。她的所有想法就是要再次见到米莉。但是当她抵达她母亲家时，米莉仅仅打了声招呼，当贝拉问她你想我没时，她女儿耸了耸肩膀。

史黛拉

史黛拉和莱斯正躺在他的床上。他们坐出租车花了40分钟才来到他的公寓，接着在床上花了45分钟，然后5分钟之后他们不得不起床返回办公室。她躺在他的胸膛上沉默不语。这不是一个感到满足的沉默，更多的是当一句话太难说出口的那种。

“怎么了？”他问。

“没事。”

“告诉我。”

“不，不，”她说道，“真的，真的没什么。”

但是他坚持要想知道，最终她还是说了：“这一切很快将要结束，你会找到一个合适的女朋友，我完全无法接受这个想法。”

“我觉得以最近的情况来看是完全没什么希望找个女朋友的。你不断地想要抛弃我，但是我拒绝被抛弃。”

他哈哈大笑，但是史黛拉不是觉得应该欢呼雀跃，而是为他的这种良好的精神状态感到焦虑。莱斯可能只感到了快乐，史黛拉想，他是不是没有发现事情有多糟糕，或者他发现了但是却根本不在乎。两种情况都是令人沮丧的。

“我们明天一起吃个午饭可以吗？”她问道。

“那可太好了，”他说道，“但是可能要进行得快一点，因为詹姆士快要从纽约回来了，我正在写的报告拉下不少。”

“什么？”史黛拉的忧郁变成了愤怒，“你说你工作拉下了是什么意思？”

她一下从床上坐了起来，连被子都没拉起来，直直地盯着莱斯。他看起来有点困惑。

“不是什么大事。我只是说我拉下了一点工作进度，这让我有一点心烦。”

“噢，真是不错。”史黛拉讽刺着说，身体后仰了一下。“你知道我的工作拉下了多少吗？我有比你更多的无穷无尽的工作——还不要说有两个孩子，一个老公和婆婆，两间房子。我竭尽全力地为你挤出时间来，这意味着所有的事情都要压缩得更短，我从未对此提过只言片语，你却开始抱怨因为你在一个小小的报告上拉下了一点点进度。”

她一股脑地说了出来，愤怒喷泻而出。莱斯移了移他的身子，这样就不再和她的身体触碰在一起了。

“谢谢你提醒我你他妈的有多成功，”他冷淡地说道，“你知道什么？我很在意我的工作。我也许和你不是同一级别的，但是是走过漫漫长路，不断努力才得来的。不是靠走后门。”

史黛拉下了床四处寻找她的连裤袜，它就在不到一个小时前因为极度的匆忙和兴奋不知扔到哪里去了。她抓过来穿上，结果她脚趾甲挂了一下尼龙丝弄出一个破洞出来。

她很生他的气，但是更多的，她是在跟她自己生气，或者是在和她正要变成的那个自己生气。在她之前的生命中她从未被苛求过，尤其是被一个丝毫不关心她的悲伤的年轻男人苛求。

她穿上外套，拿起手提包，关上了他公寓的大门，一句话也没有说。她跑下肮脏的楼梯来到大街上。刚刚转过街角走到七姐妹山路时，她听到有人叫她的名字，转身就看见莱斯穿着袜子向她跑来，手里拿着他的领带和鞋子。

"对不起，"他说道。

"我也对不起你。"她说道。

她如释重负，然后在大街中央用力地吻了他很久。

贝拉

从纽约回来的第一天詹姆士就陷入了繁忙之中，她只从背后瞥见了他一次。比起平常来她都更少地知道他在想些什么，随着时间的流逝她变得越来越焦虑了。她不断检查她的手机看他是否发给了她短信，但是一条也没有。

贝拉被安排要写下这次纽约行程的投资者意见报告，但是她却茫然地盯着她的电脑屏幕。为什么他就不能给她发点什么短信呢？

在她的手机上她输入道：你在哪里？吻你。

她刚刚发送完毕他的一条短信就来了，和她的短信擦身而过。

那条短信上面写着：

请尽快到董事会会议室来一趟。

这是什么，贝拉想。这条短信比起偷情关系来说更加专横。她怀疑他们被发现了，是否是安西娅说了什么，还是他戏剧性地选择董事会会议室附近来做个了断呢。她上到14楼走出电梯踏上了灰白色的天鹅绒地毯，那里安静得让她心里冒起一个不祥的预兆，然后推开沉重的门走进了董事会会议室。房间几乎被一张巨大的圆桌填满了，圆桌黑而亮，可以让大西洋能源一共22名董事会成员很舒服地坐在它的周围。

贝拉之前只来过这个房间一次，那次是因为她要给正在作报告的茱莉亚拿一些材料上来。现在空无一人，但是看上去比坐满了人更加吓人。

詹姆士面对她站在那里，背后是落地窗，外面是这个城市的华丽景色，他紧张兴奋地看着她。

“我的访客走了，”他说道，“我约的这个房间使用时间还有15分钟才到。”

他推着一个还装着剩余的供访问者吃的饼干的小推车走了出去。

“我们不想被餐饮服务部的人打扰。”他说道。

他返回了会议室，关上了大门，然后用一把椅子顶住。

“你在搞什么？”贝拉问。

他向她张开双臂。

“我们不能这样，”她说道，“这里不行。”

“我们可以。”他说道，“没人会进来，我保证。我昨晚回家后整晚都在想着你，而且在刚才和环保主义者开沉闷的会议时也一直在想着你。求你了。”

当他们躺在酒店的床上时，她记起他曾对她说过的一些事，关于在董事会会议室的桌子上做爱什么的，但是贝拉当时觉得他是在开玩笑。她完全不能想象谁会喜欢躺在一个硬邦邦冷冰冰的桌面上而不是柔软舒服的床上。还有这种冒险行为会让她成为一个白痴；她可以预料到他，还有其他所有人，会用怜悯的眼光看着她这个白痴。

但是当詹姆士的双手紧紧拥抱住她的时候，贝拉感受到了他对她的需要，又再一次感受到了那种陌生的他们之间位置交换的感觉。

“求你了。”他乞求道。

贝拉的内裤和裤袜滑到地上，她从这堆布料里走出来，撑起身子坐到桌子上，拉起她的裙子。然后她觉着这真是太蠢了，开始大笑起来。这让她想起了她的第一次性经历，那时她九岁的朋友詹妮吩咐她脱掉内裤然后检查了她的身体。

“嘘。”詹姆士说道。

桌子对她的背来说太滑了，而对她的头来说太硬了。桌子的边缘勒得她的大腿很不舒服。詹姆士发出一声舒坦的呻吟，一切迅速地结束了。

“谢谢你，美丽的贝拉。”他边说边亲了一下她的额头和脖子。

“我爱你。”他说道。

贝拉撑起了身子，从桌子上下来，在光亮的桌面上留下了一摊湿润的污渍。

詹姆士脸上虔诚的心醉神迷还未褪去，突然他看见了印渍，脸色变成了惊恐。

“噢，天呐，”他说道，“在哪里可以找到些东西来弄干净这玩意？”

詹姆士离开了会议室，当贝拉正在穿她的裤袜时他提着一桶漂白剂回来了。

“你不能把这个用在桌子上，”贝拉说道，“这不是给木制品用的。”

但是詹姆士已经把桶里黏稠的液体倾倒在了桌面上。

液体一接触到桌面，法国抛光漆就裂开并冒出了气泡。

“去他妈的。”他咆哮着，怒气冲冲地使劲擦了起来，结果把碎片弄得更多了。

他歇斯底里地大骂起来。

贝拉刚刚还在一直深陷于不断的傻笑当中，现在也不得不停止了。

“小声点，”詹姆士对她嘘道，一边把腐蚀性的漂白剂抹散在更多的桌面上，“这并不好笑。”

史黛拉

史黛拉搬到了CEO办公室旁边的第二个房间里。史蒂芬本来想她坐在最靠近他的那间办公室，但是那样涉及到财务总监的办公室的重新安置问题，这是不可能被大家所支持的。史黛拉现在的办公室在詹姆士的旁边，而且比他的办公室大了18个天花板格子——这是他假借幽默的方式抗议指出来的事实——顺着两个沙发看过去外面是金丝雀码头的壮丽风景。但是相比于这个华丽的新办公室，她更喜欢以前的那个。这个对她来说太大了，太雄伟了。

新的安排让她私人事务的安排变得更加困难了。早晨的个人时间已经变成不可能了，因为史蒂芬大多数时候早上7点就会到公司工作，而现在她的办公室就在他的旁边，史黛拉再也不能9点才出现在公司了。

晚上对她来说同样也不如意，因为她真的需要待在家里。她和自己进行了一个艰难的交易：只要她把和莱斯的幽会控制在上班时间以内，不从查尔斯、克莱米、芬恩那里抽调时间她就会继续保持这个关系下去。

七姐妹山实在太远了，他们开始去公司旁边的一家酒店。这不仅仅是节省时间，而且还很安全。向娜塔莉解释工作时长时间消失的理由已经变得越来越困难了，但是去酒店待上一个小时还是相当容易的。史黛拉只需要简单地交代说她离开一下去健身房就行了。娜塔莉甚至评论起史黛拉通过锻炼减掉了多少体重，完全不明白是爱情、内疚、失眠还有压力减少了她上司的体重，这比起任何一种健身器材都更加有效。

但是史黛拉很不喜欢那种没有人情味的酒店。她最幸福的时刻是看着莱斯穿着他的黑色毛巾睡袍，端着马克杯盘从他的小厨房里出来，递给她一杯为她泡的茶，然后她就可以欺骗自己的内心进入幻想好像他真是属于她。公寓同样可以解决他们之间很难处理的关于钱方面的小争执。酒店一晚上要价260英镑，这个数字史黛拉可以很轻松地就支付了，但是对莱斯来说是相当大的困难。然而他不喜欢花别人的钱，有面子的关系，还有就是因为这让他想起他们之间的差异。

所以他们达成了一个不太舒服的协议，莱斯去订房，史黛拉给他现金，最后由他去前台支付费用。莱斯天生就是一个砍价高手，他会厚着脸皮对房间的时价讨价还价，这些事情史黛拉会因为太尴尬而不好意思去做。现在他们已经变成了这里的熟客，正在对老顾客打折扣的比率讨价还价着。但是即便是打折之后他们仍然要为通常使用不超过一个小时的房间支付130英镑。

“每分钟价值5英镑。”史黛拉在那天下午他们进到酒店刚半个小时的时候说。她的意思只是随口说出这个无意义的观察结果而已，但是莱斯勃然大怒。

她怎么敢用金钱的角度来衡量他为她生命作出的贡献，他愤怒了。

“我把我的全部生命热情都放在你身上了。而你只是想要一个年轻的生殖器。”

一个猥亵的措辞停滞在了他们之间。

“我是在说笑。”他开口打破了沉寂。

但是这感觉一点也不像一个笑话，他们两个也都没有笑。

史黛拉穿上了衣服，扔了一些钞票在床上，走出了酒店，留下穿着一只袜子正在找另外一只的莱斯。

贝拉

贝拉和詹姆士进入了例行公事的阶段。每当他有几个小时空闲的时候他就会给她发一条短信，然后他们两个就会在曲折迂回的老街上一个没有灵魂的酒店见个面。

他说这比大东方酒店要方便得多，但是贝拉怀疑这是因为这里更便宜和更隐蔽。詹姆士对他手下的经理们解释说他需要在工作时间找一个地方处理一些工作，他不想被打扰到。

贝拉再也找不到他那羞涩的甜蜜，并且发现这令人很不愉快。如果一些酒店的服务员知道他正和他的调研员偷情，那又怎样？半个城市的人可能都在做这件事。

他的安排是他先去酒店，签入，短信给她房间号码，然后她等5分钟后直接去房间。

模式总是相同的。当他们一起在他们的气泡里时，他们是完全幸福的。但是当他们临近离开返回办公室的时候，詹姆士就会变得呆板而面无表情，而贝拉则越来越不爽。

“为什么你每次之后都是像这个样子？”一天下午当他正在穿他那身商务衣服的时候她问道。

“什么像什么？”他反问。

“很冷淡又遥不可及的样子。”

“抱歉，”他解释说，“我是不由自主的。我得让自己做好返回正常生活的准备，所以我不得不关掉所有的情感。这是我能应付的唯一方法。”

这个回答让贝拉舒坦了一点。她为他不得不关掉所有的情感才能回家这个想法而欢呼。

在一个特别的下午，当她敲开304房间门的时候，詹姆士已经只穿着内裤手里拿着一个Mappin & Webb的购物袋。

“我买点了东西送给你。”他说道。

自从范·莫里森的CD之后他就再也没有买过东西给她了，贝拉心情低落时也和自己讨论过。她并不是彻底的唯物质主义者，但是她是浪漫的。她需要一个他关心她的信号，一个礼物就可以做到。

袋子里面是一个用粉红色天鹅绒带子系着的黑色天鹅绒盒子。贝拉小心地解开带子，然后打开了盒子。一串黄金扣链的浅粉色珍珠项链正躺在绸缎做的基垫上。

“这是送给我的吗？”她说道。

“你觉得它们是送给谁的呢？”

贝拉拿起了项链。她的母亲有一条和这个有点类似的珍珠项链，那是她从伯祖母那里继承来的。她从未在公开场合戴过，因为样式实在是太老气了。贝拉惊骇地盯着珍珠项链。

“你不喜欢这个吗？”他问道。

“我爱死这个了。”她说。

他把项链挂在了她的脖子上亲吻了她，然后把项链牢牢地扣在了她的脖子上。

“贝拉，”他赞美道，“你看起来真是太漂亮了。”

贝拉本来是想感激他为她选了一件礼物，而且在她身上花了不少的钱。结果相反，她感到十分厌恶，因为他完全不了解她，而且对这个浪费感到沮丧不已。更折磨她的想法是：她可以把这个拿去换成钱吗？

他温柔的亲吻让贝拉舒服了一点。她必须停止，再这样下去会被宠坏的：在周二的下午能够收到一条珍珠项链这已经相当不错了。她弯腰脱掉鞋子，刚好看见他的公文包里面还有另外一个完全相同的礼品袋，这是他要带回家的。第二条珍珠项链肯定是给他妻子买的。

史黛拉

一返回到办公室史黛拉就钻进了洗手间去补妆，想要掩盖住她的悲伤。看着镜子里的自己，她发现耳环不见了——肯定是落在酒店里了。这个耳环对她来说特别的珍贵：威尼斯玻璃做的滴水耳坠，是克莱米送给她上一次生日的礼物。

她给旅馆打了个电话然后转接到客房服务部。

“你什么时候离开房间的？”一个男人在电话的另一头问。

史黛拉告诉了他，然后他又问道：“你住了几个晚上呢？”

“我没有过夜，”史黛拉说道，“我只是需要在白天休息一个小时而已。”

电话那边传来一阵轻微的窃笑声，但是史黛拉刚刚才被告知她是在寻找一个年轻的生殖器，发现自己对现在这个附加的羞辱完全能做到无动于衷。

晚上在家时她决定要为家庭做更多的考虑。莱斯在下午的时候发了条短信给她说抱歉，还有他爱她，她也发了一条抱歉作为回复。她已经在捏造谎言上面得到了解脱，但是却在情绪起伏上疲惫不已。她同样为新的模式而感到绝望：每次他们做爱最终都是以吵架而结束。她完全不明白她怎么会想要去如此严重地伤害一个她觉得她爱恋的人。也许是他们在一起的时间只有那么一丁点，所以每一秒都是如此的激烈。如果激烈的方式不对，硬币翻转，那么这个激烈就会变成令人不太愉快的方式了。

史黛拉决定把晚上的时间花在缝制芬恩的新橄榄球衣的姓名牌上，通常她是把这个任务交给保姆来做的，但是她已经对自己承诺过一种无意义的忏悔之类的。尽管芬恩才不关心是谁在他的衣服上缝的姓名牌，甚至根本不关心有没有这个姓名牌，但不需要动脑筋的缝合让史黛拉觉得有一点不那么讨厌自己了。

正当她缝制的时候，芬恩开始在她的全新iPod上翻找起歌曲起来，透过他的新的哈利波特式眼镜盯着歌曲名字。

“了不起，妈妈。你的iPod上居然会有50cent（黑帮饶舌歌手，译者注）的歌曲？”

史黛拉谨慎地看着她的儿子。

“噢，”她的声音出卖了她内心有多么的慌乱，“我在电台里听到过然后去iTunes（苹果的在线音乐下载服务，译者注）上购买了。”

“不可能，”芬恩冷静地说道，“当你下载下来的时候封面也会跟着下载的。这一首是从CD上导入的。”

“好吧，我也搞不清楚这些事情，”史黛拉说道，“我iPod里面的歌曲有些是我买的，有些不是。我也不记得到底哪首是买的了，总之我不喜欢这首歌。”

这至少是句大实话。她不喜欢50cent，但是她很喜欢莱斯介绍给她的一些另外的歌曲。她最喜欢的歌是Coldplay乐队的《The Scientist》，她听了一遍又一遍。

每次她和莱斯争吵时，她听着这些歌词觉得克里斯·马丁（Coldplay主唱，译者注）正是为她而歌唱。

“让我们回到起点”还有“你不知道你有多可爱”。

芬恩放下了iPod，对她妈妈的歌曲从哪里来的失去了兴趣。他拿起了他的PSP，史黛拉继续着她的缝制，下决心要更加小心一点。

晚上稍后时间，当史黛拉和孩子们坐下来吃晚饭的时候，她的手机响了起来。手机在地上的手提包里，克莱米弯腰下去拿起来接听了。史黛拉对此并不担忧，因为莱斯之前从未在晚上打电话给她。

“是的，不，我是她女儿。噢，好的。好的，我会转告她的。

她挂掉电话然后说道：“有个什么诺富特城市酒店的客房部的人。他们找到了你的绿色耳环。”

史黛拉时常住在酒店里，丢一些东西在酒店里，本身一点也不奇怪。还有“城市”并没有暴露这个城市就是伦敦。

“真让人松了口气，”她说道，“弄丢它们让我非常烦恼。”

“但是妈妈，”克莱米指出，“你是今天早上才戴上的啊。”

“不，不是的，”史黛拉沉着地辩解，“我今天早上什么都没有戴。”

然后她指了指她光光的耳垂。

“现在能帮我收拾一下桌子吗？”

克莱米看起来很困惑，但是没有再深究下去了。

史黛拉的心脏剧烈地跳动着，她觉得自己都快要得心脏病了。她的动脉得多粗才能让她如此厚着脸皮对着她的女儿撒谎呢？

在短短的30分钟里她又失去了九命猫的两条命。但是，史黛拉想到，她还有6条命。

史黛拉昨晚睁着眼躺了一整夜，试图想理清那个几乎打倒她的灾难的一天。问题是，她觉得，她和莱斯没有足够在一起的时间。如果他们不是如此匆忙她也不会弄丢耳环，如果他们不是如此匆忙他们之间也不会出现那种可怕的争吵场面。

她最后的答案是把他弄回来再次为她工作，接着她就能够控制他的工作负荷，她自己的也一样。现在她是首席顾问，她希望有一个执行助理，她觉得她可以把这个工作交给莱斯。

她当然明白，提升他是很不专业，可能会让情形更加恶化，而且对他们两个都很危险。但是她用另外一个推论把这个想法挤掉，那就是这样做的话可以让他们一直在一起。他当前跟着詹姆士的阶段很快就会结束了，这之后他会被派去阿拉斯加。这样做可以让他待在她旁边。还有，无论如何，她说服自己，莱斯是有天赋的，至少她可以确定他能够把这份工作做得跟其他人一样好。

第二天她很早就开始工作来执行这个计划，当她到达时清洁工才刚刚要离开。

“哈罗，”史黛拉说道，“你还好吗？你家里还好吗？”

博妮塔耸耸肩说她的家里还好但是她将不会再在大西洋能源工作了。

“噢，天呐，”史黛拉说道，“为什么？”

“他们说我把漂白剂倒在董事会会议室的桌子上了，但是我根本没有这么做过。那天我甚至都没有来上班。”

“这真是太荒谬了，”史黛拉说道，“你有告诉他们那不是你干的吗？”

博妮塔露出一副几乎是可怜的表情。

“当然说了。但是他们根本就不听。”

史黛拉看着她收好她的工具然后走掉了。

她觉得清洁工面对失业的问题比起自己面对现在这个要命的麻烦要淡定得多。

她打开她的电脑，然后起草了一份给罗素的邮件说。她希望开一次执行助理的面试会。然后她给莱斯写了封邮件告诉他她的打算。

莱斯写信回：

对此我没有发言权吗？

史黛拉对着屏幕皱了下眉，然后输入了一个回复：

你当然有发言权。我原以为你会高兴的——这是一个巨大的升职。

莱斯很快回复：

看来我是靠睡觉就升职了？

不，你不是的。这是你应得的。你是个天才。

史黛拉叹了口气，关掉了她的hotmail，然后让娜塔莉去找一下公司里是谁在负责他们的清洁，然后起草了第二封邮件。

亲爱的沙恩，

我了解到我们刚刚解雇了一个据说是在董事会会议室桌子上用错了清洁用品的清洁工。她说桌子弄坏的那一天她根本就没有来上班。我们当时有做过调查吗？可以请你准确地告诉我到底发生了什么事吗？

史黛拉

不到5分钟她就收到了回复。上一次她对工程部经理抱怨时过了5天时间才回复她。这一次，史黛拉充分了解到了成为首席顾问比起首席经济学家的一个优势。

嗨，史黛拉，

感谢你的来信。因为这件事引起的结果是将额外地花掉我们5000英镑用于修复，我们把这家清洁公司放入了重新考察之中。解雇某个人的决定是由Kleen Team清洁公司管理部门做出的，并不是大西洋能源人事部。

沙恩·爱德华兹
工程部经理
感谢你的回信

史黛拉写到，现在完全不受人控制，她变得很享受这种通信。

我很惊讶你觉得我们可以躲在外包公司的决策后面。所有和我们作为伙伴一起工作的公司必须能够向我们证明他们是合理的对待他们的员工。我可以把找出这个特别事件来龙去脉的任务交给你吗？

谢谢。

史黛拉

那天晚些时候她收到了回复。

我把情况告诉了Kleen Team公司的凯文·帕切特。他向我报告他们并没有决定要解雇掉博妮塔·卡洛斯，她仍然在工资单上。我希望这个可以解答你的问题。

此致。

沙恩

这样他们堵上了所有的漏洞。史黛拉想要指出他们是在撒谎，但是觉得没有必要让沙恩一无所获，所以她就这样算了。清洁工，看样子，会拿回她的工作的。这是她今天做的善事。最近善事做得不太多，她想。

贝拉

一天下午，贝拉和詹姆士正躺在他们酒店的床上，贝拉开口问："你小时候是什么样子呢？"

詹姆士犹豫了一下然后说："我想我是一个非常谨慎的小孩。"

"为什么不能让我吃惊一下呢？"她说道。

他接着告诉她他真的完全记不清他的童年了。

"是因为那是很久很久以前的原因吗？"贝拉问道。

詹姆士哈哈大笑。

"不是的，"他笑着说道，"我只是记不起来了。"

他向她讲述了他唯一的童年记忆是怎样的：被他的保姆带去了肯辛顿花园（伦敦的高级住宅区，译者注），然后他得到了一个玩具士兵，那是他的圣诞节礼物。“接下来发生了什么？”贝拉问道。

“什么也没发生，”他说道，“我们回去寻找但是都找不到，真心烦。”

“好吧，如果那是一件在你童年里最让你心烦的事情，听起来也不算非常糟糕。”

“实际上，这是一种创伤。但是为什么你想要知道我的童年呢？”

“因为我想知道关于你的所有事情。”

这并不是事实。她根本不想知道任何关于他生命中最大片段——温布尔顿片段——的事情，她对他的童年感兴趣是企图在他结婚之前的生命里立一个界标。

“你知道所有关于我的事情，”他说道，“实际上我觉得你比世界上的任何人都要了解我。”

“这是一个谎言。”她说道。

“我对其他人撒谎，”他说道，“也不会对你撒谎。”

从一开始詹姆士就明确地告诉贝拉绝对不能在周末联系他，尽管有时候他自己会破坏这个规矩给她发一条小小的短信。

比如“晚安”，或者“早上好”，再不然就是“我出去买东西了”。

她渴望这些短信，因为她决定投入所有情感在上面。她把它们当成一个他正在想念她希望和她在一起的信号。

星期六，就是在他告诉她关于玩具士兵的记忆接下来一天里都没有收到这样的短信。贝拉那一整天每过5分钟就检查一下她的手机，怒气也随着时间的推移而越发增长了。如果他比世界上任何一个人都要和她更亲密，他怎么周末两天都假装她不存在一样呢？在周六的夜晚，她把米莉抱上床之后她喝了两杯葡萄酒，然后给他发了一条短信：

请给我打电话。

然后她等着她的电话响起来，但是一直没有。

星期天午饭的时候她收到了短信：

抱歉，我刚刚才看见短信。希望大家都还好？

贝拉不敢相信地盯着屏幕。希望大家都还好？希望大家都还好？

她回复过去：

不，都他妈的不好。全是狗屎。

她等了10分钟，当没有回复过来的时候，她又输入了一条：

算了吧。

然后到了周一，他问道究竟是怎么回事，她说她觉得很痛苦和想念他，他说他显然也很想念她。他说他一直很想念她。

她感觉稍稍好些了，但是接着他说道："贝拉，你绝对不能在我在家时给我发短信。上一次我的儿子看见了，但是这一次是我妻子。她不是一个爱管闲事的人，她信任我。但是她看见了你的上一条短信，露出了一副好奇的样子。我突然心里充满了恐慌。如果这些都曝光出来的话，我会失去所有东西的。"

贝拉冷淡地看着她的上司。

"我很抱歉让你如此为难。"

他无视这个讽刺："好吧，一切平安无事。让我们忘记这件事吧。"

史黛拉

史黛拉希望她能够单独进行她的执行助理面试，但是罗素坚持要坐在旁边。早上他们面试了半打的应征者，最有竞争力的人选是贝阿特。她为她的工作业绩制作了一个PPT演示报告，并且看得出仔细思考过这份工作的组成部分是什么以及她能给这份工作带来什么。这个演示令人印象很深刻。

莱斯的面试要混乱得多。他对这份工作没什么太多的想法，差不多都是照着提示单念的，提示单是史黛拉头天晚上为他准备的。之后罗素说道："没什么好争论的，贝阿特在人力资源部的确成长了很多。"

"没错，"史黛拉答道，"但是我和他们两人一起工作过几个月，莱斯才是有天赋的一个。他是一块璞玉，这是毫无疑问的。我们可以完成这份雕琢的工作。”

罗素惊讶地挑了挑眉毛。

“我理解你的这种感受，”史黛拉继续道，“但是最终我需要相信我的直觉。我的直觉告诉我莱斯就是我要找的那一个。”

在莱斯担任执行助理的第一天，至少每过15分钟，他就会从自己办公桌前站起来走进她的办公室。每当他没有站在她办公室里的时候她都可以看见他趴在办公桌前。这种愉快的感觉就像他刚作为实习生加入她部门的时候希望引起她注意那样。史黛拉往回看那段时期——只是9个月之前，但是感觉像另一个世纪一样——心里充满了遗憾和怀旧之情。内疚和自我憎恨有时会困扰她，但是他的崇拜之情表现得如此明显，以至于让她都感觉自己是值得崇拜的。

但是不到两周时间，她开始想知道这个新的安排是不是一个错误。花更多的时间在一起并没有减少他们之间的摩擦，相反，矛盾与日俱增。

史黛拉现在被一个想法烦扰着，那就是他对她的兴趣正在逐渐冷却。整天都能看到他给人更多的是痛苦而不是欣慰。

她觉得他来她办公室的次数在减少，而且来的时候也只是待一小会儿。她看着他和其他人相处得是那样的融洽，开始感觉到孤单。每次她听见他的笑声，她都会意识到他们之间的隔阂。每次她抬头他不在那里，她就渴望知道他去哪里了。

“我要取消今晚原定的一起晚餐，”她说道，“我6点要向史蒂芬提交评估报告，但之后我可以过来找你吗？”

“噢，天呐，我很抱歉，”他说道，“我和罗莎约好了吃晚餐。我不能再取消了，因为上次才取消过。”

起初史黛拉并不在意他仍然时不时和罗莎见面。他和罗莎分手的一周后他有去和她一起吃晚餐，不过当时解释过说他们依然是朋友。史黛拉现在发现她真的非常在意。她并不是真的觉得他们又重归于好了，而是她在意每一件让他从她那里分心的事情。这种在意是疯狂和令人讨厌的，她知道，但是她不知道如何停止下来。

“好吧，”史黛拉冷淡地说道，“那么我四点钟会议的简报在哪里？”

史黛拉的年度评估报告通常是一出闹剧。

CEO会很郑重地告诉史黛拉她是一个取得了很高成就的人，但是史黛拉并没有为此在内心欢呼雀跃，常常只是觉得丧失信心。她不得不每年为这些人填写“需要改进的地方”表格，她为每年上面都是说她需要建立和国际分公司更紧密的联系——意思就是说需要更多的出差——而心烦，好像她没有出足够的差一样。坐下来听某个人用愚蠢的方式赞扬你是一件困难的事情，因为这些溢美之词根本和你真正付出的努力和成就毫无关系，空洞得一眼就能看穿。

但是今年，第一次，史黛拉开始为她的年度评估报告紧张不安，她知道她在这个新岗位上没做什么事情，看起来除了在史蒂芬的会议上主持和抄送了一些邮件之外什么也没做。她显然还没有真正把握住这份工作——或者就像史蒂芬说的那样“已经开始行动了”——完全没有。

此外过去六个月里她投入到工作中的时间减少了一半，而她投入的专心程度就更少了。没有人对此说过什么，但是她知道她正在松懈，所以，大概，他们也是知道的。

史蒂芬没有笑容。

“我不想被人打扰到，”他对他的私人助理吩咐道，“我需要和史黛拉谈整个小时。”

她的心一下沉了下去。他指了指椅子做出让她坐下的手势，然后郑重地关上了门。

“史黛拉，要我怎么说呢？”

他停顿了一下，史黛拉做好被打击的准备。

“出类拔萃。从头到脚的出类拔萃。你不断让我感到惊讶。你接手了这份新工作，完全超出了我的预期。还有，你继续在你的首席经济学家这个角色当中干得非常出色。”

史黛拉小心翼翼地看着他，等待着接下来的“但是”。

“我们有这样一个不得不填写的愚蠢透顶的表格，”他继续道，“所以我认为我们最好还是走走过场。但是有些话要说在前头，你已经证明了你可以走出你的经济学的象牙塔尖走进真实的世界。你修改过的给投资者简报的预测报告非常引人注目。谢谢，是你构建了一个宏伟蓝图让我们可以用来说服那些人。

“我要告诉你的是希望你能保守秘密直到下一周我们宣布。我已经认真仔细地考虑过这个了，我知道这将引起一些不快的麻烦。但是你知道的——”他对她露出了一个宽容的笑容，“没有什么是我会因为太害怕而不做的事情。”

他有意停顿了一下，然后继续说道：“我决定让你进入董事会。”

史黛拉扑哧一下差点一口水喷了出来，史蒂芬把它当成了史黛拉因为高兴而发出的声音。

“没错，”他说道，“就某种意义上而言这的确是意料之外的，因为首席顾问和首席经济学家都不是典型的董事会职位。但是你展示出了你的能力，你应该得到这个属于你的权利。但是之外还要对你说些其他的事情，我觉得我们的董事会还不够多样化。我不仅仅是在说关于性别的事情，我说的是眼界。”

“你，史黛拉，非常珍贵。你非常可靠而且独立。”

我并没有，史黛拉想。

“你勇于冒险。”他继续说着赞美的字眼。

比你想的还要多。她想。

“最重要的是，”他继续道，“你是一个忠诚而且可以给予其他人帮助的同事。我知道我可以毫无保留地信任你。我并不是说就不相信团队里的其他成员了，但是我有时会觉得他们是别有动机的。你将永远站在我这一边并且告诉我真相。这就是我们这个董事会想要的东西。”

史黛拉微笑着点点头。这个非常棒的事情是自己送上门的，她完全不为所动。她从未在工作中投入如此少的精力，也从未被如此巨大地奖励过。这个成就和奖励之间没有任何的联系，或者这只是一个时间的延迟行为，所以她仍然是滑行在过去的功绩上吗?

但是她的思绪主要缠绕在这些问题上：我不想进入董事会；我不应

该得到，我搞不定这个。

“谢谢。”她心口不一地说道，但她想不出该说点别的什么话了。

史黛拉打电话给莱斯。一声响后他就接听，背景音很杂乱，他已经在酒吧里了。

“我有些事情要告诉你。你不能和其他任何人说，因为还没有公布出来。我加入董事会了。”

“这太棒了。”他说道。

史黛拉觉得这并不完全是她想要的那种反应。

“你听起来并没有非常高兴。”她说道。

“我有啊，”他一口否认，“只是现在我不太方便讲话。”

“我也会升职吗？”他继续道，“现在我是一个董事会主要成员的执行助理了？”

史黛拉的心一下变冷了。这是一个笑话吗？她当然希望是的。

在晚上吃晚饭的时候，当史黛拉向家人宣告她将要进入董事会的时候，查尔斯哈哈大笑了起来。这也不是她期待的反应。

“难以置信，史黛拉。终于见成效了吗？”

“什么见成效了？”她问道。

“你每天那么早就起来，一直全神贯注工作到很晚。”

“我有吗？”

史黛拉觉得他没有注意过或者根本就不太上心。

“现在你成功了，你可以稍微放松一点吗？”

“不，”她说道，“我不觉得能放松。我觉得可能会从此变得更加糟糕。”

芬恩稍稍从他的电子游戏机上转移了一下注意力。

“如果你能挣到更多的钱，我就不明白为什么我不能拥有一台放在我卧室里的等离子电视。”

查尔斯的母亲，再一次地过来吃晚餐，用讽刺的语气向史黛拉布告：“哈利路亚！史黛拉的烦恼（烦恼和董事会同音，译者注），依我说这是早就该发生的了。”

“不，奶奶，”克莱米纠正说，“妈妈是进董事会了。”

贝拉

贝拉希望詹姆士在她的公寓里度过一个晚上。她已经这样希望很久了：如果她能让他来到她的地盘上，他们之间的幽会会感觉更加真实，她也能够逐渐增加在他生命里的比例。但是每次她问他时，他都说尽管他也很想去，但是这太复杂了。

“一点也不复杂，”贝拉有一天抗议道，“这很简单。你想去，但是你内疚和害怕被人发现。复杂，不是。妥协，是的。”

她期盼这份指责能让他生气，但是相反地他哈哈大笑。

“你真是聪明。”他说道。

“那么你会来吗？”

他犹豫了一下，然后说道：“不行，抱歉。”

在“希望大家都还好”事件之后，贝拉说过她不确定她能够像这样子继续下去，他们的幽会让她非常的不开心。她的意思并不是在威胁，但是他突然宣布他下周可以来她的公寓过一晚。他是要去在北海亚伯丁的一个翻新油田的为期两天的工作检查访问，但是他决定如果他早一点动身的话他可以在一天之内返回伦敦，这样他就可以抽出时间和贝拉待一晚上。

为了他的这次到来，贝拉花了整个周末来打扫房间。她打扫了楼梯下的橱柜，然后用吸尘器吸了沙发的背后——尽管她完全不能想象她移开家具时看见下面有多少的炸薯片包装袋和一便士的硬币，一切都打扫干净了的感觉让她自信了许多。

那天吃午饭的时间，她跑去穆尔盖特的玛莎百货提着空的购物篮在里面上下徘徊着。她是应该买标价6.99英镑的迷迭香土豆打底的羊肉火锅还是买正在打特价5.50英镑的莳萝酱拌鲑鱼呢，但另一方面她也可以买标价1.99英镑的新土豆？或者也许买两块牛排来代替会更好一点？

她拿了一袋泰国鸡但是又把它拿了出去，换成了一袋塞满希腊橄榄的凤尾鱼，她并不是特别喜欢这个，但是觉得这个看起来更加高级一点。问题是她不知道他喜欢吃什么，怀疑他不会太喜欢任何来自M&S的东西。最终她挑了那条鲑鱼和一瓶贵得不是她能负担得起的葡萄酒，还有两束小苍兰花。

整个下午她都处于一种焦虑的状态。她对这样的夜晚期待已久，但是现在事情要发生了她却开始害怕。她无法想象他坐在她的小桌子前，更不要说在她的浴室里洗澡或者睡在她的床上。

更不必说她想象他和她的女儿在一起的样子。通常米莉问她是否有男朋友而贝拉说没有时，米莉总是问为什么没有。贝拉通常是说因为她还没有遇到一个她喜欢的人，而且不管怎么说她有了米莉之后也不需要其他人了。对于这个她女儿的反应总是我不想你有男朋友。不过最近她开始说如果贝拉有一个富有的男友她不会在意，因为那样她就可以得到许多很棒的东西了。

至少詹姆士看起来很富有。不幸的是，他也看起来像是已婚人士。

贝拉调整了一下那天和她女儿的玩耍约会时间，并说服母亲提早一点睡觉，这样米莉和詹姆士就很难互相见面了。

詹姆士强调他们不能同一个时间离开办公室，而是安排在地下停车场里他的深绿色宝马车里碰头。贝拉先到了那里，站在车旁边想要努力让自己看起来不那么显眼，因为乔治·辛普森，她的旧上司，从她前面的路上走过去到他的车子那里。“你在这里做什么？”他问道。

“我买了很多东西，所以我在等着搭便车回家。”她回答说。

他看起来对这个完全难以执行的解释非常满意，贝拉决定这样回答是因为她知道她不在他感兴趣的范围内，她可以毫无掩饰地站在那里，他也不会觉察出丝毫的毛病。

詹姆士一下来他们就一起钻进车子里面，贝拉焦虑的感觉停止了下来。她把她买的东西放在了后座上，然后坐在他旁边的灰色皮座上，詹姆士娴熟地驾驶着车从狭小的停车位里开了出来。她坐在他旁边这件小小的事情让她兴奋不已，当时车子正爬上高斯威尔路。她并不想从他那里得到惊喜——她想要的是普通生活。她靠过去把头放在了他的肩膀上，然后他心不在焉地吻了一下她的头发。

她在大门前转动钥匙，打开门走进一个狭小肮脏地上墙上满是比萨传单的走廊，然后爬上了楼梯。打开她自己公寓的房门，她透过他的眼光审视了一下房间。并没有她早上离开去上班时看上去那应该有的干净和温馨，而是华丽但廉价——肮脏的米黄色地毯，还有破了一个大洞用胶布贴住的木兰花纹墙纸。她把她的外套挂在一个直接从墙里穿出来的铁杆上，觉得这东西在这里看起来多么古怪啊。

“你的公寓很不错啊。”他没有看那个铁杆而是拥着她说道。

她领着他进到简陋的厨房里，给他倒了一些葡萄酒，然后开始清理鱼的鳞片。

“我希望你喜欢鲑鱼。”她说道。

“我爱吃鲑鱼。”他回答。

贝拉幻想着每天都给他做饭，学习烹饪，和他一起坐在桌子边，他可以在她做事的时候在旁边看着她。

门铃响了起来，米莉雄赳赳地走进了房间里。她小心翼翼地看着詹姆士。

“你是谁？”她问道。

“我是你妈妈的一个朋友，我们在一起上班。”他用一种在电话里和他儿子讲话同样温柔的声音说道。

“你是她的男朋友吗，”米莉眼睛都不眨一下地看着他继续问。

“呃——”他说道，“我是个成年人，所以我不可能是她的男朋友。”（男朋友的英文是boyfriend，成年男子是man而不是boy，因而无法是boyfriend，这里詹姆士玩了个文字游戏，译者注）

米莉并不为这个文字游戏所动，而是开始吵吵嚷嚷地抗议导致要被送上床去。最终贝拉还是把她女儿带去了她的房间，然后用周末带她去苏比体育中心滑冰的承诺贿赂了女儿使她老实地待在房间里。米莉哭闹的声音大到隔壁房间的詹姆士都能听到，然后贝拉最终从女儿紧紧抱住她脖子的手里摆脱出来返回厨房，她害怕他不喜欢米莉，结果相反，他说：“她很可爱又漂亮，就像你一样。”

她绞尽脑汁准备的那顿饭，最终根本就一口没吃。他们没有吃饭就上床快速做了一次爱然后又缓慢地再做了一次。之后他们一起去了她的长着黑霉的小浴室，贝拉忘记清扫这些沉淀物还有隆隆作响的排风扇了。他没有对浴室的环境做任何的评价，而是帮她在后背上抹肥皂，然后用一种她得到真爱的眼神看着她。

大概凌晨2点的时候米莉醒来了，然后走进她母亲的卧室里。贝拉正被詹姆士压在身下没有听到门打开了。米莉站在打开的门前看着这一幕。

“滚开，”她喊叫道，同时竖起了她的中指，“滚回家！我讨厌你。”

贝拉从他的身下蠕动出来，米莉怒目而视她母亲的裸体。

“我带你回去睡觉。”贝拉说道，穿上睡袍，抱起她的女儿走开。

她抱着她回到她的床上然后躺在了她的旁边，抚摸着她的头发直到她睡着。

当她回去时詹姆士嘟哝道“我很抱歉”，然后慢慢睡着了。贝拉没有睡觉。她睁着眼躺着想这些不公平的事：她的幸福是用她女儿做代价的，还有詹姆士所有那些过分渲染的对家庭的内疚，对他来说究竟是在他家温布尔顿那舒适的床上容易入睡还是在他情人的床上容易入睡呢？

史黛拉

董事的任命给史黛拉和莱斯之间带来了非常激烈的争吵。他们两个的模式是很常见的：她已经取得的成功对上他的雄心壮志，她稳定的家庭对上他渴望得到一个正常的女友。她的渴望是适度的拥有他，而他的渴望是完全拥有她，这结果是一个必然永远不会到来的相交。

这一次的争吵有点不一样，且没有很快就消散掉，他们之前的争吵总是很快就消散的。

史黛拉不能说对不起。每次她考虑道歉的时候她都会想：他是在利用我来升职。他们之间想法的隔阂逐渐显现了出来，史黛拉一直等到所有人都离开办公室回家后走到了他的办公桌前。她对他微笑着。

“对不起。”她说道。

但是他没有说对不起。

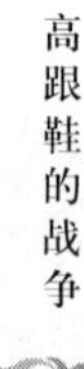

“这真他妈的痛苦，”他说道，“我不认为我可以继续这样下去。”

“过来。”她说道，然后带着他进到她的办公室里。

“没有你，我不认为我可以继续这样下去。”

“但是你拥有我。”她说道。

“那不是我的意思。我不想偶尔在酒店的房间里干你。我想正常地拥有你。来我的公寓吧。”

“我做不到，”她说道，“我很想去但是做不到。”

“你瞧！”他猛的一下站了起来把椅子都撞翻了，“没可能！”

“我们可以小小地喝一杯。”她说道。

“我不想要小小地喝一杯。我想要你。求你了。”他说道。

“哪里？”她问道。

“这里。我们可以在这里做。”

“不，”她说道，“你已经疯了。”

他关掉了开关，史黛拉办公室和走廊之间陷入了黑暗之中。

“他们都回家去了。”他说道。

史黛拉环抱住莱斯。越过他的肩膀她看见旁边的办公室的窗口里灯火通明，里面还有人在工作。

“他们会看见的。”史黛拉说道。

“那又如何，”他说道，“他们都不知道我们是谁，根本不会在乎的。比起这个来我们还有更大的风险。”

他的手放在了她的屁股上，吻着她。

“我们关不掉灯，你一动它们就会重新亮起来。那边角落里有一个传感器。”

莱斯说道：“帮我一把。”

他把史黛拉的办公椅放在了桌子上，然后爬了上去，摇摇晃晃地站在上面。

“找一卷胶带，”他说，“还有最厚的信封。”

他伸手把信封贴在了传感器上面，然后他们在几步远的地方站了几分钟，正当他们互相绝望地看着对方时，房间一下黑了。

一丝亮光从百叶窗和对面亮着的办公室里透了进来。

史黛拉锁上了门。

“我不知道我是否想要这么做。”她弱弱地说。

“来吧，”莱斯说道，“我们搞定了所有的麻烦。”

于是史黛拉脱掉了她的衣服，只穿着短筒尼龙丝袜和胸罩躺在了她办公室的地上。

“史黛拉，”他说道，“我爱你。如果我能和你在一起两年我会幸福得死去。”

史黛拉觉得这话既让人开心又让人惊恐。从未有人对她有过这样的感觉。

“为什么是两年？有什么特别的吗？”

“长得足够去渴望未来。”他说道。

她背上的地毯很粗糙，但是她不在乎。她的脑海进入了一片空白状态。所有的事情都抛开了。

正当这个时候，响起了一阵敲门声。有人想要进来，他们凝固住了。

从她躺在地上的优势视角，史黛拉看见一双黑色的鞋子和一条廉价材料做的黑色裤子停在她办公室的门口。这几乎可以肯定外面是一个保安，他肯定有另一把钥匙。他向前踏了一步，但是因为灯光没有亮起来，他没有敢走进漆黑的办公室，也没有注意到桌子后面的地上有两个半裸的身体正保持着拥抱的姿势凝固在那里。他走了出去然后再一次锁上了门。

过了会儿史黛拉开始哈哈笑了起来。惊险和解脱的感觉交织在一起让她头昏眼花了。莱斯也笑了起来，短短的几分钟内他们又重归于好了。事情就是这样的，她想。在每次吵架之后为了维持紧张的关系以及把我们紧密联系在一起，我们需要继续冒越来越大的风险。

她回想起四个月前，当她在电梯里亲吻他时，看上去是多么大胆而不敢想象的事情啊。

“我们会被发现的。这太危险了。”她一边说，一边努力地穿上了衣服。

“我们不会有事的。”他说道。

"你不会有事。对你来说这并没有关系。"

"什么，"他突然生气地说道，"我必然会丢掉工作，还有我的名誉，但是我认为这些都无关紧要。最终还是关于你还有你完美的生活。"

"让我们不要再谈这个话题了。"史黛拉说道。

她伸手抱住了他："莱斯，我的意思是我正在做一件疯狂的事情，而且越来越疯狂，但我不能停止也不想停止下来。我这么做是因为我爱你。"

她亲吻了他的眼睛和他的前额，然后用手在他的脸上抚摸着，就好像要把这个轮廓印进她的记忆里。然后她穿上了外套，拿起她的公文包，然后保安像往常一样对她说了声晚安。

第六条命已经没了。

那天晚上在家里史黛拉在三个小时内第二次脱掉了衣服。查尔斯正躺在床上看书，但是当他妻子脱得光溜溜的时候他瞟了她一眼。

"你背上那块红斑是什么？"他问道。

"皮疹吧，"她说道，"很痛，我不知道为什么会长，也许只是因为压力太大了。"

背在地毯上摩擦而产生烫伤是那样活生生地难以置信，史黛拉真希望收回这个词语。

"嗯嗯，"他说道，"看起来很严重。你应该去医院看看。"

他用那种夫妻两个在一起二十年互相之间都会为生一点小病都啰嗦担心半天的语气说着，但是史黛拉觉得她的又一条小命溜走了。她只有四条命了。

"过来。"他说道。

史黛拉从床上爬到她丈夫那里。他用手抚摸着她背上的灼痕，而她痛得龇牙咧嘴。

"你到底怎么了，史黛？你变得太瘦了。"他说道。

"就是这个工作，"史黛拉说道，"事情实在是太多了。"

"别担心，"他说道，"你会搞定的。你一直都可以的。"

她丈夫的温柔担心对史黛拉来说太难承受了。她把自己蜷缩在一起靠在他身上开始呜咽起来。

“怎么了?”他问道。

“我只是太累了。”她啜泣着说道。

但是她心里想的是:救救我,查尔斯。请救救我。

贝拉

“你瘦了,你真牛。”

凯伦亲吻了她朋友两边的面颊,然后一起走进了穆尔盖特的百特文治快餐分店。

“是因为爱,”贝拉说道,“这是世界上最有效果的减肥食品。”

“嗯嗯嗯,”凯伦含混地说道,“自从夏天来了我增加了大概14磅。”

她从冰柜里拿了一罐健怡可乐和一份水果沙拉然后走去收银台。

贝拉带着感情地看着她的朋友。她真的长胖了,她正穿着的条纹连衣裙扣子都撑开了。

“你还在和那个小子见面吗?”当他们坐下来的时候贝拉问道。

“哪个小子?”凯伦问道。

“就是你告诉我的那个……那个音乐制作人。”

“不,我甩了他,基本上是当我怀疑他想要甩掉我的第一时间就甩掉了他。你怎么看起来这么开心?我想你说过你的那个家伙是一个自大的,虚伪的白痴,还有你希望从未遇见过这个他?这些不是你说的吗?“

“对,”贝拉不好意思地哈哈大笑起来,“但是那是上个月的事了,自从那之后现在变得好多了。他几天前来我的公寓里待过,自从这件事之后感觉就不同了。有一个恐怖的场景,当米莉走进来看见我们在床上睡在一起——”

“天呐,听起来很严重。”

“没错,但是出于一种奇怪的方式这让我们两个更亲密了,这讲得通吗?”

贝拉知道这讲不通，但是在她现在的这种乐观情绪下她才不关心呢。

“当我们之间的事情是好事时，就会变得非常非常好。就像我们在这个气泡里，整个世界都不存在了一样。”

凯伦叹了口气。

“你真幸运，”她说道，“那么这是真的了？他要离开他的妻子，之后你就可以幸福地生活下去了吗？”

“我不知道，”贝拉说道，“我甚至都没问过。我尽量不给他压力。我觉得他自己会解决这个问题的。几个星期前我可能还会明确地说不可能，但是可以感到事情正在开始发生改变。我想要他只属于我的渴望，超过世界上对其他所有东西的渴望。但是同时我不想破坏他的婚姻。”

凯伦点点头说道：“但是我不觉得你应该为此感到难过。并不是你破坏的婚姻，不是吗？如果他欺骗他的妻子，那就是他的错。”

她接着说道：“你听说过露蒂·伍德尔吗？”

露蒂是她们的同班同学，贝拉非常不喜欢她因为她太漂亮和喜欢炫耀，而且总是学校话剧里面的主角。

“她和瑞奇·热维斯刚刚拍摄完一部电影。G2上有一篇令人作呕的报道，说她是目前最具有滑稽天赋的新进演员。”

贝拉把她的手指放进嘴里然后发出呕吐的声音，凯伦哈哈大笑起来。

贝拉瞟见了詹姆士从窗前经过，走进三明治店然后走到冷柜前面。他看上去没有发现她的样子。突然她看见他就像凯伦看到的那样——一个肥胖、秃顶的商务人士——她的第一感觉是真丢脸。爱情并没有让人变成瞎子。

然而，当她看见他在口袋里东摸西找硬币来支付他挑选的那个巨大的三明治、一包炸薯片和一块巧克力蛋糕时她感到了洪水般的对他的温情。他长得并不帅，她想，但是我不在乎。他是一把只有我知道组合密码的锁，我不会和任何人分享它的。

“你在看什么？”凯伦问。

“没什么。”贝拉说道。

史黛拉

“昨晚我带孩子们去国家大剧院看了《战马》，”埃米莉滔滔不绝地说着，“我爱死作者迈克尔·莫尔普戈了，但是舞台剧甚至比书还要棒。那匹马真是太了不起了……当最后那匹马死的时候我哭了。”

史黛拉带着嫉妒的目光看着她的朋友。她记不清上一次带孩子们去剧院，或者去其他地方是什么时候了。为一个木马哭泣，埃米莉打击到她了，因为她无法面对自己永远无法返回她曾经有过的那个纯真年代这个事实。

“也许我应该想办法去弄几张门票。”她没有把握地说道。

埃米莉换了个话题：“你近来怎样？还是工作多得忙不过来吗？”

“我不知道，”史黛拉说，“事情很糟糕——”

她的声音很嘶哑，埃米莉对形势的变化非常惊讶，伸出一只手来。史黛拉开始告诉她整件事的来龙去脉，她事先并没有计划要告诉她朋友这件事，她还未对任何一个人讲过她和莱斯的事情。

“我不可救药地迷恋上他了。我不断试图停止下来但是我做不到。然而我也不能继续了。昨晚，我睡不着，凌晨4点起来看着我的短信。有一条他发来的短信，我清楚地认识到我希望他能够来停止这一切。他拥有我缺少的那种把我们两个都从炼狱里拯救出来的力量。但是相反的他的短信是一首诗——你的离去如一条丝线，穿过了我。那些思念，一针一针，缝缀着我的每一天——我读了短信就哭了。我流泪是因为这太温馨了，还有就是因为我彻底地无助。如果他想要我，我就在这里。我几乎一直在坚持。我用掉我所有的时间和他在一起或者想念着他。我像一个幽灵一样活在我的下半辈子里。我对我的工作毫不上心，结果发现他们继续提升着我的职位。我对查尔斯或者孩子们也什么都没有给予。查尔斯注意到我有时会有点压力和哭泣，他想办法想要对我好，但是他不知道到底发生了什么事。”

“别傻了，史黛拉。你带给你孩子们的非常多，还有你过去工作非常努力，我相信你可以稍微偷点懒，放松下。”

史黛拉不觉得这些事有什么可安慰的。埃米莉正在尝试着表现出同情心，但是听起来好像她并没有明白一样。

“我担心我正要去做一些非常极端的事情。我不能待在这个疯狂的层面了，太痛苦了。我连着好几次差一点被人发现。一开始我觉得我还有九条命，但是我用掉了大部分，仍然无法停止下来。”

“最古怪的是唯一知道有些事情不对劲的是查尔斯那个有点老年痴呆症的母亲。她不断重复问我你什么时候放弃那份工作？昨天，我非常绝望地想找一个人来倾诉，我告诉了她。当我开车送她回家的时候我说我正在和一个年轻的我爱着的某个人偷情，他正在毁坏我的生活。她居然看着我说很好！我就知道！”

“天呐，”埃米莉说道，“这不是疯了吗？”

“没错这就是疯了，”史黛拉说，“尽管她根本记不住3秒前发生的任何事情。这并不像其他事情那样疯狂。你知道这是一种什么感觉吗？就像我在一辆行驶在高速公路上开错方向的车里，我的眼睛被遮住了。莱斯和我一起坐在乘客座位上，我们两个都在尖声惊叫。我知道我们正在驶向崩溃，但是这增添了快乐。你明白我的意思吗？”

“不，”她朋友否认说，“坦白地说我不明白，史黛拉，我真的很担心你。你绝对应该现在就停止这件事。”

“我知道的，”史黛拉有些烦躁，“我刚刚才告诉过你，但是我正在向你解释为什么我做不到。”

“我不明白，”埃米莉说道，“我之前从来不知道你会说你做不到这句话。史黛拉，这不是你。”

“好吧，如果你不能感受到这种感觉，你也许不会明白的。”

“也许，”埃米莉说道，“但是你想要知道我的想法吗？”

史黛拉点点头，尽管她并不确定是否真的想知道。

“我觉得关于你的控制……你从未在你的生活中失控过，现在你为此非常兴奋也被吓得够呛。这不是一个好现象。”

“你知道什么，”史黛拉说道，“我真的非常讨厌被人叫做控制狂。查尔斯叫我控制狂，孩子们也是。如果我不控制事情我就没办法把事情搞定。如果每一个人都如此消极这个世界会变得混乱不堪。我不是一个控制狂。我是一个尽职尽责地努力工作的人，还有，没错，我有着他妈的主动性。”

但是后来，通过再一次谈话，她认为埃米莉是对的。问题就在于她无法控制莱斯。最终她会失去他的。还有对此她也绝对无能为力。

第三章
退缩

史黛拉

“史黛拉，有5分钟空闲吗？”

罗素在她的办公室门口用一种非常讨厌的姿态踌躇地问。

“不，”史黛拉说道，“我没空。我要和史蒂芬还有我们的律师开一个会。”

她从桌上收拾起一些文件然后从他身边走过。

“是非常重要的事情。”他说道。

“让娜塔莉从我下午的行程表上安排5分钟吧。”

史黛拉径直走去开会并没有再想这件事了。但是当她回来的时候，他正坐在她的办公室里等她。

“现在有空了吗？”

“好吧。”她厌倦地说道。

“史黛拉，”他说道，“这有一点敏感。”

她低下了头。

“但是基本上……简单地说……我收到了来自你部门下属的投诉……是投诉你的……你的行为。”

史黛拉说没事，然后他继续道：“显然我们很严格地遵守着我们的投诉人保密条例，所以我不能透露投诉人的身份。然而无论如何我都认为这个投诉有一点……我该怎么说呢……牵强。但不幸的是，很明显作为人力资源主管，我必须确保我们要走个过场来填完所有的表格，如果你愿意的话。基本上，简单地说，事件关系到你和你的执行助理，莱斯·威廉姆斯。一个被指责受到偏袒的部门成员，甚至已经开始……原谅我史黛拉，这并不容易开口——一种也许是非职业的，你们两个之间的性行为关系，而这影响到了你的判断。”

史黛拉觉得她好像在从这个世界抽离一样。这是一种非常古怪的感觉——就好像她正在带着自己从这里离开然后去到一个没有发生这件事的其他地方去。

她的眼睛盯着罗素那柔软的黄色羊毛外套说道：“我不知道你期望我说什么。我绝对拒绝承认这样一件非常怪异的事情。”

他等待着，好像在期待更多，于是她继续道：“我部门里的人之前从未有过任何投诉。莱斯，就像我们讨论过的一样，是一个有天赋的普通人。我提升他是因为他的潜质，并为此而支持他。我确实，这是事实，花了大量的时间在他身上，但是这是因为他是我的助理。如果我不这样才是真的奇怪。所以我真的无法想象这是从哪里传出来的——”

罗素微笑着合上了他的笔记本：“谢谢你史黛拉。很抱歉为了一些子虚乌有的事情来打扰你。虽不能说……反正不大可能，但是你必须明白我只是在做我的工作而已。”

“我当然明白。而我也只是在做我的工作。那么事情就这样了？”

她一问完这个问题就后悔了。

但是罗素非常不好意思或者是非常害怕她，她注意到他的声音有多心虚。

“是的，”他小声说，“就这样了。”

而这时，史黛拉发现她已经失去了第6条命。她只剩下3条命了。

—贝拉—

晚上10点钟的时候贝拉收到了詹姆士发来的一条短信，上面只有一个词：灾难。

她回复道：

什么???

但是她没有收到任何回复。当她上班的时候，她连外套都没有脱掉就直接走进了詹姆士的办公室。安西娅以了然于心的沉默见证了这件事情。

詹姆士正坐在桌子前，坦然地看着她。他的脸，贝拉觉得，毫无表情。

“这是昨天寄过来的。”他说道。

他从公文包里拿出一个信封，然后放在咖啡桌上。贝拉拿起来打开。上面写着伊斯林顿地方管理委员会，是一张罚单，因为他的车开进了公车道。

“这怎么了？”她说道。

“看看日期。看看时间。还有地点。看看那该死的照片。”

日期是5天前，时间是晚上7点30分，地点是霍洛威路。附加的照片很模糊，但是上面可以看出方向盘后面的詹姆士朦胧的轮廓，还有更小一些的贝拉的轮廓正靠在他身上。

“希拉里打开看了然后推算出我那晚应该是在亚伯丁的。”

“你说什么？”贝拉问道。

她脑子里的想法是：就是这个。这就是她等待已久的终极时刻。希拉里会抛弃他，然后他就会成为她的了。她知道她不应该感到如此的兴高采烈。她也许应该为他悲惨抑郁的妻子打开这个可怕的信封而感到很抱歉，但是她没有这样。

“我说我是在去机场的路上顺路载了一个人，她看上去相信了我。不过这真是非常尴尬的时刻。”

他用责难的眼神看着她。

“这不是我的错。”贝拉说。

看起来最后的结果根本不是她计划的那样。

“不，”他含混地说道，“但是如果发生了一些事情，如果我被赶出家门住在一个单间配套房里面，而且不准我去见我的儿子们……”

贝拉想说：没错也许你在和我上床之前就应该好好想想这些。但是她并没有这么说。相反地，她强颜微笑道："我很高兴你侥幸过关了。"

她转过她的脚跟走回她的桌子前，当她离开的时候她听见他拿起了电话。我打赌他是在给家里打电话，她想。然后她很清楚地听见他说："哈罗，亲爱的。只是想知道你怎样了。今晚一起出去吃个饭如何？"

你是一个白痴变态烂人，贝拉想。如果你突然开始变好起来，你的妻子将会闻到一丝像泰坦尼克号那么大的事情不对头的味道。

史黛拉

史黛拉再一次决定要终止这件事了。这一次并不是因为内疚或者是因为她被发觉了的后怕。已经丢掉了很多的命，没有让她害怕，相反开始让她自满起来。如果她在之前就能够勉强地避免被发现，她也能继续在以后勉强避免下去。

她没有想逃离出去来拯救她的婚姻。她的婚姻，她觉得和她的年龄一样久远了。并不是理想中的典范，但是还是不错了。她关心查尔斯和一年前一样多。

不，她是要逃离出去拯救她自己。继续下去的痛苦实在是太强烈了。她需要逃离那个她已经变成的可憎的人。

因为憎恨自己，她还变得讨厌起莱斯了，从某种程度上来说她觉得他并不值得。在之前的日子里，史黛拉觉得莱斯是幽默、迷人、鲁莽、年轻还有无法征服的。在一定程度上是这样的，她想，这就是为什么她会开始爱上他。但是她和他在一起之后，现在的她对莱斯的感觉又是截然不同的：疯狂、贫穷还有不诚实。

她不想再憎恨自己或者莱斯了。她想要再次找回以前的自己，但是担心这太晚了。也许以前的自己已经死掉了。

有时她怀疑自己是否一点也不爱莱斯，或者说自己得了一种和他没有什么关系的强迫症。尼采说得很对，人最终喜爱的是自己的欲望，而不是自己想要的东西。这个想法给了她一些希望：如果她爱的并不是真的莱斯本身，也许她可以没有他。

她在脑子里构想了一下：她明天可以和他进行一次谈话。她小心地思考着，决定最好是在办公室里进行这次谈话，而且要言简意赅，这会降低上次那种反弹的危险。白天在办公室里亲吻他是绝对不可以的。

第二天早上她发了一条短信给莱斯。

你有空吗？

当他走进房间对她微笑着说她穿的衣服真好看时，她的勇气几乎丧失掉了。她站起来关上门，然后坐下，眼睛盯着门上边墙里的通气孔。

"莱斯，"她说道，很难开口说这个，"我不能再继续下去了。如果我们继续，我觉得我会变成神经病的。"

他默默点点头，然后问道："你什么时候决定的？"

"昨晚。"她回答说。

"我躺在床上，非常痛苦，我哭了又哭，无法停止下来。查尔斯进来问我怎么了，他努力地想要对我好，我非常需要安慰，但是我不能告诉他事情的真相。"

"我不想知道查尔斯有多好。"他冷淡地说道。

"抱歉，"史黛拉说道，"我不是想让你生气，我只是想解释清楚。我一直被失去你的担心困扰，以至于我根本无法享受和你在一起的感觉。我觉得我们到了一个全是痛苦的阶段。我记不起上一次我们在一起时那种简单的快乐是什么样子了。你记得吗？"

他什么也没有说。

"你必须得看看趋势。短期内是在上上下下周期性地起伏，但是总体趋势是向下的。情况不会有任何好转。"

她提及这个经济学上的讽刺语句，那些专业名词听起来很冷淡。

莱斯什么也没有说。

"你还好吗？"她问道，打算用提问的方式来触发悲痛，这样她就可以回应并谅解，就像她之前常常做的那样。

相反他直直地看着她然后说道："你猜。"

他站起来走出了她的办公室。

23个人鱼贯进入了董事会会议室。通常是21个，现在加上秘书和史黛拉。

董事长，约翰·恩格尔菲尔德爵士，摘掉了他的手表随意地放在了桌子上。

“早上好。在我们进入正式的商务会议之前，我想欢迎一下史黛拉·布拉德贝里，你们都认识的。受我们协会的条款约束，我们需要对任命她进入董事会做一个投票。我可以假设我们对此达成了一致的意见吗？”

史黛拉低头看着她的记录本，旁边的桌面稍微比其他分要亮一些，污点几乎被修复和磨亮得看不出来了。史黛拉盯看着，努力想要集中注意力。这可是董事会议。她必须要控制住自己。

“谢谢。”她说道。

“今天我们的会议会很忙，”约翰爵士继续说道，“很明显，我们需要一点时间来讨论一下俄罗斯的形势，还有由石油价格下跌造成的新经济气候，但是首先我们来听一听我们新的IT系统的介绍。交给你了，凯文。”

史黛拉看着全球IT部的董事开始做关于这个平台和附加功能的演示，一个幻灯片接一个幻灯片。

为什么莱斯没有给她发短信？为什么24个小时都没有对她说任何话，连最起码的行动都没有就这么去工作了？为什么他不努力争取留住她，对他来说她已经一文不值了吗？她掏出她的黑莓给他发了条短信。

我在开董事会。我爱你。我不是那个意思。对不起。

她看着她的短信。太软弱了。他会轻视她的。她应该等等看是否过几天后会感觉好一点。但是她几天后不会感觉好一点的，她确定这一点。她又看了看短信。是对的，对得不能再对了。她按下了发送，一瞬间就发送了出去，她的情绪高涨了起来。她知道了一些东西。她和莱斯之间的偷情并不能由她的意志行为来宣告结束。她爱着他，比任何事情都要强烈。

“在开始今天我们的议程表之前，首先我想请问一下大家是否有其他的事务要处理？”董事长问道。

他沿着桌子挨个询问董事会成员们是否有其他的事务。大多数人都表示没有。一个非执行董事说他可能今天起两年都没办法参加四月会议的安排，并提议提前两天进行。而其他的董事会成员开始在他们的黑莓上猛戳来查看在遥远的那一天是否有空。

“史黛拉，”秘书问，“哪个日期对你比较方便？”

“都行。”她说道。

两年，史黛拉想到，我已经崩溃了，那么在四月的董事会是21号开还是23号开对我有什么不同呢。

下一项是审批明天早上要在证券交易所公布的结果公告。詹姆士已经起草好了这份公告走进了会议室来提交。

他看着史黛拉，但是很快又向下瞟了一眼还是凹凸不平的法国漆桌面。

“我想提醒你们注意，下面的是起草委员会在电话会议里面陈述的修改版本，”他说道，“我们添加了一个句子‘我们预测当前的市场长期波动会给勘探和生产领域带来短期收益效果’。”

坐在史黛拉旁边的非执行董事从他的黑莓手机上抬起头来，她看见他正在写一条短信，开头是“我亲爱的蒂姆”。

“里面提到短期收益，我觉得不太妥当，就好像暗示我们没有预测中期的盈亏一样。”这个非执行董事说。

詹姆士看上去被激怒了。

“综上所述，我不相信这份陈述所说的所有事。”

对于“短期”还是“中期”，他们互相之间起了一场争论。

“为什么不说‘在未来’？”史黛拉问。

这是她做为董事的第一个建议，看起来还过得去，似乎有点太小儿科了。没有人注意到这个。

董事长说道：“我建议把‘短期’换成‘持续’。”

所有人都同意了这个很棒的主意，然后这个词语被添加了上去。

史黛拉的黑莓手机闪灯了。

她的心跳都停止了，然后当她看见短信是来自政府统计局关于她询问过的一些夸张的数字时心脏又恢复了跳动。

来了十二个短信，每一次她的心都提了起来，然而当看到来信人不是莱斯时又落了下去。第十三条短信来了，落款是他的名字。

史黛拉点开短信。她都不需要去读它。她明白那些尖锐的词语和没有“x”代表吻你的简单短信说了些什么。上面写道：

确实很诱人。我爱你。但是我不能再来一遍了。

在接下来的三个小时会议中史黛拉没有提出更多的建议。当会议结束时史蒂芬问她：“感觉如何？”

“真是长啊。”史黛拉说道。

过了会儿，她让自己冷静了一下又说道：“我觉得让这么多不同的思想一起谈论这些议题真是太棒了。尽管我非常惊讶有一些非执行董事并没有常常更新他们的最新讯息。”

史蒂芬赞许地点点头。

“我就知道可以相信你能直接切入主题。”他说道。

在返回办公室的路上，史黛拉不得不经过莱斯身边，他正专心致志地凝视着电脑屏幕。她应该直接从他身边走过去，但是她发现自己停在了他的桌子前。

“哈罗。”她说道。

“哈罗。”他重复了一句。

接着她说道：“董事会议开完了。”

“是的，我猜到了。进行得怎么样？”

他问的问题非常得体，非常客气，史黛拉反而几乎希望他是说的“我恨你”。他冷酷的职业作风暗示他只是在应付，而她却不是。

“谢谢，还行。”

她迫使自己走进自己的办公室，坐在桌子前，心在悲痛中砰地落地。她低下头想要隐藏住脸上的泪水，不让正在好奇打量她的娜塔莉瞧见。她站起来，快速地走进了洗手间里，把自己关进了残障人士专用隔间里。她靠在关闭的门上，把手放在脸上，痛苦得泪流满面，脚都站不住了。她放下马桶的坐垫，然后瘫软在了上面，她的身体抽搐着，一言不发地流着泪。在她的脑海里只有一个想法：不要发出噪音。啜泣折磨着她的身体，于是她颤抖着叹了口气，同时按下了马桶的冲水把手来掩盖这个声音。她听见其他人进进出出，给史黛拉带来一种普通办公室生活的迹象，一种来自于不再属于她的那个世界的迹象。

过了一会儿啜泣开始减缓了，她开始试图压抑喘息地吸气和呼气。她弄湿一些厕纸，然后敷在她肿胀的眼睛上。水珠滑落下来在她的衣服上留下个深色的痕迹。

她等着，直到她旁边的隔间没有声响了才开了门。

她看起来，如果有什么区别的话，比她预期的更糟。又老又皱，为了董事会议买的新衣服看起来可笑极了，就好像是给其他人做的一样：那些得体的职业商务女性，那些说到做到的人，那些爱上年轻下属却不会在厕所为他们哭泣的人。

史黛拉想起了一个叫《Funny Folk》的纸牌游戏——她像孩子一样爱这个——在那里你可以让头和身体进行匹配。她看起来就好像一个人拿到了聪明董事的身体，而配到了一个疯女的头部。

她涂了一点眼睫毛膏想要掩盖住她眼睛周围的红肿，但是却让它更加突出了。她擦了一些粉红色口红在唇上，然后对着镜子里的自己练习了一下微笑。

正当她犹豫着对着镜子露出牙齿的时候门打开了，娜塔莉走了进来。

“噢你在这里，我正在找你。”她说着，然后切地问道，“你还好吧？”

在史黛拉最不想被问及的世界上所有的问题列表里，这是头一条。很显然，她想，我并不好。

“是的，”她说道，“我还好。”

贝拉

“两件事，贝拉，”詹姆士说，“我得到消息说《每日电讯报》想要去采访史黛拉，关于她的董事会职位，还有她写的那篇生活与工作平衡的文章。”

他的笑容有一点僵硬。从他告诉她关于公交道压线罚单已经过去快一周了，但是自那以后他们又重新在一起了，比起之前在酒店里更加激情和更加不顾一切了。

当他们在酒店里的时候贝拉是得意扬扬的。灾难已经降临，但是相反的他没有逃跑而是仍然和她在一起，这会导致更多的灾难。事实证明，她推想到，他这辈子里我是比任何东西都更有价值的。

但是一旦他们离开酒店他就变得冷淡，一举一动令人困惑。

“你可以去跟进一下，看她是否没问题。”他继续说道，“然后让她给我打一个电话。我想过一遍那些她需要强调的重点。我们需要为大西洋能源获得一次胜利，也为史黛拉她自己获得一次胜利。”

“知道了。”贝拉阴郁地说。

“还有你可以写一些你对我们最杰出的多元化成就的看法，然后做成简报吗？我肯定罗素会很乐意提供给你数据的，但是也许你可以去掉人力资源部的那些废话，弄出一份用正常语言写的一些具体的事实材料。”

贝拉坐在她的电脑前试着整理一些多元化的事实材料给史黛拉的采访用。她绝对不能去想詹姆士。她必须要集中精神。那些数字本身并不太好：在初级职位40%的毕业实习生是女性，但是上升两个级别后，在助手级别，只有17个百分点，然后在总经理级别，一下就跌到了6个百分点。

无奈贝拉被要求拿出一份有事实依据的数字出来，所以她发现十年前只有50%的总经理是女性。百分比增加了多少？她从抽屉里拿出她的计算器，但是想不起来怎么让数字四舍五入的操作了。

于是她站起来沿着走廊去莱斯的新办公桌前找他。

她坐在桌子的边上问：“我知道这是一个很尴尬的问题——”莱斯的脸忧虑地紧绷着。

“就是5%增加到6%用百分比表示应该是多少呢？”

“真的，”他说道，“我不知道。”

“你是在告诉我，”贝拉说道，“你作为首席经济学家的助理却不会这么一个简单的计算吗？”

贝拉哈哈大笑以此来表示她是在戏弄他，但是莱斯不觉得好笑。

“我当然他妈的能计算出来。我只是情绪不好。”

所以贝拉离开然后问了安西娅，她一口就说了出来："增加了20个百分点。"

那天在食堂吃午饭的时候，本先是凑过来坐在贝拉旁边，然后贝阿特也凑了过来。现在她不再是私人助理了，管理培训生愿意和她坐在一起了。

"贝阿特，"贝拉说道，"我在做一份多元化的简报，我想知道你觉得女性在这里是受歧视的吗？"

"你只需要看看你的周围，"贝阿特说道，"有成功女性吗？"

"好吧，"贝拉说道，"史黛拉在那里。"

"对的，但是她有为帮助其他女性做过什么吗？她是我们的撒切尔夫人。她爬了上去然后抽掉了她身后的梯子。"

贝拉觉得这有一点不公平，但是没有这么说。

稍后的下午她带着她的工作成果去了詹姆士的办公室。逗留没有必要，但是看见他在桌前弯腰工作，她就想走过去触碰他。她需要他对着她微笑，给予一些温暖的信号。对她来说没有比这个更重要的了。

"我搞定了给史黛拉的资料。"她停在他的门口没走。

"辛苦了，"他稍稍抬了下头，"有一件事，就是我想和你一起散散步。我不确定你是否知道，每年我都要在我家里给公司整组的同事开一个圣诞庆祝会，同样还有一些其他部门的朋友。但是今年有一些不太确定我们是否要延续下去，因为希拉里的情况变得非常的不好了。但是她摸木（用手碰木头，但愿老走这种运气，英国一种流传已久的迷信，译者注）之后好了一点，所以我们可以继续举办下去。我告诉她不用做任何事也不用招呼任何人，你和安西娅会安排好所有事情的。你不会介意的，对吧？"

贝拉惊骇地盯着他。他说话的时候甚至没有看着她，而是无意义地滚动着他的电子邮件。

"实际上，"贝拉说道，"我很介意。我才不想他妈的试一试，不管你的庆祝会举行还是不举行。让我去变成一个可爱的毛头小姑娘和你的妻子谈论点心，然后在她背后和她丈夫偷情，门都没有。"

詹姆士看起来被吓得惊慌失措，连忙示意她降低说话的音量。

“我不会安静下来的，”她不屑道，“我不在乎谁听到。我已经忍受很久了。你居然有勇气对我说如果你被发现了你会责问我的。我不知道为什么那时我没有抛弃你。我猜是因为我觉得你会炒我鱿鱼。那就是你要做的那种卑劣愚蠢的事情。”

贝拉转过身跑出了他的办公室，安西娅看见了，站起来跟在了她的后面。

“你还好吗？”

“看起来像吗？”她对她吐了口口水，然后坐电梯下楼跑出了大楼浑身颤抖流着泪站在外面。

短暂释放的感觉和激烈的谈话——喊叫——她的想法很快就被恐惧所追赶上。为什么她要这么做？她为了什么这么疯狂？她也许会失去工作，也许还会失去他。她站在外面，努力使自己的呼吸平静下来，这时她的手机响了起来。

“我觉得你最好还是回来，”他说道，“没事了，我解释说你当时压力很大。”

“既然这样，那好吧。”她苦涩地说。

她坐电梯上了楼，坐在她的桌子前开始起草访问要用的材料。她没有再抬头看詹姆士一次。有一次他走过她的办公桌，想要吸引她的注意力，但是她坚决地盯着她的屏幕。稍后，刚好在她要打算回家的时候，她收到了他发来的一封邮件。她有一点发抖地点开了。

亲爱的贝拉，如果我无意间激怒了你，非常抱歉。完全不是那个意思。我相信安西娅完全有能力组织起这个庆祝会。可以让我们忘掉这些事情吗？

詹

她读了一遍然后删掉了。他依旧没有明白这对她来说有多么困难。或者假设他明白，他也不关心。还有这里有一个相同的措辞——“让我们忘掉这些事情”——这是他曾经对茱莉亚用过的。

在5: 30的时候贝拉站起来走了出去，没有对任何人说再见。她快速穿过穆尔巷，愤怒让她麻木。当她到达穆尔盖特地铁站时，她听到有人叫她的名字。她转过身，看见詹姆士气喘吁吁衣衫不整地正向她跑来。天已经开始下雨了，落下的雨水砸在他的浅蓝色衬衫上留下暗蓝色的印记。

“贝拉，”他说道，“别这么做。求你了。”

“做什么？”

“在办公室里对我大叫，抛弃我，当众大吵大闹，拒绝和我说话或者回复我的短信。你觉得我拿婚姻和职业生涯冒险是为了什么？这是因为我依恋着你。这应该是不言而喻的。”

“才不是不言而喻呢，”贝拉说道，“每时每刻都需要说出来。需要从屋顶里大声喊出来。我再也不想要那些渣滓一样的依恋。滚吧詹姆士。就当帮我一个忙。让我留下来直到我找到新工作。”

她掏出了她的牡蛎卡（一种伦敦推出的需要支付押金的储值卡，一旦达到当日旅游卡上限金额，不会继续扣钱，因此当日乘坐次数越多越划算，译者注）。

那天晚上贝拉回到家做的第一件事就是检查她手机上的短信。这是第二件事，也是第三件事。她因为米莉不吃她的烤豆子而把她吼哭了，接着她自己也哭了。这让米莉安静了下来，用她的小手抱住了她的妈妈。

“别哭，妈妈。”她安慰说。

被她女儿安慰，好像她才是一个非常无助的孩子。贝拉竭力控制住自己。

“我没事，亲爱的，”她露出一个完全没有说服力的笑容说道，“让我们做点有趣的事吧。让我们来烤一些小蛋糕吧。我们在上面撒上粉色的糖霜。”

正当她说这个的时候她发现橱柜里没有糖霜了，而现在是晚上8点，她不想带着米莉去莫里森超市买一些。

“没关系，妈妈，”米莉说道，“我们一起看《绝望的主妇》就好。”

于是她们放上了DVD，贝拉看着那些比她绝望更少的紫藤巷里的居民们。

史黛拉

史黛拉晚了一些进入办公室，因为和芬恩的校长有一个面谈。她的儿子向他的同学贩卖鞭炮，而学校威胁说要禁止他去上学。

“因为我相信你也知道，”长着马脸的校长对史黛拉说道，“芬恩已经触犯了两次校规了。男生是不准在学校场所进行交易的，同样也不允许携带危险品。”

“噢，天呐。”她无力地呻吟。

事实上他很好地抓住了套利的机会：他用口袋里的钱购买了整件鞭炮，然后现在分零售出。芬恩至少展示了一些主动精神。也许他会成长为一个商人。她记得莱斯告诉过她他在学校里卖过糖果，然后她试图抑制住这个念头。她必须停止想念他。

“我觉得，情形已经恶化到要强制执行规定的程度，这次谈话对学校和家庭保持统一步调是有所帮助的。”他继续说道，

史黛拉忍受了接下来的责备，点点头在正确的点上表示同意，但是这花掉的时间比她预想的要多。等到出租车停靠在办公楼外的时候，《每日电讯报》的记者已经在她的办公室里等了20分钟了。

当史黛拉进去的时候她开始感到内疚，她清楚地看见她的桌子上放着三件莱斯的标志性东西。一块特趣巧克力，一张他从网上下载下来做成卡片的白鼬图片，还有一张黄色的即时贴便条，上面写着奥登关于鱼的引用句子。

“嗨！”《每日电讯报》的记者像和老朋友一样打着招呼，“我是若伊·史蒂文斯。”

她并不是史黛拉期盼的那样。她看上去大概20岁，穿了一件鲜艳的粉红色外套。

“作为第一个进入国际石油公司董事会的女性执行董事你的感觉是怎么样的？”

“我觉得——”史黛拉想道：就好像一个巨大的东西压在我的胸口上，让我不能呼吸。我不断地感到洪水般涌来的恐惧。我感觉还不错，有20分钟，然后绝望的波涛就淹没了我。她集中了一下自己的注意力然后说

道，“被贴上第一个这样做的女人的标签有一点吓人，就像成为第一个登上月球的男人那样。这是男人的一小步也是人类的一大步。这是女人的一小步也是女性的一大步。”

她到底在说什么？她被任命进入董事会是有纪念意义的吗？

那个记者迅速而潦草地记录着。

“这说得不太准确，”史黛拉说道，“我的意思完全不是说这是一件大事。我觉得董事会里的人是男还是女不是非常的重要，只要他们能干好工作就行。”

她努力把她第一次在董事会议上那不光彩的业绩推出她的脑海里。

“所以，这就意味着公司应该是性别盲？”

“不，完全不是。”史黛拉说道，然后顺利地开始启动进入到多元化的演讲，那是詹姆士的调研员为她准备的。

随着她的演说她觉得要平静得多了。工作是为了什么，她想。不是为了赚钱。是当你要淹死的时候给你一个救生筏。

“这非常有意思，”看上去有点不耐烦已经停止记笔记的记者说道，“但是在这次访问里面我想做的是完全了解史黛拉·布拉德贝里，你在大西洋能源里达到了什么，你是如何处理家庭的，还有你是如何保持社交生活的？”

噢，天呐，史黛拉想，但是她有礼貌地微微一笑。

“那么，让我们回到你在牛津中学的学生时代吧。”

“我是在海丁顿中学上的学。”史黛拉纠正说。

“对，当然，海丁顿中学。我想你是和首相夫人同一学校的。当时她是什么样的？”

“呃，”史黛拉说道，“她是一位朋友，但是我不觉得这跟这次采访有什么关系。我觉得我们本打算是谈一谈关于大西洋能源是如何培养女性的。”

“没错，”记者说道，“但是我们的读者把你当成一个典范。他们想要读到一些关于你是如何处理你的生活的东西。”

史黛拉心里记下了这个讽刺，什么也没有说。

“他们想要知道你嫁给了一个知名的纪录片制片人，有两个女儿，你是如何管理这一切的呢？”

“我有一个儿子和一个女儿，”史黛拉厌烦地纠正了她，“还有我处理起来也是困难重重，和其他所有的上班族母亲一样。我不相信鱼和熊掌能够兼得。如果我在一个地方我就不会在另一个地方。但是这些事对我来说的特权就是我可以选择。我并不是英雄式的上班族母亲。我有钱可以雇佣保姆和清洁工，还有一个非常好的丈夫在家里做饭。我真的很钦佩那种独自抚养他们孩子长大，在晚上出去做清洁工作来使家庭收支平衡的母亲。”

记者把这些写了下来，然后说道：“作为一个管理人员你觉得你的关键技能是什么？你觉得女性在管理方面比男人更有优势吗？”

“呃，”史黛拉说道，“我不是很确定。有时候我觉得女性在激励人的方面比较擅长，因为我们在自己的孩子身上已经有过实践了。”

“那么，你觉得你是一位好妈妈吗？”

“如果你不介意的话，我不太想谈论家庭。”

倒着看过去，史黛拉看见记者在本子上潦草地写着一些东西，她完全认不出来写的是什么。

“你在提升女性职员方面有特别的关心吗？”

“当我看见有女性因为缺乏信心而跟不上时，我会的。我无时无刻不在看着。”

“但是，”记者说道，“我了解到你刚刚提升了一个年轻的男性作为你的执行助理对吗？”

“呃，对，”史黛拉说道，“帮助女性和给予男性一个高级职位之间是没有冲突的。我并不赞成给予弱势者优惠待遇这种做法。我信奉把工作交给适合的人这种做法。这个例子的男性——莱斯·威廉姆斯——相当有潜力……”

“我可以问你一些其他事情吗？”记者一边说着一边收拾了一下她的东西，然后关掉了录音机。

“你桌子上的那个诗歌片段是什么？”

贝拉

每年十二月的第一个周六大西洋能源都会为员工的孩子们举办一个宴会。

去年，当石油价格还在每桶100美元以上时，宴会是在科学博物馆里举办的，米莉还为从一个圣诞老人——由随后被发配去尼日利亚郁郁不欢的肥胖市场总监所扮演——那里得到一个森林家族的小屋（一种玩具，译者注）而兴奋不已。今年，在这个公认的困难时刻，宴会是在公司的食堂里举办的，公告四处在说今年不会有礼物了。这在公司的内部网站上引起一场自发的义愤风暴，结果他们又收回了这句话。还是会有礼物，但是礼物价格限定在每个孩子5英镑。

贝拉没有问詹姆士他是否会去，而且她也没有问他任何事情，因为过去的一周里他们两个没怎么说过话。他很多时间都是在出差，而当他在办公室的时候又回到了他的旧习性中去了。他没有瞧她一眼，他和她交流也仅仅就像专业需求一样。

在相同的情绪下，贝拉也企图度过这些暗淡的日子。她在她的桌子上用书本和文件堆砌了一面墙，然后移动了一下电脑的位置，这样她就避免了不得不看见他办公室的处境。从战略意义上来说这并没有完全取得成功，她不断地站起来在书塔后面张望着，因为她想要——必须要——知道他是否在他的办公室里，以及在干些什么。

她曾给她自己写了一个规定列表来让她度过这些日子。

1.努力工作！！

2.不要从他的办公室前经过，绕远路去咖啡机。

3.微笑。

4.显得忙碌。

5.调整共进午餐的人。

6.好好打扮。

原则上她做到了其中的5条，如果她看起来不错的话，她就会开始感觉好起来。

但这并没有执行太久，因为她感觉糟透了。实际上，遵从任何一条规

的胳膊:“我会帮你找到你母亲的。”

詹姆士的大儿子看上去有一点微微的吃惊。

贝拉

宴会后的周一,詹姆士让贝拉去他的办公室。他关上了门,他们面对面地坐在红色的皮沙发上。

“这整个周末我好好想了一下,”他说道,“当然我并不是要为了发生的那件事责备米莉,但这真是一件不幸的事情。”

什么不幸的事情,贝拉想,我甚至没有和你会面。

“我不知道我的儿子们会怎么想。也许没事的,他们两个都还处于无知的年纪。”

相反对于米莉,贝拉想,她根本不是的。

“不幸的事是,史黛拉听到了这段话,她会注意到话里的含义的。现在我处境艰难。以我的经验,一旦有人知道,真相就会暴露出来的。”

“安西娅都知道几个月了。”贝拉平静地说道。

“什么!”他吃惊地说,“她不可能知道的,我们这么小心翼翼,我也从未用过我的公开邮箱给你写信。”

“她确实知道了。她很早以前就自己察觉出来了。在我们一起去纽约之前她和我当面吵过。”

“为什么,”他说道,“为什么你不告诉我?”

“因为我觉得你会有很大的反应,就像你现在这种反应。”

詹姆士把头埋进了双手里。

“这也太难了,”他说道,“看上去对我很不利。我让你升职了,记住。”

“你是在说,”贝拉悲痛地质问,“你升我职是因为你想要和我上床?”

“不,我没有。你应得的。但是我的名誉会受到严重损失。”

贝拉觉得他说的这个毫无说服力。

“屁话,”她说道,“你会被证明是花花公子,这将让你变成被羡慕的对象。我将会仅仅被视为凄惨的人而已。然后，我可以想象到我会被炒鱿鱼。我不能想象我为什么期待一个害怕雷声的男人会有一丁点骨气。”

他举起他的手示意让她停下来，但是她没有注意到。

“够了。”詹姆士说道。

此时安西娅的头从门口伸了进来。

“很抱歉打断了你们，”她清脆地说道，“但是你的访问者到了。”

“谢谢。”詹姆士板着面孔说道。

贝拉坐在她的电脑前，感觉很不舒服。

她不能把事情就这样丢在那里。这并不是因为她害怕被开除，现在这几乎是接下来肯定会发生的了。但如果这就是结局的话她需要一个更好一点的结局。

抱歉。我心烦意乱是因为我喜欢你，才会说你不在意谁知道这句话。我想要你说你和我在一起让你感到骄傲，还有让你感到凄惨的事情是你不能承受失去我。相反的你只是使劲地说着你那珍贵的名誉。

对我来说，我才不关心他妈的什么名誉。我关心的是米莉。我关心的是失去你。就是这样。不管安西娅或史黛拉还是娜塔莉说了我什么，都完全不能烦扰到我。

贝拉

这一次贝拉没有等很久就收到了回复。

亲爱的贝拉，

我想让你知道的是我当然也很在意失去你。你对我是非常重要的。在其他情况下我会为和你在一起而骄傲的。然而这太难了。我不仅仅要考虑我自己，我有我的家庭和我的工作，我不能丢掉他们。

对于这种形势我也感到非常不开心。但是我只是不知道该怎么去处理。

詹姆士

史黛拉

刚开始和莱斯幽会的时候史黛拉很害怕周末。有长达两天的时间彼此分开，她只能一边梦游般地做着家务事一边等待着周一的到来好重返她的生活中去。

现在周末却是解脱。它们平淡而无色，但是至少有一种已知的平和，她可以有两天不用见到莱斯。确切地说痛苦并没有终止掉，只是从源头上得到更多喘息的机会。现在从周一到周五史黛拉都觉得难以忍受。他坐在他的桌子那里，脱掉了外套，袖子挽了起来，于是她可以看见他手臂上的毛发正折磨着她。和他交谈是痛苦的，所以她没有和他交谈。

他的存在耗干了她对他周围所有事情的兴趣，留给她的是焦虑、激动、凄惨、被子弹射穿——尽管如此——她还带着一丝刺痛地希望他能向她这边瞧一眼和对她微笑。有时，史黛拉有一种他看起来很凄惨的错觉：郁郁寡欢和自闭。于是她就能应付过这一天。如果，相反的，她听见他的笑声穿过房间，她觉得像被电击了一样，那种在笑声停止以后还会持续下去很久的刺痛。

曾经一度她试图在坐在桌子前的时候用听她的iPod来杜绝任何听到他声音的可能。但是这是无用的，因为大多数的歌都是他给她的，而音乐是可以打动人心的。当午餐时间的时候她走进了百特文治然后排队去买一个三明治，Coldplay的音乐正在播放着，她唯一关注过的那首歌曲。

“回来见你/表达我的歉意/你不知道自己有多美丽……”

她不得不放下三明治然后走出了商店。

总而言之，史黛拉几乎搞不定了。她工作落下了，开会的时候不上心，变得健忘和脾气暴躁。她知道她正在处于把工作中某些重要事情搞糟的危险之中，但是这个想法并没有更多地烦扰到她。没有了莱斯，一切都不重要了。

她关掉了她本打算读的关于沙特阿拉伯油气项目参股的可行性文件，打开了她的hotmail邮箱开始写下一份她两周前就在脑海里起草好的邮件。

我亲爱的莱斯，

我们吵过很多次架，无意中说了一些话。但我们说了再见但是并不是原本的意思。我们是发自内心地说再次相见。文字在我们之间根本不再有任何价值。但是从某种意义上来说痛苦是有价值的，而文字没有。离开你意味着那种我无法承受的剧痛。我在写这封信的时候我可以看见你，你的头低下来朝着你的键盘。你在做什么呢，我亲爱的？我想抚摸你那不可思议的脸。我想亲吻你，也想你亲吻我。但是更多的是，我想你回到我的生命中来。我知道这对你是不公平的，我也明白你想在自己的生命取得进展。你说我没有什么可以给你，因为我已经拥有了。但是你不明白的是我现在可以给你的是我的心，希望你能够发现它足够继续下去，只需要一点时间。

现在我们分手两周了，我觉得我们可以回到9个月前那样，那时你总是常常突然出现来看我。但这只是一个幻想：我们回不去了。我们之间发生了太多的事情，不管怎样我现在都是一个不同的人了。就像法兰·仙纳杜拉所说的——爱你入骨。所以企图和你分割开就意味着切掉一个深深的外科手术创口，我觉得好像我要失血过多而死去一样。请你带着绷带过来吧。

完全属于你的史黛拉

她看了一遍，并不是很有尊严。她这辈子还从未发过这么缺乏尊严的邮件。但是当疼痛如此剧烈的时候尊严又有什么用呢？她按下了发送按钮，穿过房间，史黛拉能看见莱斯手拿着鼠标点开他的邮箱。她能看见他的后脑。她看见他瞟了一眼邮件然后切换了一下屏幕。有人走到了他的桌子前。他冷静地和他们交谈了起来。但是当这些人走掉的时候他切回了邮箱里然后快速输入了一些东西。史黛拉看见纯蓝色的屏幕上显示着：邮件已经发送。在他的邮件从他的电脑传输过来的几秒间隙里，史黛拉觉得她未来的幸福就在此刻决定了。她打开了邮件。

我需要考虑一下。莱 X

她的第一感觉是解脱。上一次他是说的不，现在他说他需要考虑一下，这肯定意味着他将要同意。但是随着时间的推移她觉得越来越迟疑。这有什么好考虑的？他也是在痛苦之中，她从他弯曲的后背可以看出来，而这里有种可以停止痛苦的方式，那为什么还需要思考这么久呢？她等着邮件，然而一直没有。差5分钟到4点的时候，邮件来了。

亲爱的史黛拉，

我对此想了一下。我不能这样做。我们从现在起还会在同一个地方待上一年，而我的生命已经枯竭。我爱你，但是再继续下去会杀死我们两个的。抱歉。还有你不是完全属于我的史黛拉，从来也不是。

莱斯

"你是让我辞职吗？"

"不，但是——"

"我简直不敢相信这个。你变成了一个铁石心肠的婊子——"

"嘘嘘，"她说道，"小声点。"

收银台那边有一个市场部的同事正在付钱买一杯咖啡，好奇地抬起头来看着他们。

"我觉得脱离这个之后你会发现你干得非常的好。"史黛拉讽刺地说道，"如果你没有遇见我你会跟着詹姆士打打下手，顺便说一句，他并不欣赏你，你现在会奋战在阿拉斯加。"

"好极了，"他的眼睛狂怒地凸了出来，"那么你把这些丢在我脸上告诉我你提升我远超过我应得的。那么所有关于我有天赋的话都只是一个骗局？"

"还有那么这一切最终归根结底是什么？你的事业？我才不在意我提升你是多过还是少过你应得的。我说你是有天赋的是因为你确实有。但是又如何？那些都是职业生涯术语之类的东西，那是最引不起我兴趣的东西。我感兴趣的是爱情。我觉得我们拥有爱情。但是现在我坐在这里看着当你对于你的工作神经紧张的时候你冷静地把它撕成碎片。"

史黛拉没有哭。她看着他变得如此的狂暴，真是让人心情愉快。

"你说得实在是太好了，"他说道，"你完全做到了。你是第一个进他妈的董事会的他妈的女人，你在你的职业生涯里已经升无可升了，于是你简单地搞乱其他人的职业生涯。"

史黛拉听到一半就站了起来，尽她所能地控制着自己，拿起她的咖啡纸杯向街上走了出去，差点撞倒了贝阿特，她正顺路过来买她的卡布奇诺……

贝拉

贝拉决定不去参加詹姆士举办的宴会。作为工作之外的时间她不是必须得去的。在朝九晚五的时间里假装很敬业的样子已经非常艰难了，她不想要在晚上的时间里也这么做。她既不想要再去看一次他漂亮的房子，也不想看见他古怪的妻子，还有穿着她曾经有一次看见他在网上从哈罗兹（英国著名百货公司，译者注）的网站订购的昂贵小衬衫的他的孩子们。

那天早上詹姆士经过她桌子的时候对她说：“我非常希望你今晚来参加。”

而贝拉没有看着他，说她会尽量的，但是取决于护幼员（临时照看小孩的保姆，译者注）。

在下午三点左右的时候她的手机响了，是莱斯打来的，她有好几天没看见过他了。

“你在哪里？”她问道。

“我在家。我在威尔士我妈家里有几天了，我无聊得想要自杀。我不确定是否要去参加今晚的宴会，但是我觉得如果你要去的话我也许会被说服的。我们可以先去喝个大醉吗？我感觉糟透了。”

“我感觉也不太好。喝个大醉听起来是个好主意。”贝拉迟疑地说道。

于是莱斯安排在酒吧里和她见面，然后贝拉说：“成为名声远扬的明星你感觉如何？”

“什么？”

“你上《每日电讯报》了。上面说你很有天赋。”

“真的吗？我还没有看报纸。”

他的声音里带着一股快乐的调子。

“是对史黛拉的一个大型采访，她不断地提到你是如何的有天赋。”

“噢，”他的声音听起来没那么开心了，“她说了什么？”

“我记得不太清楚了。是一个很古怪的采访。我帮她准备了一份多元化的简报资料——这本来是这次采访打算说的内容。但是她却喋喋不休地提到了一些奥登的诗。詹姆士非常生气，就像他说的她突然改变主意完全是个立场不坚定的人，而且这次采访根本不是大西洋能源的胜利。”

莱斯听到这个之后沉默了许久，于是贝拉说道：“今晚再见。”

史黛拉

《每日电讯报》上的那篇文章登出来的日子正好是詹姆士宴会的那天。在商业版的头版上有她的照片，下面的文字写着：新女超人。

在照片里面她看起来不仅仅是疲倦和憔悴，而且非常的暴躁。

标题下面写到，史黛拉·布拉德贝里：年轻人激励着我。

在另一个心情下这意想不到的讽刺会把她逗笑的。但当时她看着照片想要哭。

文章以史黛拉·布拉德贝里迟到开始了。她忙乱地进入她的办公室，看起来心烦意乱的样子，为让我等待而道了歉，然后说她忙不过来了。这并不是夸张。她刚刚进入了英国第二大石油公司的董事会，还是国内最精明的经济学家之一。她是CEO史蒂芬·辛顿信任的助手，而且在价值140亿英镑的公司重组中扮演着关键角色。她被认为是英国商务界最有影响力的女性，她和所有的中东国家石油部长都是老朋友。当比尔·盖茨来伦敦时，史黛拉·布拉德贝里是他要会见的人。

这完全是胡扯，史黛拉想。我见过盖茨一面，而且还是陪同史蒂芬去的。而且那种我和海湾国家的石油部长们惬意交谈的想法真是让人好笑。

但是布拉德贝里也有软弱的一面。在她的桌子上面有一张小小的即时贴上面引用了奥登的诗：

“在我的心中有一个愿望，还有一条鱼的回忆”，还有在她的iPod上面有着基恩乐团和雪地巡游者乐团的歌曲而不是巴赫和甲壳虫乐队的。

她怎么敢看我的iPod，史黛拉想。她怎么敢写这些胡扯的话。

尽管作为一个女性，她在多元化议程上只是嘴巴上说得好听，有人甚至会说布拉德贝里抽掉了她身后的梯子。她的团队里面的成员都是男性，在今年早些时候她令人惊讶地把她的执行助理职位给予了一个仅仅进入公司几个月的年轻男人。

当在此受到挑战时布拉德贝里看起来有一点慌张。

加入大西洋能源的一些年轻人有着非凡的天赋，她解释说。而莱斯·威廉姆斯是他们之中的一个。

史黛拉再也读不下去了。

贝拉

贝拉和莱斯抵达的时候宴会刚好进入了高潮阶段。他们俩每人在酒吧里喝了三大杯，然后又在从温布尔顿地铁站出来后迷了路。

酒精让贝拉的情绪有一点高涨，但是莱斯非常低落的情绪——第一次干杯的时候她就很安慰地发现有人甚至比她的处境还要糟——开始将她的情绪拉低了下来。贝拉问过他怎么了，而他说一切都是浮云，他讨厌自己的生活。

“不可能一切都是浮云，”贝拉说道，“你的工作职位很好啊。还有今天早上你还作为一个天才出现在了报纸上。”

“别再说那些了。”他咬牙切齿地说道。

真的，贝拉想，你真是个小孩子。

是一个戴着领结的男人来打开的大门，进去之后贝拉看见詹姆士的小儿子穿着亮蓝色的睡袍在分发着薯片，而他的大儿子，穿着相同的衣服只是蓝色更深一些，在分发着橄榄。

“很可爱。”莱斯称赞说，“就像《音乐之声》一样。你觉得他们会开始唱‘再见，别了，auf Wiedersehen（德语，再见，译者注），再——见’吗？”

贝拉哈哈大笑，从孩子手里接过了一个薯片，再从侍者那里拿了一杯香槟。

詹姆士正背对着华丽客厅里的壁炉站在那里，一圈客人围绕着他。他显然是在发表一个讲演。

“跟我待在一起，”她对莱斯说，“这个宴会让我快发疯了。”

“我也是。”他说道。

詹姆士用他的银制钢笔敲了一下他的杯子，整个会场都静了下来。

“这不是一个演讲。”他说道。

一个可耻，乞求的空洞声音，贝拉觉得那可能是本的声音。

“但是我想说的只是通常称为‘我补充两句’的东西。”

哄堂大笑，尽管这并没有让贝拉觉得好笑。

“这是很艰难的一年，”他继续说道，“但是我为我们做到了而感到骄傲。曾有过一些惊悚时刻——”

他暂停了一下，又传来一阵低声的笑声。

“——但是我觉得我们作为健壮的公司和团队已经度过了它们。”

“吧啦吧啦，废话连篇。”莱斯嘘声对贝拉说道。

她假笑了一下，此时此刻詹姆士的目光从人群中找到了她的脸庞。贝拉觉得他是个两面派。他的演讲可能是陈词滥调，但是他把它们说得如此有力量，听起来就像真的一样。我会跟随你，贝拉醉醺醺地想到，去天涯海角。

然后他说道：“最后，希拉里——你在哪？我想为了这个愉快的宴会感谢你。还有感谢你容忍了我。”

他对着他的妻子微微一笑。贝拉拽了一下莱斯的袖子。

“我们再去喝一杯，我打算要不醉不归。”她说道。

他怎么可以这样，贝拉心里想着。筹办这个宴会希拉里连他妈的一根手指都没有动一下，是安西娅做了大部分的工作。

“让我们过去和史黛拉说说话。”贝拉说道。

她拉了拉莱斯，但是他抗拒了。

贝拉开始对史黛拉说，她有多么喜欢报纸上的采访，这时詹姆士的妻子走过来加入他们。

她对着贝拉点点头，然后亲吻了史黛拉的两个面颊，然后两个老女人开始谈论起孩子们的学校来了。贝拉近距离地看着希拉里。她脸上的皱纹在某种程度上用粉底巧妙地填了起来。她的裙子是低胸设计的，贝拉觉得她的乳沟看起来有一点皱皱的。当她到那个年龄的时候她会把乳沟遮盖更多一点的。然后贝拉注意到她上司妻子的脖子上戴着一条和正躺在贝拉家抽屉里一模一样的珍珠项链，只是贝拉的是一条单根的项链，希拉里的是三根用钻石吊坠扣在一起的项链。

她刚才还沉默寡言的举止在贝拉走过来的时候全都消失不见了。相反地她大声地和史黛拉说着话，然后用一种紧张疯狂的眼神盯着她。

贝拉扫了一眼房间里来寻找莱斯的踪迹。

“詹姆士非常担心哈利去温切斯特。”希拉里说道。

贝拉开始感到有一点醉了，不是愉快的那种，而是想呕吐心情郁闷的那种。她不想听这个谈话但是同样也不知道如何逃离这里。

“我觉得寄宿学校是非常危险的，”希拉里说道，“实际上你只需要看看詹姆士他本人。我经常觉得他的情商发育是不良的，因为他8岁就被送去寄宿学校了。尽管有时我觉得他只是得了自闭症。”

这一刻贝拉觉得和他妻子有一种古怪的志同道合的感觉，他妻子好像醉得比她还要厉害。

“你怎么认为的，贝拉？”希拉里问道，“你也许比我更了解他一些。”

我搞不定这个，贝拉想。

“你认为这个看法怎么样，”詹姆士的妻子继续说道，“发育不良的情商是因为寄宿学校还是他只是天生就带着这个极端的男性基因呢？”

“呃，”贝拉迟疑地说道，“好吧，我真的不知道，因为很明显我并没有像你一样见到他的那一面。”

希拉里喝了一大口香槟，贝拉也是。

“但是，”贝拉急忙继续说，“寄宿学校是很异乎寻常的。我不能想象把我的女儿送到里面去。”

此时，史蒂芬插进了这个圈子里，把他的手放在希拉里的胳膊上。

“我得走了，”他说道，“但是谢谢你。这是个很棒的宴会。”

希拉里茫然地看着CEO，就好像她不知道他是谁一样。贝拉乘机溜走去找莱斯了。

不过她并没有去寻找莱斯，而是直接走向了詹姆士。

“哈罗。”他说道。

他的音调生硬而愤怒。

“我看见你和莱斯一起来的。”

“是的。”她简单地回答道。

“不是很得体。”他说道。

“什么？”她说道，“不得体？请你的情人来你的家里，这样你就可以把你的妻子赞扬到天上去，让她戴着二倍大小于你送给情妇的项链来炫耀——这是不是有一点不得体？”

“我们不能在这里谈论这个话题，”他一边说着一边抓住了她的胳膊，就好像她是街头小混混一样，“让我们去花园里。”

史黛拉

“石油市场最有影响力的女性来了，”当史黛拉从长途跋涉到温布尔顿的出租车里走出来的时候詹姆士说道，“欢迎。”

希拉里站在他背后的走廊里，看上去心不在焉的，就好像她丢了什么东西一样。比起去年她长胖了不少，史黛拉现在无法阻止自己做那些所有女人在40岁都要做的年龄审计，她觉得她衰老得很厉害。她只有44岁，但是看上起来快要50岁了。

“你好史黛拉，你看上去很苗条……你在节食吗？”希拉里问道。

史黛拉微笑着亲吻了她，向她发誓说她吃得很多，然后告诉希拉里她看上去棒极了。她从她身边挤过去进到了室内，几乎大西洋能源所有的高层人士都在里面。如果在另一种心境下她可能会对这个宴客名单里显出来的赤裸裸的企图嗤之以鼻，但是今天她对此漠不关心。这个世界上她唯一在意的那个客人并没有出现在这里。

“啊哈，史黛拉，”约翰·恩格尔菲尔德爵士靠过来给她的脸颊来了个轻吻，“今天早上在《每日电讯报》上的公众形象棒极了。但我一直不知道你对诗歌有兴趣。”

史黛拉对着董事长微微一笑，然后发出了一本正经的笑声。

“白痴记者想要弄点花边新闻出来，”她说道，“那只是我女儿的一些东西……”

越过他的肩膀她正在查看新到来的人里面有没有莱斯，但是每次大门打开，到来的都是其他人。她觉得她会感到的欣慰并没有到来。相反的她为他不在这里而感到绝望。她有长达五天没有见过他了，心不在焉的感觉迅速向她袭来。并没有像诗里写的那样，像针一样穿过了她。而是用毛毯把她紧紧地闷住。只有看见他的样子才能让她再一次呼吸，让她感觉好一些。

大门再一次被打开了，这一次出现的是贝拉，看上去她相当漂亮，心情也很愉快。一开始史黛拉没有看见站在贝拉身后的莱斯。然后她看见他对着她耳语了些什么，贝拉转过身去，看着他哈哈大笑。

不，史黛拉想。

莱斯的眼睛盯着贝拉，他没有抬眼向前面的室内看上一眼。他拿过两杯香槟，然后递给贝拉一杯。

史黛拉接过了一个女人托盘里的一块微型鲑鱼馅饼，并不是因为她想要吃这个，而是想给自己找一点事情做。馅饼卡在了喉咙里，她喝了一大口香槟把它冲了下去。

“不。”她大声说了出来。

“你不这样认为吗？”约翰爵士吃惊地看着她。他正在谈论着圣诞节在瑞士滑雪胜地格斯塔德的滑雪。

史黛拉不得不做出的解释被一阵金属敲击水晶玻璃杯的声音拯救了。詹姆士看起来准备要发表一个讲演。

史黛拉仔细地看着他，觉得他看上去完全在控制范围内。也许他还没看见贝拉和莱斯是一起到来的？或者也许史黛拉在那个宴会上听错了那个小孩的话？也许是她没有了解到真实情况？如果詹姆士确实是和贝拉在偷情那么他不会邀请她来他的家里吧？或者也许这只是一件对他们两个来说都是短暂和龌龊的事情，并不算数的。

詹姆士在感谢希拉里并给董事长敬酒的时候，贝拉正拉着莱斯的袖子从房间的一头走向另一头。这种占有性的动作让史黛拉觉得很糟糕。你千万不要拽同事的袖子，除非你和他上过床。这个史黛拉激动的脑子当场发明的原则毫无争议地打击到了她。

莱斯在转过身去喝第二杯的时候碰到了史黛拉的目光。他并没有微笑或者对她做出任何的反应。

贝拉试图和她谈论《每日电讯报》的采访，像一个真正的妓女一样用那种看着就讨厌的天真无邪的眼神看着她。史黛拉想要走开，但是希拉里加了进来，让逃离变成了不可能。

“芬恩是今年参加入学考试吗？”她问道。

“是的，但是他并不是很努力。”史黛拉含混地说道。

希拉里开始说他们的大儿子是如何走向温彻斯特的，预科学校的校长说他会很轻松地通过考试。有个问题就是她并不确定这对他是否是正确的，但是詹姆士已经对此下定了决心。

史黛拉想了一下芬恩，他很有可能通不过考试，还有查尔斯，完全远离他儿子的学校教育问题，看起来有一个不可忽视的事实——他根本就没受过教育。

然后贝拉接过了话题，谈论起关于教育她女儿的一些个人感受。她那以自我为中心的想法和妓女是一样的，史黛拉想。

她找了个离开的借口，对这个宴会向希拉里表示了感谢，然后走去取她的外套，但是她直接走向了莱斯，他已经喝得醉醺醺地站在那里摇摇晃晃的了。

“很高兴见到你。”他说道。

史黛拉难以置信地凝视着他。

“你是想要伤害我吗？”她说道。

“我不知道你为什么这么生气，”他说道，“我所能做的就是爱你。”

史黛拉苦笑了一下，然后开始了哭泣。

“我得出去。”她打开了通往一个铸铁栏杆阳台的黑色的大门，莱斯没有跟过去。

下到花园里听见一个男人的声音正在说：“过去的两周对我来说是非常的艰难。”

然后停了一会儿，有人说了些什么，但是史黛拉没听清楚。

“这不公平。我不擅长这个——只是我不显露出来并不意味着我感觉不到它。我很想念你，从某种程度上来说这是难以置信的。我完全没做好承受这个可怕感受的准备。”

然后花园里陷入了寂静当中。

一贝拉一

宴会后的第二天贝拉带着宿醉的剧烈影响坐在她的办公桌前，有一点困惑，觉得事情虽然并不完全是好的，但是也比之前的要好得多。这是几周来第一次她进入办公室感到了一些曾经的兴奋。她有一点小小的失望，詹姆士早上没有给她发短信，但是仍然足够明确地感到他在花园里说的那些拙劣的话是诚恳的。他说他想要她，还有没有她让他"太他妈的悲惨了"。可以肯定的是他并不会这么快就改变他的心意。

正当她坐下来进行一些工作的时候，她的电话响了起来。詹姆士家，来电显示着。贝拉觉得这太奇怪了，因为她看见他的公文包在他的办公室里，这暗示着他在公司里面。

"哈罗。"她温柔地说。

但是声音并不是詹姆士的，是希拉里。

"感谢昨晚宴会的招待，"贝拉用一种更活泼的语调说道，"办得非常棒。比起我们公司办的圣诞晚会要好太多了。我度过了一个美好的晚上，但是我肯定喝了太多的香槟，因为今天早上我为此付出了代价。"

那些词语脱口而出，即使贝拉的耳朵听起来它们也是细弱无力和错误的。短暂的停顿之后希拉里说道："你觉得自己开心吗？"

她的声音缓慢而厚重。

"抱歉，你说什么？"

"你觉得自己开心吗？"希拉里重复一遍。

"呃，我不太明白你的意思。"贝拉说道。她一阵恐慌，希望如果她不再继续说下去，那么瞄准她的子弹会稍微偏离原定目标一些。

"你肯定明白我的意思。你完全明白我的意思。"

"恐怕我不明白。"

"好吧，那么我不得不告诉你。你和我丈夫上了床。就是你，和他一起在车里的人。就是你，和他一起在大东方酒店的人。你们在纽约上床。就是你，化名比尔存在他的手机里面。就是你，昨晚来我的家里，穿着下贱的妓女才穿的裙子站在那里，然后和他在花园里拥抱接吻，我的花园！！"

"不，"贝拉说道，"不，我觉得自己不开心。"

希拉里无视这句话。

"我从未看错过人。当你夏天拿着门票送来给我的时候，我就知道你是个麻烦。你对你所做的有什么想法吗？看看竞争对手？来瞧我有多老了？你觉得在男人中年危机的时候来勾引他们是明智的吗？你觉得背着他们的妻子和他们偷情然后如此礼貌地和她们在电话里谈话是明智的吗？当然我也因为他的软弱而责备了他，但是你绝对是品行不端。你根本不知道你毁掉了一个女人的生活。"

希拉里在电话里哭泣了起来。

"我很抱歉。"贝拉无力地说道。

咔嚓一声，希拉里挂掉了电话。贝拉放下电话走进厕所里，跪在小隔间里，感觉强烈的不舒服。

史黛拉

史黛拉在史蒂芬的办公室里，这时有个电话找史蒂芬。他的私人助理拿着电话快速走了过来。

"很抱歉打断你们，但是这是詹姆士·斯汤顿妻子的电话。她说这很紧急。"

史蒂芬拿起了电话。

"你好啊希拉里，"他平静地说道，"昨晚的宴会很了不起。非常感谢——"

史黛拉看见他的脸色从虚情假意不耐烦一下就变成了惊恐。

"噢，天呐。"他说道。

他站了起来转过身去凝视着窗外，史黛拉只能看见他的后背。

"哦，天呐，我知道了……呃，不，我绝不宽恕这个。显然不是。你想让我和他谈谈吗？请听我说希拉里。瞧，我非常的抱歉。这是一个尴尬的局面。请不要哭了。希拉里……你在吗？希拉里？"

他闭上了眼睛，叹了口气然后放下了电话。

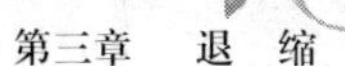

“怎么回事？”史黛拉问道，其实她很清楚发生了什么事。

“我不应该告诉你，虽然我认为你会有一些猜疑。”

他说的最后一个词语带着一股领袖的傲气，好像这就让他自己和那肮脏的事实本质保持了距离一样。

“要对詹姆士做点什么事吗？”

“那个愚蠢的白痴和他团队里的某个人偷情了。这就是为什么她妻子哭哭啼啼又气得咬牙切齿。”

“噢，天呐，”史黛拉说道，“但是为什么她要告诉你？”

“我真的觉得她不明白自己正在做什么。她在条理不清地喋喋不休。她很显然看见她的丈夫昨晚在花园里热情地和一个年轻女人紧紧拥抱在一起，这可不是一个令人愉快的景象。我猜她打电话给我是因为一时情急之下忘记了‘复仇最好是一道冷菜’这句老话，诸如此类的。”

他暂停了一下然后继续道：“有趣，我觉得昨晚进行得很完美。每个人在圣诞晚会上都表现得非常好。不过，谁也不知道表面下面进行的是什么。止水，有人会这么说。”

史黛拉无视这个卖弄：“她期望你解雇他吗？她肯定不想吧？”

“不，我觉得她是期望我解雇那个女孩然后向他提出严重警告。虽然我不认为她彻底想清楚过这件事。她只是处于荷尔蒙失调时期。”

然后，就好像忽然发现他正对着一个女性在说话，史蒂芬说道：“无意冒犯你。”

尽管如此史黛拉还是想要大笑。无意冒犯正是芬恩对她说她看起来很老了，或者她煮的食物比保姆的更烂的时候的开场白。

“告诉我，史黛拉，我该做些什么呢？我们都是成年人了。我并不指望所有人都成为天使。天知道，我自己也不是。”

他用一种让人不舒服的暗示方式看着史黛拉。

“但是我真的期待人们有正确的判断力——品味——而不是和一些他们提升上来的下属鬼混。”

史黛拉忍住了。

“所有人都知道这个偷情了吗？你知道吗？”

“好吧，我是有一点怀疑。”史黛拉说道。

“为什么你不告诉我？”

“因为——”史黛拉正准备开始说，但是史蒂芬打断了她。

“我知道为什么了。因为这不关你的事。”

史黛拉犹豫地点了点头。

“瞧，史黛拉。你是一个正直的人——我很肯定你很难想象人们是如何把自己搞进像这样的混乱局面中去的。但是他们却做到了。如果这类的事情泄露出去看上去就非常庸俗。我觉得我们需要一个策略来掩盖这个。我觉得我要跟罗素谈谈这个。”

“你真的觉得让人力资源部卷进来是个好主意吗？”史黛拉谨慎地说，想起了她最近和罗素的谈话。

“你是对的，”史蒂芬点点头，“这件事我们不需要人力资源部的死亡之手。你可以起草一份什么东西然后和罗素联系一下吗？同时我要去和詹姆士谈谈。实际上这不是我的工作职责。全球化石油公司的CEO任务之一——告诉他们的高层人士把他们那该死的裤子穿好。”

贝拉

詹姆士叫她进去。他看起来很古怪。不是发狂的样子，只是很僵硬严肃。他的眼睛里一片死灰。

“你应该知道了。”他说得很慢很刻板。

“昨晚希拉里看见我们两个在花园里了。”

“她给我打了电话。”贝拉说道。

她仍然在发抖，说话很困难。詹姆士看起来像没有听见她说话一样继续用同样的单调声调说道：“她用愤怒和敌意回应此事，这也许不足为奇。我向她保证你将会被立即调去担任另外的职务。”

贝拉惊骇地盯着他。这就是那个她爱着的男人。就是这个人15个小时前在花园里告诉她，他爱她，还有他无法忍受离开她。她明白他被吓坏了。但是她无法明白为什么他看着她好像她得了肮脏的传染病，需要和她保持距离，害怕他会感染一样。他甚至不能，她怨恨地想，分一丝关心给她，或者考虑一下她的感受，了解一下他的妻子在电话里野蛮地大吼大叫是什么样子的。她的痛苦只是没有流露出来而已。

“我们打算另外帮你找一份工作。我会保证是份不错的工作。实际上我会询问史黛拉是否要接收你。”

“我不是一个包裹。”贝拉说道。

他看着她，这一刹那她觉得他脸上的假面具将要滑落下来，他快要哭出来了。

“不，”他说道，“你并不是一个包裹，贝拉。我是知道的。”

然后，过了一个短暂的沉默，他说道：

“我爱你，你知道的。”

爱。一个字，在这一刻改变了原本是最痛苦的事。

史黛拉

史黛拉很愿意和詹姆士就此事进行一次谈话。她会说：“我觉得我明白你的一些感受。简直就是地狱。我不是在责备你，我同情你，为所有这些可怕的一团糟的事情感到抱歉。”

但是她并没有这么做。不是因为她觉得詹姆士会说他现在也许是一个奸夫，但是不是一个长舌妇，而是因为她害怕他的回应。这很正常——或者这被认为是很正常的——一个男人和比他年轻得多的私人助理偷情。但是如果换成女人来做同样的事情，那就会被视作不正常。

然而她如此不顾一切地想要告诉一个了解她现在非常不好的心情的人，虽然她可能冒着被他愚弄，甚至是被他厌恶的危险。阻止她没这么做的是当她走进他的办公室时，她看见了他脸上的表情。

他整个人看上去一片空白。没有悲痛的迹象，甚至也没有尴尬。她昨天在花园里听见了他说的那些话，尽管说出来的方式有一点笨手笨脚，但是她相信他说的都是诚心的。毫无疑问他正处于某一个痛苦级别；但如果他坚持要像这样戴着一个面具，那么他肯定是和她处于同一痛苦级别。

“史黛拉，”他说道，“这有一点敏感，但是我希望你能帮我一个忙。”

史黛拉点点头。

“贝拉·钱伯斯，一个帮你最近那个采访写过简报的人，出于私人原因需要从我的部门调走。我真的不想解释细节问题，但是我确实不希望她回到秘书室，为不是她的错而受到惩罚。我想知道你的组里有没有什么空位……”

史黛拉回想起了昨晚宴会上她对贝拉强烈的厌恶感，尽管结果证明她的猜测很可能是没有依据的，但是依然留下了坏印象。她绝对不想这个漂亮的女孩坐在莱斯的旁边，虽然莱斯本身可能很快就要调走。

“我很抱歉，”她说道，“我已经有私人助理和执行助理了，看起来已经足够了。”

“史黛拉，”他说道，“求你了。就没有什么研究项目了吗？她非常聪明和热情——”

最后一个词，带着无意识暗讽在他们之间徘徊了一会儿。

接着他用稍微有点不同的语调说道：“昨天的《每日电讯报》上面说你不断地提升了一个年轻的男人？这可能需要澄清一下真相吧？”

史黛拉仔细地看着他。他在说什么？他知道了吗？

“那些都是胡扯，”她说道，“但是，好吧，如果这能帮到你，也能帮到她，我会接收她的。”

“谢谢你，史黛拉。”他说道。

贝拉

贝拉敲了敲史黛拉的门，里面示意她进去。

史黛拉坐在她的桌子前，冷静地在她的键盘上打着字。她的生活看上去如此的稳定，贝拉想，如此完美，如此快乐。大概史黛拉知道了所有的这些肮脏的细节，正准备严厉地批判这个和上司睡觉的愚蠢得需要拯救的私人助理。这真是太丢脸了。

贝拉回想了一下昨晚，史黛拉听到了她和希拉里的谈话。她的评价不知道有多低，肯定是。

这是种特别的痛苦——贝拉仰慕着史黛拉，想要让她喜欢自己。当她递交多元化数据给她的时候，史黛拉在整理那些华丽而无意义的话上面是那么的聪明。她是不拘小节的但是她同样也是可怕的。也许是因为她给自己订下了如此高的标准，她没办法明白其他人是如何把他们自己的生活搞得一团糟的。

"我了解到，"史黛拉说道，"你结束了在对外关系部的研究阶段，然后对经济学很感兴趣。詹姆士说你是一名聪明的语言学家，你事情上手很快，你的前途非常光明。他说你应该成为管理培训生。"

贝拉勉强微笑了一下。他的这个关于她值得进入管理培训生计划的想法如果早几个月告诉她的话，她会非常开心的。现在，她既不相信，也不在乎了。

"我看过你最近的工作和发展计划，"史黛拉继续说道，"我觉得你有很多技能可以让我们用上。我这里没有马上能给你安置进去的工作，所以现在我想让你去帮助娜塔莉，还有帮助我以及部门里其他成员完成项目。这份工作此刻的定义并不明确，但是如果你愿意的话，我们会找一些事情来给你做的。"

"谢谢你，"贝拉说道，"我真的很感谢这个。"

史黛拉微微一笑。

"这完全是出于自私的关系，"她说道，"我需要好的人才。唯一剩余的桌位是和娜塔莉一起，不过你不需要做私人助理的事情，因为娜塔莉比你想象的还要能干。我希望这样没问题吧？"

"谢谢你。"贝拉又一次说道。她的眼睛里充满了泪水，声音也颤抖了。她觉得自己快要哭了。为什么当人们在工作上对你很好的时候他们会把你弄哭，而当他们讨厌你的时候却要保持你的尊严呢？

"你还好吗？"史黛拉问道。

贝拉努力控制着自己。

"我今天被羞辱了，让我觉得自己像一块毫无价值的废渣一样。只是当有人对我表示善意的时候我被震惊了，特别是像你这样的人。我打赌你这辈子从未做过这么愚蠢的事情。”

“噢，我做过。”史黛拉突然说。

贝拉觉得她看起来有点古怪。是因为她被贝拉悲惨的命运感动到也想要哭泣吗？心肠如此的软真是让人意想不到啊。但是当贝拉正在想这个的时候，史黛拉猛的一下站了起来，快速地说道：

“娜塔莉会整理出你的办公桌之类的。”

贝拉把她在对外关系部桌子上的东西都放进了一个大纸箱里好搬走。她收拾到一半的时候不得不跑去厕所里独自流泪。她所感受的痛苦正起伏不定。她刚感觉正常了一点，过了不到一会儿她又会感到自己好像被混在痛苦之中的内疚和愤怒的卡车所撞倒。当她把最后一支钢笔放进盒子里时，莱斯走了过来。

“我猜你知道了。”她说道。

他点点头。

“所有人都知道了吗？”

他再次点点头。

“他们说了些什么？”

他耸耸肩说道：“没说什么。”

“我不信，”贝拉说道，“我猜他们说了很多很多。每次我走进房间里的时候，人们齐刷刷地闭嘴看着我。如果不是我这么痛苦，我真的会介意的。我猜他们正在说我是个白痴。”

莱斯对此不置可否。

“你觉得我是个白痴吗？”她问道，一边捡起一张米莉六岁时候她们一起手牵手照的相片放进盒子里。

“是的，”他说道，“很明显你是的。但是现在我们都是白痴了。”

“你不是的，”她坚持，“或许在某种层面上说你是的，但是你绝没有蠢到和一个不仅吸引你而且还是你上司的人偷情。没有比这更蠢的事情了。”

“不，”莱斯说道，“这不是最蠢的。”

他说这句话时带着大量令人惊讶的情感。为什么他要戳人痛处，她非常惊讶。

“为什么要这么做？”他问道。

贝拉抬头看见詹姆士正坐在他的电脑前面，眼睛死死地盯着他的屏幕。

“我不能在这里和你讲。你愿意跟我下楼去食堂喝杯茶吗？”

于是他们一起走去了电梯，贝拉不仅感觉到安西娅的目光，还有整组人的目光都在注视着他们。

“你真的想知道为什么吗？”当他们在食堂里端着那杯她一点也不想喝的茶坐下来的时候，她说道。

“是因为我厌倦了那种愚蠢小屁孩，要么用眼神恐吓我，要么应付不来米莉。要么喝八品脱啤酒然后吐掉。詹姆士不是这样子的。我钦慕他。他钦慕我，或者至少我是这么觉得的。”

“实际上，”莱斯说道，“我觉得他是个笨蛋。看起来有什么东西捅了他的菊花。”

贝拉微笑着。她非常生詹姆士的气，其他人蔑视他的看法让她感觉好一点了。

“没错，”她说道，“我不知道我自己在做什么。也许只是亲近，或者也许是工作非常的枯燥，做一些被禁止的事情很刺激。但是并不是说我准备动手去做这件事，实际上我是准备不做这件事。但是他对我非常好，还有我的虚荣心也得到了满足，所以我觉得为什么不呢？”

贝拉知道这并不是真相。但是她并不打算告诉莱斯她有多爱詹姆士，甚至现在，甚至在这谈话的时候她依然希望着——有时甚至是渴望着——他会回到她的身边。她也不打算告诉他事情的另外一个版本，就是她有时觉得是真相的一个：她爱上了他，于是想要他也爱上她，想方设法强迫他忘记他的内疚。她挑逗了他的脆弱，就像希拉里说的那样。

“你说得对，”贝拉继续道，“我是个白痴。还有，猜猜怎么着了，总是女人来为此买单。没有人建议詹姆士调去其他什么地方。我被打包送去干一个完全不同的工作，还要被期待为没有被炒鱿鱼而心存感激……”

“这是一个让人难以置信的性别歧视观点。”

“这可能是性别歧视，但是同样也是真相。你知道有多少男人遭受着因办公室偷情带来的破产吗？”

“我没数过。但是不管怎么说你是错误的。你被丢弃的原因并不是因为你是女性，而是因为在食物链上你比詹姆士要低。”

“好吧，是的，之后的情况总是如此的，对不对？有多少女人和她们的男私人助理约会呢？”

“有道理。”莱斯含糊地说道。

史黛拉

在圣诞假期前的最后一天，史黛拉去医生那里复诊了。这一次她坚决要求约了她自己的通科医生（非专科的“通科医生”或称“全科医生”，是不分专科的普通科医生。对轻微病人，通科医生可根据诊断直接开具药方，让病人到外边药房购药。如病人需要上专科医院或看专科医生，则由该通科医生开转院单，介绍其到指定专科医院就诊，译者注），一个50岁的女人，曾经见证过史黛拉的两次怀孕，但是之前并不是经常见面。她坐在候诊室里，拿起一份《金融时报》，凝视着头版。

《八国集团部长寻求经济复苏之策》，上面写道。她想要读一下这篇文章，但是却看不进去。过了一会儿叫到了她的名字，然后她走进了医生的诊疗室。

“有什么需要帮助的吗？”医生问道，眼睛从老花眼镜的上面看着史黛拉。

“我睡不着觉，”她说道，“我还有一点焦虑——但不是一直是——有时刚好一点恐惧又像波浪一样袭来。我常常忽然控制不住地流泪。”

就好像要证明这一点一样，她开始哭泣起来。医生递给她一张纸巾。

“很抱歉。”史黛拉说道。

“是不是发生了什么事情？”医生问道。

“不，不完全是，我只是压力太大忙不过来了。我被提升到了新的职位，圣诞节又临近了，我丈夫的母亲又不太好——”史黛拉说道。

医生正在电脑屏幕上看着史黛拉的病例，毫无疑问地看见了她最后一次的记录，三个月前的那次耻辱的就诊记录。

“另外还有一些事情已经有——”史黛拉踌躇着想了一下合适的用词，“——不稳定的因素了。我和工作中的某个人偷情，不过现在已经结束了。”

医生点点头。

“我明白了。”她说道。

史黛拉发现把真相公之于众并没有解脱。这个坦白听起来完全是乏味的，单调的，完全是她自己造成的。

“这是一场混乱，”史黛拉说道，“我从未打算这样做过。但是它劫持了我的生活还有——”

她又开始啜泣了起来。

“——有时我觉得我快要疯掉了。”她说道。

医生递给她一个夹在板子上的表格，告诉她填写一下。一共有20个问题需要她填写上“强烈同意”，“同意”，“不确定”，“不同意”或者“强烈不同意”。

史黛拉用纸巾轻轻地擦了下眼睛，然后看着第一条问题。

比起以前对于同样的事物我得到的快乐比较少。

史黛拉在“强烈同意”上打上了钩。多蠢的问题啊。

我很难入睡。

她又在“强烈同意”上打上了钩。

我常常没理由地感觉忧伤。

实际上她感觉的比忧伤还要多，她的感觉是阴郁，但是她是有原因这样的。然后她继续填写着问题，直到她读到这个问题：

我想要自杀。

她并没有想自杀，但是如果她不得不填写更多像这样愚蠢的表格她也许会朝那个方向发展下去。

史黛拉把填写完的表格还给医生，医生看着答案开始告诉她到底发生了什么，从一开始说起：她正遭受着焦虑症，抑郁症以及失眠症。她给

贝拉说基本上搞定了，尽管她还在不断地给米莉买更多的东西。她想要今年的圣诞节过得非常好。

史黛拉从她桌子后面拿出一个Reiss的袋子递给她。

“也许你有某个对象可以给他这个？这是我给查尔斯买的外套，但是尺寸不对，而我又找不到收据了，所以如果你拿去的话我也是个解脱。”

贝拉看看里面，是一件浅灰色的羊绒外套。她没有人可以送出去，但是觉得她也许可以自己穿。松软的羊毛看上去很舒服的样子。

“我不能接受这个，”她推辞说，“你家里人肯定会有其他人喜欢这个的。”

“拿着，”史黛拉几乎是在严厉地命令，“你这是在帮我一个忙。”

贝拉拿着袋子回到了办公桌前，然后在Google里面输入了“爱情契约”，然后读到：

> 爱情契约是预防办公室恋情所签署的一份契约，它减轻了公司的责任。如果一个管理人员选择和下属员工约会，建议他们通知人力资源部。在这种情况下，此管理人员应该为该员工更换到其他空闲工作岗位。

她怀疑地把这个政策滚动拉到了底部。爱情契约对于它本身的“爱情”两个字只字未提，对于需要付出的情感代价也保持沉默。这次这件事情的代价是巨大的而且是由她独自承担的。

她失去了他，想念着他。她永远不会再得到他，这个念头让她非常难以接受。

贝拉拿起一周前为他买的但是还没有决定是否要寄出去的圣诞贺卡。在深思熟虑之后她在里面写道：

> 亲爱的詹姆士，我希望你度过一个愉快的圣诞节，还有希望你家里一切都安好。
>
> 爱你的贝拉 吻你

但是她不希望他有一个愉快的圣诞节，她也不希望他一切都好。她把卡片撕成了两片然后丢进了垃圾桶里。

正在这时，她的电话响了起来。詹姆士，来电显示写道。贝拉的心都要跳到嗓子眼了，她点开了短信。

你好。

并不是一个热情的爱情宣言。但是这是他意志上的一次动摇?

她拥抱了一下自己。这一个单调的词语一下就把她的绝望变成了乐观。她后悔撕掉了卡片。

她回短信道。

你好。

仅仅过了一小会儿，另一个短信到来了:

你今天下午干什么呢?

她回复道:

工作。

过了一段时间什么也没发生，在此期间贝拉开始后悔她无礼的回复。大概十分钟后又来了一条短信:

大东方酒店——现在可以吗?

这是她最想要的事情了，但不是像这样的方式。她想要他说他们之间的关系是很珍贵的，珍贵到无法放弃。她需要他说抱歉并且赎罪。她不能接受如此粗野的邀请。

不，对不起，我很忙。

她靠在椅背上等着另一条企图说服她的短信，但是没有等到。贝拉开始恐慌了。她很期待这个来了但是她却搞砸了。她开始起草另一个，另一个更友善的短信，这时她的电话又响了起来。

求你了。

不假思索地，她回复道:

好。

她拿上了那个袋子，然后对娜塔莉说:“米莉生病了，我得去学校接她。”

在几个月前她不会考虑像这样利用她的女儿，但是在她现在的情绪下，贝拉根本不在乎。她也不在乎娜塔莉是否会相信她。都是无关紧要的。她跑过街道，根本不等门童帮她旋转开门就自己推门进去了。

詹姆士正在用金色和银色枝条装扮起来的电梯边等她。

“谢谢你，”他猛地抱住她说道，“谢谢。”

他轻轻地说道：“圣诞快乐，亲爱的。”

贝拉闭上了眼睛，把头埋在他的外套里微笑着。她从完全的痛苦当中脱离出来进入了完全的幸福当中，虽然只有仅仅的一个小时。他之前从未叫过她亲爱的。这肯定意味着他将不会放弃她。

那天下午在酒店的房间里，被成套的橡木家具以及裤子烫板、电水壶还有迷你酒吧包围着，贝拉有了她这辈子最激烈的性欲。这一刻她觉得这个男人是属于她的，只属于她的。他爱她，这种感情从某种程度上讲比被发现的羞辱更浓烈，比被他妻子发现的痛苦和他孩子们不了解的愤怒更浓烈。

“你觉得，”她说道，“这间房子有见过这样的幸福吗？”

詹姆士没有说话。他从她身边走开了，但是这一次并不是要躲进他的内疚仓库里，他正从他的办公包里拿出一件东西。

“这是你的圣诞礼物。”

从他的袋子里他掏出另外一个Mappin & Webb的盒子。贝拉打开了盒子。里面是和那条项链相配的耳环。

“它们真漂亮。”贝拉说道。

她怀疑他的公文包里面还有更大的一对耳环等待着送给希拉里，但是她把这个想法抛开了。

“我也有东西要给你，”她说道，“很抱歉我没有时间来把它包装一下。”

贝拉拿出了Reiss的袋子然后递给了他。

“圣诞快乐，”她说道，“我爱你。”

史黛拉

史黛拉的圣诞过得很凄惨。安眠药帮助了她入睡，但是抗抑郁药让她觉得头晕眼花意识模糊，所以她停止了服用。

在平安夜那天她带着孩子们去萨默塞特宫滑冰，她自己也穿着溜冰鞋，动作僵硬地沿着溜冰场慢慢滑行。有那么一刹那，她觉得她看见了莱斯在冰面上滑行。但那只是幻觉，那个人没有他那清澈的蓝色眼睛还有他的邪笑，总之这是另外一个人。

她不得不连续六天没和他有过任何联系，除了圣诞节那天一条短信。在午夜的时候，当所有人都爬上床的时候，史黛拉精疲力尽，卸掉长时间伪装成高兴的假面具后，给他发了一条短信，写道：

圣诞快乐 X

他很快就回复了同样一条短信，但是末尾没有X。除了这个让她觉得非常严重的错误，她努力让自己沉浸在她的家庭中。她给他们展示圣诞礼物和请他们吃饭，但是她越努力感觉就越糟糕，因为她犯下的错误大到无法逃脱。这里已经有一个苦恼的大坑，将她和她的家人隔开来，一个她无法想象永远无法填满的坑。

新年的第一天是最萧瑟和寒冷的一天。孩子们无聊地在一起疯打着玩，而史黛拉则躲进了她的书房里处理一些工作。但是她无法把注意力集中在那些圣诞期间到来的邮件上面，相反她写了一封信给他，只是告诉他她正在做的一切是什么，她知道她永远不会把这封信发送出去。

她甚至在google里面搜索“心碎”，然后点击了搜索结果里面的第一个网页。

多休息。洗一个温馨的香水浴。引诱你自己吃健康的、美味的食物。或许买一些奢侈的羊绒睡衣还有一个皮制的热水袋。这是一个你需要放纵和安慰自己的时刻。

史黛拉反感地关上了电脑。她已经走到了一个那么寒冷的地方，即使是最温馨的香水浴或者最温暖的热水袋也起不了什么作用。

—贝拉—

圣诞假期仿佛漫长得没有尽头一样。詹姆士已经在他威尔特郡的房子那边了，告诉过她给她写邮件会很困难希望她能够理解。

她才不理解呢。他又不是和他家人用脐带连在一起的；她知道他在家的时候会不断地查看他的黑莓手机来处理工作邮件，那么给她发一封古怪的邮件不会有这么难的。

在圣诞节的最后一天，当贝拉带着巨大的愤怒和更沉重的心爬进在她母亲家里她儿时的床时，他的名字出现在了她的手机屏幕上。

圣诞快乐！这边没什么事情发生。惯例的疯狂大采购。希望你有一个愉快的节日。

詹姆士。

贝拉看着这个先是愤怒转而又变成了疑惑。这是他能做到的最好了吗？这还不如没有短信呢。

她回复道：

不，我没有度过一个愉快的节日。我的圣诞节糟透了，还和妈妈大吵了一架。克桑在平安夜神志不清地出现在她的门外，妈妈让他进来了，因为她还不知道毒品的事情。

但是，罪魁祸首不是这个，而是来自于你身在幸福家庭圣诞节的遥远的冷漠。我对你来说并不是一个人的存在。你只对你的工作感兴趣。我要退出这整件事情……

她等了一个半小时收到了他的回复。上面写道：

这不公平。这是一个棘手的局面。如果我不在乎你，我会很早以前就退出了，很早以前。我觉得我们两个都需要为此好好考虑一下。星期二我们一起吃顿午饭吧。

詹

史黛拉

史黛拉是第一个来到办公室的人。她走过莱斯空荡荡的桌子——他在节前就打包好了——但即使看着这些他肯定碰过的成堆文件，依旧让史黛拉感到焦虑。

这个假日里她始终渴望再一次见到他，但是在这个他随时都有可能走进来的时候，她又觉得还没做好见他的准备。

娜塔莉检查了大部分节日期间到达的信件，然后装进一个标着“紧急”的信封里，有40或者50封信件亟需史黛拉处理。史黛拉看着这些邮件觉得根本一点也不紧急。她打开了第一封。

亲爱的史黛拉，

我只是想和你联系确认一下你是否会来参加周四在多尔切斯特举办的“年度商务女性”的晚宴。很明显这里有很多媒体对此感兴趣，同样我相信你知道我们从不提前公布获胜者。但是我可以这样说吗，你的到来是相当重要的。可以尽快答复我吗？你不会失望的。

祝一切都好。

克洛伊·伍德斯托克

史黛拉看着这个，心中感到了惊恐。她不想要成为年度商务女性。这不是她应得的，她不配这个头衔。她不想引起更多的关注。她想在石头下面慢慢爬行，直到她开始感觉好转。

刚好9点的时候，莱斯穿着一件他肯定是在商店里买的新外套出现了。她甚至有了这样一个想法，他出去购物都没有告诉她，还买了这件令人不快的外套。这是一个他继续原本生活的迹象，而她原本的生活依然停在死去的那一刻。她等着他过来问好，但是他并没有这样。一个半小时后，当他走进她办公室来讨论今天的工作的时候，她问道：“你圣诞过得还开心吗？”

“是的，非常棒，你呢？你的还好吗？”

“哦，是的，”她说道，“非常棒。”

他们两个站在她的办公室里，彼此之间隔了一些距离。这比起史黛拉担心成为的样子更糟糕。

“莱斯，”她快速地说道，“我想我赢得了今年的商务女性大奖。可以请你帮我写一份5分钟的获奖感言吗？”

“好的，”他说道，“当然。”

然后当她转过身走开的时候，听到他好像想起来似的大声说道：“恭喜你。”

贝拉

周二，当贝拉走进公司的时候，詹姆士已经坐在他的办公桌前了。他理了个发，她可以看见他粉红色的领口。当她经过他办公室的时候他微笑着看着她。一切都会好起来的。他昨晚给她发了一封邮件，里面有他圣诞期间照的照片，他倒在沙发上大肚子看起来特别的圆，他的面颊红润头发凌乱。他的信上写道：

觉得这个可能会逗笑你。我不明白你怎么会喜欢一个看起来像这样的人呢？我很期待我们的午餐。我在圣约翰餐厅订了下午1点的位置。

詹 吻你

她仔细看了看照片，觉得这看起来很甜蜜。

为什么我喜欢你是一个不可思议的事情，但是我就是喜欢，贝 吻吻吻你

贝拉先到餐厅，被带去了两个面色红润男人旁边的位置。詹姆士几分钟后也到了，立即赶到了她在的桌子弯腰亲吻了她。

贝拉低头看着菜单，上面全是那种她从未想过要吃的可怕的东西，比如脑髓和猪蹄。她点了一份马鲛鱼和红叶卷心菜，并不是因为她喜欢吃，而是因为她在圣诞节的时候在杂志上读到一些文章说吃马鲛鱼对大脑有好处。

“贝拉，”他说道，“你有一双迷人的眼睛。我猜其他人经常告诉你吧？”

“是的，”她说道，“他们经常说。”

“贝拉，”他说道，“我有一些事情想要告诉你。有些事情我觉得我们需要讨论一下。”

“是的。”贝拉赞成道。

她心里想着：他是要打算告诉我正要离开他的妻子。

侍者拿过来一篮面包，然后做了一件很棒的事情，把贝拉的餐刀换成了鱼刀。当侍者在做这个的时候，詹姆士一句话也没有说。

当侍者走掉以后，他松了口气：“圣诞节期间我好好地考虑了一下，我已经作出了最后的决定。”

她期盼地等待着。他看起来很难开口说话，考虑到所有的事情，这并不奇怪。他数次张开了他的嘴，却什么也没有说就又一次闭上了。

然后，他鼓起勇气似的说道：“我们不能继续下去了。”

贝拉觉得好像胸口被压上了一块石头一样。让她呼吸困难和不舒服。她什么也没有说，而是点头，不断地点头，石头感觉越来越大越来越沉重了。

“你看，”他说道，“我考虑过了。上一次我逃脱了。希拉里非常的生气和警惕而且还受到了很多的伤害。她没有原谅我——还没有——但是她给了我另外一次机会。但是如果我继续下去，我会被抛弃的。我不断地想着住在单间配套房里，再也不能去看我的孩子们。如果这发生在我身上我无法原谅我自己。你没有拿米莉来冒险，她是你的。”

贝拉继续点着头，很安静。别哭，别哭，别哭，她心里默念着。她看着她盘子里的东西。马鲛鱼青铜色的表面看起来很不吉利，还有它的肉质是浅灰色。她用叉子叉了一点举起来放到嘴里面。但是她的嘴巴很干，她吞不下去。

“这并不是一个容易作出的决定。”他继续说着。

她凝视着他。

“整个圣诞节期间我都在翻来覆去地思考着。你知道对我来说什么才是最重要的吗？”

不，她想，她不知道最重要的是什么，她也不想知道。

“这是考虑到在这个危机中我应该站在谁那一边。无论她有多少缺点，这个人也是希拉里。你知道的，贝拉，你有一次说过一个真正的有洞察力的事情——”

不止一次，贝拉想。她停止了点头，现在开始用惊骇的目光盯着他。石头已经长大，现在占据了她的整个胸膛和她胃的顶部。她凝视着红叶卷心菜。对她而言这看起来不像是食物。粉红的条块，蜷缩的材质，做成了一个漂亮图案的衬垫。衬垫，衬垫，她想，想要过滤掉他的言辞。她把面包撕成两半，但是没有放进嘴里。求求你，她想，让我到别的地方去吧。一个不用坐在这里听这个男人讲话的地方。

“你说过，”他继续道，“我的整个生活就是和希拉里一起。是的，没错。”

这真的糟得不能再糟了，她想。他露出一个怜悯的微笑，然后把手伸到了桌子下面。他的手指拂过她的大腿。

贝拉迅速地把椅子向后退了退。

“抱歉，”他说道，“我是在找你的手。”

手，大腿，有什么不一样，贝拉想。你休想再碰我一下。

“贝拉，”他又说，“我有很多话想对你说。但是现在时间和地点都不适合。”

完全正确，她一边缓慢地点点头。

“求你说点什么吧。这对我来说也很艰难。”他哀求。

这时她的眼里充满了泪水。他看着她，然后说：“贝拉，你会没事的。”

你怎么敢，她想。你怎么敢推测我是否会没事。

“我当然会没事的。”她用决绝的语气说。

“你有很多的朋友，你有你的家庭和米莉。”

“谢谢。我知道我有什么。”

“贝拉，你让我很为难。”

“我现在想要回办公室了。”她说道。

她看着她的盘子和几乎没有动过的食物。红叶卷心菜汇集了一摊紫血色的水，使得灰色的马鲛鱼肉也染上了血色。

“大屠杀。”她说道。

“你说什么？”

“没什么。”

詹姆士叫了侍者买单。

“一切都还好吗？”

侍者焦虑地看着贝拉的盘子问。她再一次点点头。

不，她想要哭泣。不，并不好。不怎么好，并不好。他不要我了。他不爱我了。

詹姆士把他的信用卡插进侍者手中的机器中，爽快地添上了小费——不多不少总是10%，贝拉得出这样的结论。在外面他拦了一辆出租车，拉开车门让她上车。

没门，她想。

“我宁愿走路。”她拒绝了。

他钻进了出租车。

从车后窗她看见了他的头。他转过来，向她挥挥手，微微带着笑容。贝拉干咳了几下喘息着。她想要坐在人行道上狂吼。相反她开始奔跑起来。他从未爱过我，她反复对自己喊道。他不要我了。结束了。结束了。完了。完了。在离办公室两个街区的地方她停了下来。她看着Robert Dyas（零售商店名字，译者注）的橱窗里面。手持式吸尘器特价只要8.99英镑。她转身走去办公室，但是看见史黛拉从办公大楼出来并向她这边走了过来。我不能这样，她想。我还不能面对任何一个人。

她躲进了店里。店员很期待地看着她。

贝拉拿起那个吸尘器然后走向收银台。店员对着她友好地微笑着说道：“外面太冷了。”

陌生人的友善，她想。

回到办公楼，贝拉看着在电梯里的镜子中的自己。糟透了，她觉得。她回到了她的办公桌前，期待能在键盘上看见一张纸条，上面写着：我很抱歉，我不是那个意思。她看着她的邮箱以为那里也不会有任何来自他的东西。然而里面有：一条消息。

亲爱的贝拉。很抱歉我看起来那么冷漠。这对我来说很艰难，我不认为我自己解释得非常清楚。我觉得我自己也承受了一点打击。我觉得我欠你一个更加深思熟虑的邮件，我会在我恢复正常之后及时发给你的。

詹姆士

她读着，想要从中抓住一些东西。他告诉她他感觉也很糟糕。然后她又读了一遍。他告诉她他期待要很快恢复“正常”。她永远不会期待恢复正常。

她坐在桌子前看着电脑屏幕。请发给我一封信说这是一个巨大的错误，她恳求道。你无法离开我。你说过你爱我的。你说过我让你快乐的。你说过我是bellissimo（最美丽的，这里是意大利语，译者注）。

她反复对自己说着这个，摆弄着她的键盘，此时另外一个邮件到来了。

贝拉救赎般地小小啜泣了一下，然后点开来，主题的分类——公文包——并不完全正确。

她读了起来。

贝拉。对此很抱歉。但是我之前有一点心烦意乱，我担心我可能把我的公文包丢在出租车里或者餐厅里了。我们离开的时候你看到过吗？

詹姆士

贝拉读着这封邮件，明白这就是终点了。

史黛拉

史黛拉走进女洗手间里去穿上她的ETRO名牌裙子。她上一次穿已经是六个月前了——最后一次穿是在她父母的金婚庆典上，那是很久以前了，那时她还是一个能干、幸福的女人，过着忙碌但是简单的生活。

现在这件裙子穿在身上有一点宽松，她的肩胛骨从后面突了出来，她的锁骨则从前面突了出来。她把一条闪亮的围巾裹在了身上，用上了三种颜色的眼妆，试图创造一个烟熏妆效果，但是紫色用得太多了，最终看起来就像有人揍了她眼圈一样。门打开了，詹姆士的秘书走了进来。

“噢噢噢，”她惊呼，“你看上去真漂亮，要去什么特别的地方吗？”

“去参加颁奖晚会。”史黛拉说道。

“你得了什么奖吗？”

“是的，”史黛拉说道，“我怕我真的得奖了。”

“恭喜你！绝对的当之无愧，我相当肯定。”

一辆小巴士已经预定好用来载史黛拉、罗素、莱斯、贝阿特还有五个不同的大西洋能源女职员，那是罗素必须要凑集起来在多尔切斯特颁奖会上创造出一种大西洋能源重要的多元化的虚假景象。史蒂芬是单独乘坐他自己司机驾驶的车抵达的，而查尔斯，他很惊讶史黛拉坚持让他来——的确，他无论如何也不想要缺席这场盛会——他是自己到会场的。

在他们经过接待室的时候油桶上的霓虹灯责备似地对着他们闪烁着。$42.45，上面显示着。

在巴士上莱斯滔滔不绝地说着上一次他穿戴黑领结去某个地方被人误认为是侍者还向他要两杯杜松子酒。只有罗素在大笑，而且他的笑是间歇式的。他看起来并不像侍者。他看起来很时髦，她想。他圣诞节过后长胖了，史黛拉觉得这很适合他。有些人在他们不开心的时候长胖——但是莱斯是不开心吗，她很怀疑。在最近的几天他没有再小心翼翼地和她进行客套似的谈话，甚至有几次还对她微笑。

但这并没有让她安心，这让史黛拉感觉很糟，就像暗示他的痛苦已经平息了，允许他对着她表现出正常和友好。

酒店的宴会厅里灯火辉煌，38张为每个付给主办方大量资金的公司准备的巨大圆桌放满了整个会场。大西洋能源的桌子是正对着前方的，史黛拉悄悄和其他人分开，去检视座位分布图。就像她担心的那样，她坐在莱斯旁边，另一边则是史蒂芬。她无法忍受在他们如此疏远的时候坐得这么靠近，于是她把他的名牌和查尔斯的对调了一下。查尔斯可以保护她。但是他人在哪呢？

当宴会开始的时候，查尔斯仍然没有出现，于是坐在莱斯旁边的罗素看着空空的椅子说道："史黛拉，我们不能让你坐在班柯的鬼魂旁边（Banquo' s ghost 典故源自莎士比亚戏剧《麦克白》，译者注）。"

他站起来坐在了查尔斯的位置上。

史蒂芬开始告诉史黛拉关于他最近去美国的行程，他昨天早上才返回来的。他欢欣地细说着美国的一些处于比大西洋能源更不利的位置上的石油公司是如何在低迷的石油价格上采取措施的，实际上他看上去更像是把这个看做是一个个人的认可。史黛拉盯着史蒂芬，试图不要去看正在桌子另一边放声大笑并不断叫侍者倒酒的莱斯。

开场刚结束的时候，查尔斯忽然推开了两扇门，摇摇晃晃地向他们的桌子走来。很显然，他也喝酒了。他向史黛拉弯下腰来亲吻了一下。

"抱歉，我来晚了，"他说道，"发生了点事情——"

罗素站起来换位置，但是查尔斯把他推回了座位上。

“我坐这边。”他说道。

于是史黛拉像看慢镜头一样看着她喝醉的丈夫走过去坐在了她喝醉的前情人旁边。

“又见面了。”史黛拉听见查尔斯在和莱斯握手的时候说道。

史黛拉听不见他们在说什么，但是莱斯看上去像是讲了一个笑话，而查尔斯则用他的社交笑容大笑着。莱斯的笑容也很不正常。他看上去非常危险。

突然响起了咚咚咚咚的声音，司仪站起来开始介绍一名来自格拉斯哥的女性喜剧演员，她制造了一系列关于一名醉酒男子在苏格兰的下流笑话。无论是谁预约了她来都是没有做好前期工作，她不该出现在这里。

接着是马乔里·斯卡迪诺夫人走上舞台告诉下面的听众她有多么高兴被邀请来颁这个奖。

“今年，”她说道，“参加角逐的人比起以前更加绚丽夺目。但是获胜者是一个在广泛领域里获得了巨大成功的人。她很有远见。她用她自己的方式去做事，但是真诚面对公司，真诚面对她自己。”

听到这句话，史黛拉快速地瞄了一眼莱斯。他正盯着他的甜点。

“女士们，先生们，今年的‘凯歌香槟’年度商务女性奖获得者是……”

很长的一个暂停，一串急促的鼓声响了起来，希望激起听众们的期盼之心，尽管大多数的人都喝得太多了根本没有引起他们的注意。

“——史黛拉·布拉德贝里。”

灯光闪烁了起来，蒂娜·特纳的《Simply the Best》在公共广播里面响了起来。

史黛拉从莱斯那里接过演讲稿，聚光灯跟随着她穿过桌子爬上楼梯走上舞台。

她看着手里的演讲稿，上面贴着一张小纸条。

我很抱歉，白鼬。我爱你。离开你我无法活下去。你今晚真漂亮。XXX

史黛拉接受了这个，她的脸刷的一下红了。她把演讲稿折了起来，从乐队后面走了出来。

“谢谢，”她说道，“谢谢这些话语。谢谢你们颁这个奖给我。”

她的眼睛里充满了泪水，她的声音也沙哑了。

“我没办法演讲，但是我要说的真的很简单。这是我这辈子最幸福的一天。我没有想过今天这个会发生在我身上，我会努力让它变成应得的。我衷心地感谢你（你们，英语的你和你们是同一词you，这里用的双关，译者注）选择了我。”

回到桌子边，罗素兴奋得难以自持。

“妙极了，”他说道，“妙极了的奥斯卡时刻，史黛拉你真的融入了一些情感　这很可能招来非议，但是这表示商务界的女性能够真正地做她们自己。她们可以让自我都释放出来。”

史黛拉太高兴了不想去反驳他。她看不起那些得奖后就哭的人，她讨厌人们觉得她是那么可怜的软弱的想法。但是今天他们可以随便觉得她像什么。她得奖了，这个奖品就是莱斯。

她沿着桌子走过去亲吻了查尔斯，查尔斯轻声问她：“这是怎么回事，黛拉？”

她亲吻了史蒂芬，甚至在给莱斯之前给了贝阿特一个亲吻，这在公众场合只是礼仪，但是在私下里伴随着一起交付的还有她那整颗患病的心。

贝拉

这三天以来她一直在推脱接听电话。

一个职业介绍机构的女人很耐心地给她打电话，不过并没有非常激励人心。她很惊讶贝拉想要离开大西洋能源的调研员职位，并警告她在当前环境下很难再找到类似的职位了。

贝拉告诉她她并不在意降低的薪水，她也不在乎重新去当私人助理，她只想快点离开这里。那个女人说她会尽她所能的。

贝拉挂掉了电话，松了一口气。她不想再待在大西洋能源；她无法忍受每天都是不开心的。但是她也不想离开，这是一条绝路。如果找不到新工作，那么她会留下来的。

但是不到一个小时电话就再次响了起来，那个女人说有家广告公司有一个可以soho的助理职位。比她现在的职位要低得多，薪水也很低，但是他们有很大的提升空间。他们想尽快和她见面。

于是在午餐的时候她去到夏洛特街，和一个穿着她从未见过的最高的高跟鞋的女人面试。贝拉没时间去感到紧张，但是同样也没有任何时间来正确调整她自己的心态成为一名广告调研员，虽然她知道这个心态应该是什么。面试官问了她一些关于她自己的问题，但接着就放弃了询问，她们很开心地谈论起了谁应该赢得"英国达人秀"冠军。这不是那种和对雇用你有一点点感兴趣的人对话。

她要得到这份工作，门也没有。

史黛拉

这一年的达沃斯世界经济论坛的主题是"重建危机后的世界"。这个主题看起来特别适合史黛拉。她和莱斯——在史黛拉的坚持下也来了——在危机中幸免于难后会重建他们自己的世界。

把莱斯加在大西洋能源出席人员名单上并不容易。作为削减开支的一项举措，财务总监颁布只能有六个名额可以去参加达沃斯，相比之下去年是三十个名额。不过史黛拉坚持她需要助手，又因为她非常地受史蒂芬喜爱，财务总监不敢去质问这件事。

去年史黛拉是和史蒂芬一起乘坐大西洋能源专用飞机去的，但是到最后一刻的时候詹姆士干涉说公司承受不起更多的负面消息了。其他公司都宣布他们的CEO们会乘坐商用飞机抵达，所以史蒂芬也必须这样做。

史黛拉乘坐早班飞机去苏黎世，史蒂芬坐在她旁边，而莱斯则坐在她的另一边。当她给史蒂芬简短概括在会议发言上需要讲什么的时候，莱斯用他的大腿贴住她的大腿，于是她感觉到温暖传遍了她全身。

他们在苏黎世机场遇见了英国安理国际律师事务所的高级合作伙

伴。让史黛拉非常高兴的是，在电梯里史蒂芬接受了他们的邀请，留给她三个小时可以单独和莱斯坐出租车去达沃斯的行程。

当汽车驶过一片积雪皑皑的大地时她靠在了他身上，他向她讲述着他和他母亲一起过的圣诞节，以及每个夜晚当他躺在他的卧室里时他是多么地希望她在旁边。他告诉她他所有的姑姑婶婶都在问他是否要结婚了或者遇到一个合适的人没有时，他都是说不，没有遇到合适的。

史黛拉过去两个月忍受的痛苦完全消失了。心痛的感觉就像分娩的剧痛一样，她觉得。一旦停止下来你就无法回忆起疼痛到底是像什么样子的了。

出租车把他们载到了阿拉贝拉 喜来登大酒店，史黛拉在这里订有房间。娜塔莉在克洛斯特斯的一家经济型旅馆给莱斯订了房间，离这里有一站路的距离，但是史黛拉向他保证他根本不需要去到那里。他们只需要简单地再订一间房间；没人会关心他到底睡在哪边。

史黛拉之前住过相同的这个酒店好几次了，对它们的印象都是奢华而乏味，柔和但边缘粗俗的色彩，还有带有木节的家具。但是今年她通过莱斯的眼睛来看，觉得这里是她的天堂，他们独有的家。当服务员离开留下他们在史黛拉的房间里时，莱斯兴高采烈地欢呼了一声——然后坚持他们两个都返回到走廊上去，这样他就能抱着她进门了。

“你是我的，”他说道，“这两天半都是我的。”

史黛拉高兴地笑着，体验着时间相对论。如果你用分钟来计算在一起的时间，两天半看起来就像是一辈子一样。他们上了床，他缓慢而绅士地和她做爱，而史黛拉，摆脱了时间正要将她送回现实生活中的那个想法，把自己完全地抛进了这个令人愉悦的另一个生活当中去了。

之后因为用不着急匆匆地返回办公室，他们一起穿上了衣服，史黛拉把莱斯的套头衫穿在她的外套下面，就好像她在大学里穿着她第一个正式男朋友的橄榄球衣去上课一样。他们一起离开酒店，走下小雪丘去拿他们的会议通行证。在路上他们遇见了著名的印度经济学家，史黛拉十二个月以前还和他一起站在过达沃斯的讲台上。

“这是不寻常的一年。”他说道。

“没错。”她附和着，然后想：比你知道的更加不寻常。

当他们一拿到通行证莱斯就建议一起去滑雪橇。史黛拉欣然同意，她本打算去参加一个“复兴凯恩斯主义”的会议。

他们乘坐缆车上去，在悬浮在雪地上的吊椅上他吻了她，她笑着，觉得她记不清曾经有如此快乐过。

当他们在山顶等待着他们的雪橇时，史黛拉注意到有一大群美国人恭敬地围着一个正在滔滔不绝说着加沙的老头。

“那人是谁？”莱斯在他们迎着风飕飕地从山上滑下来的时候对史黛拉大声问。

“乔治·索罗斯。”她大声回答道。

然后他们两个开始哈哈大笑起来。

那天晚上史蒂芬和史黛拉都被邀请去参加一个俄罗斯政府在好望酒店举办的鸡尾酒会。

她穿上了裙子，那是她六个月前买来想让莱斯赞美她的。现在看着她穿着这件裙子，他告诉她她美极了，而当她看着镜子里的自己时她相信了他的说法。

莱斯并没有被邀请参加这个酒会，但是史黛拉告诉看门人，他是她的助理她需要他在这里。她是用一种非常有权威的语气说的，于是看门人耸耸肩让他们两个进去了。

一进去，史黛拉就融入到了人群中。比尔·盖茨看见了她，向她微微点了点头。尼吉尔·劳森走过来亲吻了她的脸颊。史黛拉沐浴在这些男人的注意当中，她明白这些关注她的男人当中唯一真正关心她的人正站在几码远的地方。不过，他确切的位置在哪里？

她看了一下，然后瞥见他独自站在吧台前面。她穿过房间走向他。

“你还好吗？”她问。

他耸耸肩。

“这没我什么事。我要回我们的酒店去。”

“我和你一起。”史黛拉说道。

她发现她对这个酒会没有什么需求了。她想和他一起单独待在酒店的房间里。当他们走在两个豪华酒店之间的雪地里时，他抓住她并亲吻了她。史黛拉挣脱掉了，这太危险了。

回到房间里，他要了一瓶香槟和一份龙虾。

史黛拉两样都不想要，但是没有反对出来。她想要他们第一个整晚在一起都要幸福；必须满足他想要的一切。

第二天他们在床上吃的早餐，11点的时候史黛拉起来，为了准备出席史蒂芬和俄罗斯石油部长的共享平台全体会议。

尽管这两个人之间有强烈的厌恶，尽管事实上大西洋能源放弃了争斗以保全在西伯利亚油田上的投资，史蒂芬仍然表现出很优雅的举止和流利的口才。“达沃斯精神”就是要阻止任何的恶言恶语，他谈到了社会透明度的需求还有俄罗斯开放性的重要性。

之后，史黛拉要了几块蛋糕然后带上楼去给仍然躺在床上的莱斯。她感到了一丝烦恼，他没有起床或者洗漱或者从地上捡起任何一件他们的衣服。相反的他戴着iPod盯着天花板。但是他叫她到床上去，于是他让她的恼怒一笔勾销了。

整个下午他们都躺在床上一遍又一遍地做爱，正当天要暗下来的时候莱斯称他想要去外面的雪地里。

他们穿上衣服然后去到了外面。冷得刺骨，但是没有一丝风。他们走了一会儿，然后莱斯说道：“就这里吧。”

他们一起躺下了，在柔软的雪上压出深深的印迹，史黛拉紧紧地贴近他，闭上了双眼。在明天的此刻，她已然要回到家中，这个令她惊骇的想法占据了她的整个脑海。她从未想过要离开查尔斯，她不能这样做。但是此刻她想了一件更糟的事情：她想要查尔斯死掉，毫无痛苦地安详离世，留下她和莱斯在一起。

这个心情没有持续下去。他们返回了酒店，融雪进入了他们的衣服缝线处，很冷，史黛拉焦虑地希望她报名参加的正式晚宴不要迟到。

“别去了。”莱斯说道。

“我必须去，”史黛拉说道，“如果我不去那里会有一个空位置的。”

当他们在吵架的时候史黛拉的手机响起来了。是查尔斯打来的。

“求你别接，”他说道，“就这一次。你就不能关掉电话和我待上几个小时吗？我也会关掉我的手机。”

于是史黛拉关掉她的手机，然后很晚才出现在晚宴上，她的座位在波音公司CEO和一名法国的欧洲议员之间。她谈论了一会儿航空燃料，然后佯称偏头痛，掉头回到了她的房间里。她一回到房间她就意识到她离开的这一个半小时里他心情已经变质了。

莱斯正在用他的方式从迷你酒吧里拿着酒喝，他裸体躺在床上看着电视里的橄榄球赛。她告诉他关于波音公司的那个人的故事，还有那个法国人有口臭还不断轻拍她的膝盖。莱斯没有笑，史黛拉脱掉衣服钻进被窝里躺在他旁边。他和她做了爱，但是这一次看上去绝望多过激情。他咬住了她的手臂，咬得紧紧的，痛得她叫了出来。他们躺在黑暗中，电视里依然在静音播放着体育节目，但是莱斯没再看了。

“我不知道，当我几年后回顾此时的时候，我是否会希望我抓住你。”他说道。

“什么意思，”史黛拉说，“我觉得你显然正抱着我啊！”

“我没有拥有你，我又如何抓住你呢？”

“但是我是你的。在我心里我是属于你的。”

“别老来这一套了，”他说道，“你不是我的，所以我不知道为什么你还要假装你是。”

他告诉她他是如何在过去的五周零四天里试图告诉他自己，这一切都结束了，是一个不错的结束，但是他无法做到。可是现在，现在他又和她在一起了，他甚至感觉不到幸福，他只有一想到结局就痛苦的感觉。他觉得他和她在一起甚至比不和她在一起有更大的失落感，那种感觉带着非常多的痛苦和嫉妒，他完全处理不来。

莱斯把他的头埋进枕头里开始放声哭泣。史黛拉抱住他，像吸气味一样吸着他的痛苦。爱情，她想到，把我变成了一个怪物。我想要这个男孩的原谅。如果他哭泣变虚弱，那么她可以变得坚强。她可以抚摸他的头发，亲吻他湿润的脸颊，然后说，瞧，瞧，我在这里。我在这里。

酒店的电话响了起来。也许是什么早晨的早餐询问电话。史黛拉倾身过去把电话线拔掉了。铃声止住了他的泪水。过了一会儿他们依然躺在那里。史黛拉想要和他再做一次爱，但是他说他得睡了。他闭上了眼睛丢下史黛拉一个人睡了过去。

她之前的安全感开始褪去。如果他真的心烦意乱，他是如何抛掉这一切去睡觉的？还有他是如何如此平静地处于他的睡梦世界里的？史黛拉，一个人孤寂地醒着，凝视着他开始独自流泪。她知道他是对的，他们之间是不可能的。他们之间已经完了，而且无法修复。这就是结局。她现在知道了。有很多误以为是的结局，但是当你遇见真正的结局时，你心里是知道的。

史黛拉离开了床铺。她早上五点会被接去机场；莱斯被安排到了稍后的班机上。她无法忍受和他躺在同一张床上，尽管现在才凌晨3点，她爬起来去洗了个澡。然后她打开她的手机。

有22个未接电话，12条短信，前6个都是克莱米发来的。

第一条写道：

该死的数学考试。给我打电话！

接下来的是一系列类似的只是语气逐渐上扬的短信，直到最后一条写道：

我简直不敢相信我刚搞砸了我的模拟考试，你个混蛋甚至都不回我的短信。

接下来的一条是来自查尔斯的，上面写道：

灾难。BBC说不想要纪录片。节目主管想要用一些关于经济不景气冗长乏味的垃圾片子来代替。

接着还是查尔斯：

发生什么事了？为什么你的电话关机了？

接下来的二条短信是詹姆士发过来的：

史黛拉，我们必须谈谈。

史黛拉可以请你给我打个电话吗？

还有最后一条：

史黛拉　　这是紧急情况我需要你的一个声明。我给你家里打了电话，他们也打不通你的电话，收到这条短信后请尽快给我打电话。

她不能给这些人打电话。他们都还在自己家里的床上睡觉。她看着躺在床上的莱斯，他也在睡觉。

她没脱衣服躺在了被单上面盯着天花板，直到5点钟，接她的车到了楼下。她起来，拿起她的行李箱，关上了她背后的房门。

贝拉

她回到办公桌前在网上浏览着招聘广告，这时本带着巨大的兴奋急匆匆地走了过来。

“我刚刚和《世界新闻报》通了电话。他们声称有证据证明史黛拉和一个人偷情——你绝对不会相信这个人是谁——是莱斯·威廉姆斯。”

“那是胡扯。”贝拉说道。

“我也是这么想的。但是并不是胡扯。他们声称有他们两个一起在达沃斯的照片。他们打算要曝光年度商务女性可耻的秘密。天呐，我爱死这样的日子了。”

“那么你怎么回答的？”

“我表现得好像我屁股被捅了一下一样，说评论私人事务并不是我们的风格。但实际上，哪有这么好的事。完美女士和一个来自乡下地方的土气下属偷情了。还有——这都不是无中生有的——她把他提升为她的助理，而且花费公司的钱叫客房服务送香槟……”

“我仍然无法相信，”贝拉说道，“我非常了解莱斯，如果有这样的事发生我会知道的。”

“好吧，这是事实，不管你是否相信。我刚告诉了詹姆士——”当他说到这个名字的时候，本意味深长地看了贝拉一眼，不过被她无视了，“——他已经疯掉了。他说他自己来处理这件事。”

“噢，天呐，”贝拉说道，“可怜的莱斯。”

“可怜的莱斯？你变得心软了吗？除了这件事他做得很好，非常感谢，升职到超过他应得的位置。尽管他觉得他会逃掉不被抓住，但他完全是个白痴。我同样很惊讶他的品味——我完全不能想象和一个如此枯瘦的女人偷情。”

贝拉不想听他说更多的了，于是她告诉本她得干活了，尽管她的工作——起草一份《爱情契约》——现在看起来比起之前更加可笑。她觉得她被莱斯的谎言欺骗了，他对她的不信任伤到了她。但是更多的，她很想知道为什么他要去找史黛拉·布拉德贝里。她很聪明，也令人钦佩，但是长得并不漂亮。还有为什么史黛拉会看中莱斯呢？这更让人难以揣摩。起初贝拉还相当地喜欢他，但是之后觉得他太年轻了不适合她。然而即便他是一个小屁孩，贝拉也不觉得他应该承受现在这个肯定会吞没他的风暴，于是决定警告一下他。

嗨，莱斯，不知道该怎么开口，但是《世界新闻报》正在计划写一份关于你和史黛拉偷情的报道。不知道这是否是真实的，但我觉得应该让你知道这件事。如果你愿意可以打电话给我。

贝拉

她待在她的桌子前等着回复，但是没等到。贝拉觉得这太古怪了，因为他通常黑莓手机不离身。

史黛拉

史黛拉从苏黎世机场给家里打了个电话。克莱米忘记了昨天之前的愤怒，但是并不想和她讲电话，因为她急着要去上学。查尔斯的声音很低靡，问她昨晚为什么不接他的电话。她说她把手机弄丢了，但是现在找了回来，看上去他比较接受这个故事。接着她打给了詹姆士，但是他正在开会。

打完了三个责任电话，她在考虑要不要给莱斯打个电话，他应该正在起床去赶他稍后的航班。

当她静静躺在床上的时候，她已经作出了他们之间不会再有任何关于亲密关系对话的决定。这太痛苦了。但是现在她无法忍受让他一个人在房间里来回走动。她想要听到他的声音。

四声铃响之后他接听了电话，他的声音听起来很沙哑。

“哈罗。”她说道。

“哈罗。”他回复到。

然后是一段长长的沉默。

“你在做什么？”她问道。

“我在等着上飞机。”

“哦。”

接着又是一段长长的沉默。

她无法让自己说出再见两个字。相反她说：“对不起。”

然后他说：“是的。”

她挂掉了电话。她没有哭；她已经哭干了眼泪。

史黛拉在午餐时间刚过的时候到达了办公室，发现詹姆士正焦急地在她办公室门口和娜塔莉交谈着。

“噢，你来了，”他说道，“我需要和你谈谈。”

他跟着她走进了办公室，然后关上了门。

“什么事？”她问道。

“史黛拉，这非常尴尬。我不知道该怎么开口，所以我就直接问你好了。你是否跟莱斯·威廉姆斯有不正当关系？”

史黛拉平静地看着他。

“没有。”她说道。

“这非常重要，史黛拉。你确定没有吗？”

“是的，詹姆士，我确定。”

“好的，”他说道，“这很好。因为一些《世界新闻报》的混蛋打算写一篇报道说你和他偷情。要不是你是年度商务女性他们也不会关心，我们在股票价格暴跌和现在这个节骨眼上真的不太得人心。感谢上帝你没有这么做。我真的很抱歉把你拖下了水。”

“没关系。”她说道。

“我会告诉他们如果他们胆敢印一个字出来我们的律师就会告他们诽谤罪。”

起初史黛拉觉得这没什么。那样大的一个震惊使得她已经完全麻木了。

然而一阵阵的恶心向她袭来。她坐在她的桌子前，但是她的双手抖动得非常厉害，连打字都很困难。同样她也看不了电脑屏幕。

在屏幕上面有一封来自莱斯的邮件。

贝拉说我们被《世界新闻报》揭发了。我完全处理不来这个。那是我母亲会看的报纸……

莱

就是这样。最终他关心的不是永远失去她，而是他母亲会怎么想。史黛拉看着冰冷的“莱”轻轻叹息了一声。

娜塔莉从门口伸了个头进来：“需要我帮你倒杯咖啡吗？”

“不，谢谢你娜塔莉，我不需要。”

她说这句话时的语气比她本打算的还要严厉，她还没有强大到能够忍受任何同情。

“但是你可以告诉贝拉我现在想要见她吗？”

贝拉

贝拉的手机响了起来。是中介的一个女人打来的。

“他们同意提供给你一份工作，”那个女人说道，“他们觉得你非常棒——非常自然——但是唯一的问题是他们需要你立即开工。”

“棒极了，”贝拉一口气说道，“我会去问我的上司是否需要把手上的工作做完。这里其实没什么太多的事情，所以应该没问题的。我稍后跟你联系。”

当她挂掉电话的时候她没有觉得解脱，也没有胜利的感觉。她要离开是为了以免再见到詹姆士，但是想到她现在也许不会再见到他了，就使得她感到面对一个终身监禁的凄凉。

娜塔莉从史黛拉的房间里出来了，说道：“她现在想要见你。”

贝拉走过去敲了敲门。

“请坐。”史黛拉说道。

她看上去面色苍白，人也变瘦了。贝拉觉得她看上去比几天前离开去达沃斯时老了十岁。

“我知道你告诉莱斯报纸上说他和我在偷情。”

贝拉犹豫着点了下头。

“我不知道这个传言是从哪里来的，但是传言都不是真的。还有——这有一点真的震惊到了我——这些传言由你来传播。我对此特别的伤心，我如此好心地在你困难的时候把你放进我的部门里。”

史黛拉滔滔不绝地说着，眼里带着疯狂的目光盯着贝拉。

“对不起，”她说道，“但是我没有到处传播这个流言。我只是从本那里听来的，他接到了记者的电话。然后我给莱斯发了条短信，只是因为关心他。我觉得他应该了解这件事。”

她没有再盯着贝拉，而是重重地坐了下来。

“人们是怎么说我的？他们相信这个……传言吗？”她用被击败的声调缓慢地问道。

“我不知道，”贝拉说道，“我没有和任何人谈论过。我猜有些人会很高兴的，因为这是管理层的八卦。”

史黛拉苦涩地笑了。

“这也许是管理层的八卦，但是并不是真的。”

“但是如果这不是真的，”贝拉说道，“他们就无法登载出来，这一切都会过去的。”

史黛拉叹了口气。

“向你撒谎没有让我感觉好一点。过去的九个月我撒了太多的谎，我已经失去了对于什么是真的什么不是真的的感觉。谎言对我来说比真相还要真实。”

贝拉不知道对这个该说些什么，于是她静静地点了点头。

“是的，我和莱斯偷情。但是现在已经结束了。”

她停顿了一下然后接着说：“地狱啊。完全就是地狱。”

史黛拉把一只手撑在下巴上，另一只手则开始胡乱地摆弄起了头发——这个姿势不应该属于年度商务女性。

“是的，”贝拉说道，“完全是彻底的地狱。我知道的。”

贝拉估计这样说会引起共鸣，但是史黛拉反驳道："你怎么敢说你知道？你不知道这像什么。没人知道。当你和人偷情，然后被公开了，没有人来关心。"

"这有点偏激了，"贝拉说道，"至少我关心。"

"是的，很明显。"史黛拉讽刺地说，"抱歉，这语气听起来不太对。但是我现在是众矢之的。我丢掉了在这里的尊严。我也许会失去我的工作。我也许会失去我的婚姻和我的孩子们。"

史黛拉瘫进了椅子里，把头埋进了双手里。

"我还失去了他。"她用很低的声音几乎是自言自语地说道。

贝拉向这个老女人走过去，碰了碰她的手臂。她是真诚地对史黛拉的痛苦感到忧伤，但是这也同样使得她自己感觉好一些了。她不再是公司道德层次最底部的最可怜的人了，她也可以向某些更糟糕的人提供安抚了。

"你真的帮了我，"她说道，"现在，我也想要同样地帮助你，如果你想到了什么我可以帮你做的。"

"谢谢你，贝拉，"史黛拉说道，"但是你帮不了。我也许会让你毫无保留地说出我的抗辩，但是对于我的抗辩这没什么好说的了。这并不是一个独立的事件。无论发生什么事情都是我应受的。"

史黛拉

接下来的几天时间里史黛拉都屏住了呼吸。在公司和在家对于原本的生活她都在走过场，去参加会议，和孩子们一起吃早餐。这一切都风平浪静，但风暴肯定会紧跟其后的。

每一次她在公司和某个人谈话的时候，她都会想知道：他们知道了吗？还有他们会怎么想我？唯一一个在办公室里她可以与之交谈而没有这种末日来临感觉的人是贝拉，但是贝拉找到了另外一个工作请求立即离开。史黛拉觉得她想要——甚至是必需——这个年轻的女人留下来，但是嘴里却说，没关系，她想多快离开都可以。自那以后她们的谈论再也没有提及过莱斯，或者爱情，或者耻辱。但是贝拉用那种并不完全是厌恶的表情看着她。她甚至带着她完成的《爱情契约》来展示给史黛拉看，她们两个一起草草看了一遍然后苍白地笑了笑。

在家里，事情更困难。史黛拉担惊受怕地看着她的孩子们。当他们知道之后会仍然爱我吗？这个问题的答案，她曾在六个月前谨慎地避免直接问她自己，很肯定是不会。还有查尔斯怎么办，他会仍然和一个如此背叛他的人住在一起吗？

然而随着时间的流逝，每天参加着正常的会议，和孩子们谈论每一个正常的话题，史黛拉的焦虑逐渐减弱了。在第五天，当什么事情也没有发生的时候，她开始怀疑是否也许，只是也许，她也许终究会逃过一劫。

贝拉

对于贝拉的辞职史黛拉并没有大惊小怪，而是说这周结束之后她就可以离开了。贝拉决定拒绝开一个欢送聚会，一部分是因为她无法面对，一部分是因为她付不起这个钱。如果你是公司高层的话，公司会为你付钱举办一个欢送会的；如果你不是，你得自己付钱。

但是当那天到来的时候，她决定必须要做一些可以表示她离开的事情，即使没有别的比警告詹姆士去面对她正在离开更好的理由。

她不想自己巴巴地跑去告诉他，让他自己发觉吧，她想。

她给部门里的每个人都发了一条信息。

> 嗨，
>
> 在度过了漫长而愉快的五年后的今天我就要离开大西洋能源了。这是一段美好的时光，我会想念你们每一个人的。我邀请你们今天下午4:30的时候来我的座位前分享一块蛋糕。
>
> 贝拉

她把下午的时间留下来收拾自己的东西，但是并没有什么好收拾的，20分钟不到就搞定了。她回想了一下这一天，几乎刚好就是一年前的今天她正是为茱莉亚做着同样的收拾工作。感觉就像过去一样——贝拉在开始为詹姆士工作之前还有她第二次搞乱自己生活之前，她并没有任何的怀

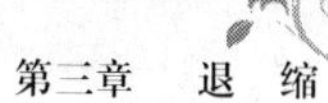

旧情绪。

4:25，安西娅急匆匆地过来了，贝拉递给了她一块蛋糕。

“我吃不下，”但她默默地接了过去，“我的小姨子顺道来看我，我做了一些原味主厨奥利弗馅饼，但是我拿一块是希望你能好起来。我给你做了个这个。”

她从袋子里掏出一张卡片还有从玛莎百货买来的用塑料袋装着的一盆风信子。

这个友好的举动让贝拉想哭。

“谢谢你。”她说道。

“我真心地希望你能适应新的地方，”安西娅说道，“我知道你最近日子很难熬，我很抱歉。”

贝拉点点头。她的眼眶已经充满了泪水。

安西娅瞧见这个，继续说道：“他自己的任何事情都逃不过我的眼睛。我知道他的里里外外，从前到后。我想说的是他真的想念你。但是将来又会怎样呢，都一样。”

安西娅用双手紧紧地环抱住贝拉说：“记得告诉我你的进展情况。”

“当然我会的。”贝拉说道，尽管她知道她不会。

本也飘了过来加入了她们，他自己动手拿了一大块蛋糕，然后用悲哀的眼神看着贝拉。

“现在我们不会在一起工作了，你会跟我出去约会吗？”

贝拉微笑着心不在焉地摇了摇头，眼神越过本的肩膀来看詹姆士是否会过来拿一块蛋糕。她不想他出现在这里，但是又觉得她可能会独自离去甚至没有说一声再见使得她感到悲惨得头发晕。

娜塔莉作为欢送会结束的角色加了进来，吃了最后一块蛋糕。

“很抱歉我来晚了，”她解释说，“这件事给史黛拉带来了大麻烦。她一直都和史蒂芬和詹姆士待在一起。我想他们是在起草一份声明，所以我觉得我得候着。”

“噢，天呐。”贝拉说道。

但是她心中真实的想法是，这就是为什么詹姆士没有出现在这里的原因。不是因为他是胆小鬼也不是因为他不想过来说声再见，而是因为他来不了。这很好，因为她并不确定她同样能忍受道别。

正当她在收拾她的外套和个人物品的袋子时，她看见了一张小地图，那是他给她画的告诉她如何去到大东方酒店的地图。贝拉拿着地图，把它揉成一小团，然后丢进了垃圾桶里。没有丢进去，纸团掉在了旁边的地上。

当她走去电梯的时候，撞见了他。

“你要走了。”詹姆士说道。

“是的。”她回答道。

“哦——”听上去他有些犹豫。

哦什么？贝拉想。哦，你又伤害了另外一个女人的心，还毁掉了她的职业生涯！哦，这是另外一个混乱？哦，我不能忍心看见你离开？哦，我会想念你？

但是詹姆士并没有说这些。

“哦。”他又说了一次。他看上去木讷又冷淡。

“我想这是道别了。”

“我想是的。”贝拉说完走进了电梯里，直到她知道背后的电梯门安全地关上之后，她才开始不断地抽泣了起来。

史黛拉

几乎刚好是史黛拉从达沃斯返回的一个星期后，娜塔莉从她办公室的门口伸头进来说道：“詹姆士打电话过来，他想要和你谈谈。”

史黛拉拿起了电话。

“史黛拉，”他说道，“这真的很不好。我告诉了他们你的否认，然后他们告诉我他们有你们两个人的监控影像。某些发生在房顶上的事情？他们花了大价钱从达沃斯的酒店买来的。现在他们收到你的否认，他们认为这是一个谎言，并不仅仅是一个编造的故事。你现在可以到我的办公室来吗？我把史蒂芬也请过来了，还有马克·韦斯曼，我们的诽谤罪律师。”

史黛拉走过走廊，直接穿过正拉着门，然后没敢看她的安西娅走进了他的办公室里。

三个男人静静地看着史黛拉。

“谢谢你的加入。”詹姆士生硬地说道。

他等她坐好了就继续说道。

“我们只是想知道谁泄露了这个故事给他们。”

史黛拉说她不知道。现在最糟糕的事情已经发生了，她已经不再在乎了。可能是娜塔莉，还可能是詹姆士他自己。她越想就越觉得这个可能性越大。

“罗素告诉过我六周前有一个举报事件，是贝阿特·施莱格尔做的。我们假设她就是那个源头。这对你来说听起来算合理吗？”

史黛拉默默地点点头。

“是的，贝阿特。非常有可能。”她静静地说道，眼睛盯着一个莫名其妙放在咖啡桌中间的迷你衣柜。

律师解释道报纸有办法逃避隐私法声称这个报道是符合公共利益的。如果他们能够证明史黛拉破坏了费用准则，把股东的钱花在了莱斯·威廉姆斯身上的话，这是有可能的。有迹象表明他们可以证明这一点。

史黛拉想要抗议。来自达沃斯她的客房服务账单，甚至加上莱斯点的香槟和龙虾——之后根本没吃光——也是低于詹姆士和史蒂芬日常提交的那种费用，但是重点是什么？

“从我所了解的史黛拉，”史蒂芬开口说道，“和一个年轻男人有不正当关系或者你提升了他，这不是一个问题。甚至你和他一起在达沃斯的房间里或者你在房间里叫的所有客房服务都不是问题。你们两个在房顶的监控片段也不是，顺便说一句，这违背了我们的健康和安全条例。问题是你对这一切撒谎。”

“我没有撒谎。詹姆士的问题是我是否在和莱斯偷情，我说没有，我说没有是因为我们之间已经结束了。”

他有一些生气地看着她。

“我们会在这种小事上无止境地争论不休，但是我们都很忙，所以不要这样。重点是我们对《世界新闻报》发布了一个绝对的否定，然后他们带着证据回来了。”

史黛拉接受了这个说法，然后用一种冷静得吓到她自己的语气说道：“我撒谎是为了保护公司，保护我的家庭。”

“我觉得，”史蒂芬说道，“如果你真的想要保护大西洋能源或者你自己的家庭，那么你在做这件事之前应该先好好想清楚。”

一阵难熬的沉默。

接着史蒂芬继续道：“我不明白，史黛拉。为什么？为什么偏偏，为什么偏偏是他？”

詹姆士明智地点点头，史黛拉轻蔑而怨恨地看着他。如果他干了他的秘书，对所有人来说都可以接受，生活还可以继续。但是轮到她这就是全国性的事件了。她是一个说谎的人，一个骗子，一个罪犯，一个耻辱。

“你想知道为什么？你想知道为什么我冒着这些危险做这些事？为什么我用我的工作和家庭来冒险？”

史蒂芬微微点了下头。看起来他很想知道。

“一开始我觉得是因为厌倦。我已经厌倦了成功，厌倦了稳定。这个工作鼓励去冒险。我们都从中取乐。你做了，于是我也做了。这就是最终风险。我们都工作得他妈的那么辛苦，我们的感情生活就是这样就像其他所有的事情一样。我也是这么做的，因为我已经步入中年了，我不想我的青春逝去。”

“真的，史黛拉，”史蒂芬说道，“这真是扯——”

“能让我说完吗？”她问道，“是你问我为什么要这么做的，尽管我告诉你的都不关你的事。”

詹姆士和史蒂芬交换了一下眼神。

“我这样做是因为我爱他。现在依然如此，对此我没有什么好惭愧的。我惭愧的是这个结果。我深深地为给我家庭和公司带来的难堪而惭愧。我为我很多的行为而惭愧。但是对于爱着他我不惭愧。”

詹姆士凝视着她，他的嘴唇动了动，脸上没有任何表情。史蒂芬叹息了一声，把头埋进了双手里。

“我相信你，”他说道，“我支持你。刚才我差一点认不出你来了。这将变得绝对棘手。他们已经同意在美国试一试海藻提炼石油，之后又在被俄罗斯的法令搞得一团糟上无能为力，现在，是丑闻和腐败。我们需要你站出来发表一个声明。发表一个公开道歉，然后解释他的那个提升是应得的，还有你会退还客房服务的费用。”

“你可以把钱还掉的，并不是太多。”

她打开她的钱包放了200英镑在桌子上。

“但是我不会对《世界新闻报》说一个字或者其他任何人。我不会发表公开声明的。唯一的，我会给我的家人发表一个声明。”

“既然这样的话，史黛拉，”史蒂芬说道，“我非常抱歉但是我不得不让你辞职，立即生效。”

“好的，”她说道，“我辞职，立即生效。”

“史黛拉，”史蒂芬愤怒地喊，然后语气里更多地融合了安抚的意味，“我会给你24小时重新考虑一下的。”

“我不需要，”她说道，“我现在就走。”

她走回她的办公室。娜塔莉站在她的办公室外面悲伤地看着她。

“我很抱歉。”她说道。史黛拉点点头经过她身边走进了她的办公室，开始收拾起她的东西。娜塔莉没有给她提供帮助。史黛拉很好奇：这太过分了吧，这里没有一点人情味了吗?

她并没有感到伤心流泪。她什么感觉都没有。她站在她的办公室里，想要知道该带走哪些东西。笔记本电脑和黑莓手机是属于公司的。在她的抽屉里有一条连裤袜，一副老花镜，她现在看文档都需要这个。还有一些孩子们的照片，有一张用她手机拍下来并打印出来的莱斯对着她笑的照片，还有其他一些是他们两个一起在北海照的。她看上去光芒四射地开心，而他则是把眼睛转向了另一个方向。还有一张便贴纸和一块特趣巧克力。她留下了照片和便贴纸，把特趣巧克力丢进了垃圾桶。

她拿起她的手机拨打了家里的电话。铃声响了很久，是查尔斯接听的电话。

“亲爱的，”她说道，“是我。”

“这是国家队比赛最后几分钟，可以等等吗？”

“好的。”她说道。是的，可以等。可以永远等下去。所有的伤害都已过去。

【两年后】

史黛拉

两个单词，四个字母，一共八个。它们的形状非常熟悉，现在去看还是令人很震惊，一直以来都是。

史黛拉刚吃完午餐回到办公室，他的名字出现在了收件箱里，紧挨着装着昨天董事会议记录的邮件旁边。主题栏写着：嗨。

她知道她必须做的是什么。她已经被芒罗医生和那些仍然愿意听她说的朋友排练得够多了。她用抖动的手拿起鼠标，选中了他的名字然后点下了删除按钮。

你确定要删除这个消息吗，电脑问。

但这就是问题所在：不，她不确定。

临床医师解释说并没有本身的由他或者他的动作引起的烦扰。问题是史黛拉的思想，这反过来影响到了她的情绪反应。解决的办法是，这个女人说过，去学会控制她的思想，然后她的情感就会回落到正常线。

作为一种观念，史黛拉发现这很有诱惑力，但是从实践的角度来说这毫无用处。史黛拉在控制她生活中的大部分方面都做得非常好，在控制她思想的方面她已经失败了——或者任何和他有关的事情。同样的，说他的那些动作是中性的也是胡说八道——除了也许是一些牵强附会的哲学意义。事实上他们已经被摧毁了：五个人受伤，他们中有一个在她大部分歇斯底里的时候来看，根本没有任何机会可以修复。最终她取消了她的治疗周期，跑去塞尔福里奇百货公司浪费掉了210英镑，这钱本应该是她用来买芒罗医生50分钟的治疗时间的，取而代之的是买了个面霜——这同样也没有让她感到有任何改善。更糟的是她会不断照镜子去看面霜对她的眉毛之间的深深的皱纹和下巴松弛的皮肤是否有效。

两年前，当史黛拉第一次遇见他时，她几乎没有在意过她的样貌。她感觉比44岁要年轻得多，因为她很高，而且苗条，衣服可以很好地挂在她身上。她平时几乎不化妆，尽管开始把头发染成金黄色来隐藏白头发。但是现在，如果她看着镜子里，让她的眼神放空，脸部放松，一个老婆婆的脸就会出现在她面前。

史黛拉看着电脑屏幕，仍然要求回答它的问题。它自动地选中了“确认”按钮，就好像知道这才是明智和正确之路。她滑动鼠标点击了“取消”按钮。

她凝视着他的名字。这真是不寻常的，她想，今天，特别是今天从他那里收到消息。昨天她还在缙庭山和克莱米一起，克莱米正从普通中等教育证书考试的复习中放松一下。她们两个从印度熟食店买咖啡，然后坐在冬日的长凳上喝。一个矮小的胖子牵着一条丹麦大狗走到了她们面前，克莱米说道：“异性相吸。”史黛拉对此哈哈大笑，觉得这是长久以来她女儿说的第一件正常的、友好的事情了。

史黛拉转过头去看那条大狗和小型的主人从她们身边走了过去，她觉得她会见到他坐在旁边的长椅上。他并没有闷闷不乐和退缩，就像莱斯当初一样，当他走进她的办公室里一句话也不说地站在那里看着她收拾她的东西。相反的，她能从他的后脑勺和他把一只脚伸在前方以此来休息的懒散方式读懂一切。那个人用双手拥抱了一个穿着紧身牛仔裤和高跟靴子的年轻美女。找了个去把咖啡纸杯丢进垃圾桶的借口，史黛拉站起来向他走了过去，就在这时，他转过头来向着她。不是他。

“你知道的，”那天晚上她在电话里对埃米莉说道，“我觉得我真的度过了。我觉得我昨天看见他和一个年轻的美女在公园的长凳上。我觉得很好奇，还有，是的，我觉得我是否真的有一点……怎么说呢……心烦意乱。但是我并没有被摧毁掉。我甚至没有被触动。就连我确定那是他的时候，我觉得，没关系，我已经走出了痛苦。”

电话那头沉寂了一会儿。

"嗯，"她朋友说到，"也许你有，也许你没有。"

为什么一个亲密的朋友，一个目击了你所有起起伏伏的人，会如此的有优越感？也许只是这40年来，史黛拉的朋友目击了一个又一个巨大的"起"，所以对这个灾难性的"伏"津津乐道。

但是比起她朋友的优越感更糟的是，她所说的是对的。史黛拉那干燥的嘴唇和沉落的心是不属于一个走出痛苦的女人的。她站起来关上她办公室的门。她不想在她私人助理大量的目光下做这个。

她拿起了鼠标，移动到邮件上然后点击打开。

最亲爱的黛拉，

开头是这样的。

经过长久的锻炼，她可以从他邮件开头的几个单词里估计出他对她的感觉。曾经，很久以前，在开一个冗长的电话会议的时候，她把这些写成了一个情感列表。

我最亲爱的，最有趣的，最聪明的，最性感的鼬（这个只出现过一次，在很早很早以前了）

最亲爱的鼬

最亲爱的白鼬

我的黛拉

最亲爱的黛拉

鼬

黛拉

嗨

哈罗

亲爱的史黛拉

"哈罗"是她非常不喜欢的。首先是因为它缺乏感情，然后是因为它可怜的拼写。但是"亲爱的史黛拉"是最冰冷的也是最糟的。那是他们最后的，几乎是所有的可怕的邮件的开头，它那正确的首字母大写强调了它所承载感情的正确性。

但是他现在，在过了漫长而枯燥的一年后给她写邮件，现在她又是他最亲爱的了。她继续看邮件。

我预料你收到这封邮件会很吃惊的，这是最真实的反应。但是我有一些事情想要问你，那些，总而言之，我觉得可能不要在邮件里提起比较好。下周可以请你出来喝一杯吗？我不知道你现在下班的时间或者，你在哪里工作。不过，如果方便的话，可以在下周四晚上七点在翠香槟酒吧来见我吗？

爱你的

她读了一遍，皱了皱眉头。她都快忘掉他的措辞了：有礼貌和一丝不苟；甚至他的情书也无法摆脱这种商务信函的调子。贝拉闪过了一阵以前的怨恨，先按下了回复键然后快速地输入道：

嗨！谢谢你的来信。希望你不要介意我拒绝去喝酒——我只是觉得没有什么必要见个面。希望你一切都好。

贝拉

她读了一遍，然后思考了一下这封信听起来的意思。也许只是一个简单的亲近行为。在这么久之后再去见他真的有那么可怕吗？

记忆中的那最后一天，当他护送她去电梯，就好像他们停止了伤心完全是陌生人一样地看着她。她已经有一年完全没有见过他了，有一个时间不算，那是她离开大西洋能源几个月后在皮卡迪利线（地铁）看见他和他的两个孩子，两个人都抓着一张巨大的《火腿骑士》的节目单。她很肯定他看见了她。但是他没有向她走过来，而她也没有向他走过去。她回到家一个人哭泣。

但是现在他的言辞根本没有打动她。奇迹般的漠不关心，这是她所祈求过的，不知不觉地就悄悄降临到了她身上，现在她真的不为他的邮件所动了。所以和他见个面也没什么关系。只是不要喝酒，吃个饭会更安全的。

也许有些事情会有好的结果，她想。这会让她能够理直气壮地说：看看现在的我。我完全不再想你了。我得到一个合适的工作，我现在是一名客户经理了，我很喜欢，我赚的钱也更多了。我甚至开始遇见一个很不错的人，他真的想要我完全走进他的生活当中。面对现实吧，他比你以前做的要多得多。贝拉删除了她刚才写的，然后重新写道：

嗨！好的，很高兴去和你见面，但是喝酒太不适合我了，因为我还要赶着回家去和米莉一起。可以吃一个快速的便餐。我现在在兰伯特·芬奇广告代理公司做一名客户经理助理，我一切都好。

也许你可以来夏洛特街我的办公室里，我们可以走街角吃个三明治？

贝拉 吻你

她看了一遍她所写的。这样好多了。她点下了发送键。

贝拉

贝拉相当后悔同意去吃午餐。那天早上她和一个客户见了个面，拖延了一点时间，于是当她去到接待室的时候，他已经在那里等了十分钟了。他的头发更白了一些，也更瘦了一些。她觉得他看起来更老了。

“贝拉，”他转过来对她说道，“见到你简直太高兴了。你看起来真漂亮。”

“谢谢，”她说道，“抱歉我来晚了。”

他看着她，他们之间还是有有趣的事情，终究没有完全消逝。

“去百特文治你没问题吧？”她问道。

他说就那里，然后当他们走到那里的时候，贝拉开始说了起来，语速很快，告诉他为什么她会迟到，还有作为一个地区她是多么喜欢夏洛特街，还有她有多么从来未有真正喜欢过穆尔盖特。

他们排队去买他们的三明治，然后坐到一张小圆桌前，正好是那一天火警的时候牵着她手坐的位置。贝拉怀疑他是不是还记得那一天。

詹姆士询问了一下她的工作，当她描述业务的时候他聆听着，当她模仿创意总监的时候他哈哈笑着。他告诉她他多么为她感到高兴，还有他从一开始就知道她会成为一个如何杰出的新星。

“说说你的近况吧。”贝拉说。

“好的，”他开始谈起自己，“职业生活对我来说很好。我不知道你是否看到了我现在进入了大西洋能源的董事会？”

贝拉没有看见，她不会再去阅读报纸上的金融板块。

“恭喜你。”她说。

停顿了一下，他又问她是否再见过任何一个来自大西洋能源的人，她说她唯一见过的人就是莱斯。

“他正在做什么？”詹姆士问道。

“他干得不错。事情对他来说很艰难，我觉得他在阿拉斯加肯定非常不开心。但是之后他就加入了一个刚起步的公司做一些音乐下载，我在报纸上看到他们现在是iTunes的竞争对手。上一次我听他讲那份工作有多么的棒，一直讲到我都听累了才罢。”

詹姆士哈哈大笑问都是些什么音乐，贝拉说都是些他喜欢的范·莫里森的音乐，他可以不付钱就白听了。然后她问道：“你有再见过史黛拉吗？”

“没有，”他说道，“她离开之后很快就消失在人们的视野中了。我觉得她完全翻过了这一页，不想再被提起发生过的事情。不过我听到过一些她的消息。她开始了她自己的咨询业务，给那些各大公司的董事会，甚至在政府的再生能源政策上给予建议。”

“那么她也摆脱掉了那些丑闻。”

“是的，在专业方面，”他说道，“其实那并没有那么糟，真的。在《世界新闻报》上的一个小小故事，还有几张模糊的照片，但是也就这些了。没有人关心更多了。但是在情感方面——谁知道呢？”

接着他好像说出一个让他自己曾跌倒过的真相一样：“这些事情会造成很多的伤害。”

“没错。”贝拉说道。

又停顿了一下，他一心一意地看着她。

“贝拉，”他说道，“我想告诉你一些事情。我已经反复思量过了，我决定最好的方式就是直截了当地说出来，告诉你毫无修饰的真相。”

贝拉担忧地点点头。

“你是我这辈子唯一一个真正爱过的人。”

贝拉抬了抬眉毛。

“我从未对此向你说声谢谢。事实上真相还要更大一些。你告诉了我如何去爱，但是悲哀的是当你离开之后我才意识到，所以我再也没法向你展示我所学到的。我们两个之间的事非常棘手，但是从那以后我无时无刻不在想念着你。”

别，她想。求你了，现在别。我现在不想听这个。太迟了，太混乱了。

“那时我只是担心为了我的孩子们该如何去拯救我的婚姻，还有担心我的工作前途。但是并不管用。希拉里不能够——或者不愿意——原谅我。我们已经吵了整整一年了，互相还彼此憎恨。上一周她说她想让我离开。”

“我很抱歉。”贝拉说道。

“不需要，”他说道，“我并不遗憾。我唯一遗憾的是我没有勇气和你一起去追求幸福。”

噢，天呐，贝拉想。一年以前她可能还会放弃一切来听这个，但是现在她非常的尴尬。她根本不想这个男人出现在这里。

“贝拉，”他说道，“我知道我是笨蛋和白痴。你想要爱情，而我无法给与你。我现在都知道了。”

“不，”她说道，“不。你没必要……我没有对你持有任何的敌意。现在这都没关系了——”

“不，”他完全误会了她的意思，想要抓住她的手，“没关系，我在这里，我可以做得更好。”

“不。”她拒绝。

她本来应该说：不，你不能，因为我不再想要这样了。我最近遇到了某个人，尽管我不知道将来是否会有结果，但是我想给他一个机会。他没有妻子和儿子，他似乎很喜欢我，用一种正常的，简单的方式。

但是她还不能这样说。詹姆士是那种男人，相信他可以得到他想要的东西，认为事情都会按他的方式进行，她并没有精力在这个时刻去和他争辩。

“贝拉，”他说道，“我有个问题问你，我想我在邮件里曾提到过。我打算现在就问出来。”

他停顿了一下然后说道：“我想要你嫁给我。”

“这并不是一个问题，”她指出，“这是一个陈述句。”

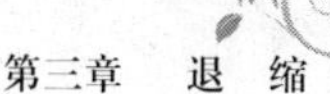

他大笑着用那种几乎使得她动摇的方式看着她。

“你赢了，”他说道，“下面是问题——贝拉，你愿意嫁给我吗？”

史黛拉

史黛拉没法决定穿什么。去年她得到了一个昂贵的新工作衣柜，是由塞尔福里奇百货（伦敦牛津街上著名的高档百货公司，译者注）一个在九个月前的一个暗淡的日子里碰见的购物顾问帮忙挑选的，她怀着说不清楚的感觉希望新的衣服会标志着一个新的开始。

她穿上了保罗·史密斯套装和一件粉色的长夹克，看着镜子里的自己。当她选择这件衣服的时候她决定这就是她的“我要活下去”衣服，但是她不确定如此大胆的颜色是否适合这次的午餐。

同样她也不能确定她是否想要向莱斯展示一个有着巨大变化版本的她，或者一个根本没有改变的版本？她脱掉了这件衣服，穿上了黑色的套衫。这是那天她和他在那家凄凉的酒吧里喝酒时穿的同一件衣服。这是她衣服里面第一件带有他味道的衣服。她仍然经常穿它，即使购物顾问警告她避免穿黑色，因为这会凸显出她的皮肤变得多么苍白和瘦弱。

她脱掉这件衣服，换成了灰色的夹克，黑色的裤子和平底鞋。她尽量不要发表任何的申明，她决定道。

当她到时莱斯已经在那里了，正坐在餐厅前排的桌子边上看着《旗帜晚报》。他穿着牛仔裤和T恤，他的新工作想必对着装是没有要求的。如果有什么区别的话，她想，他看起来比她上一次见到他更加年轻了。

当他看见她的时候微笑着对她挥了挥手。

“哈罗。”

她弯腰去亲吻他的脸颊，但是他们两个都对错了脸颊的方向，于是他们嘴对嘴地亲了。他们两个都笑了，很尴尬的那种。她怀疑他还记得那个第一次，同样笨手笨脚地在她家里晚餐后的那次亲吻，就是在所有的事情开始之前的那次。

“你看上去很不错啊。”她说道。

但是这并不是她真正的意思。她的意思是：你在哪里？在这里的这个人的样子在她的心里留下了深深的印记，这里还有一个真实的人，一年过去了，相同的人但不同的绝望。她心里的印象和真人无法融合。

“你也是。”他说道。

“我现在花更多的钱在服装上了，”她说道，“我在和衰老作抗争。”

“放屁，”他说道，“你看起来仍然只有25岁。”

她对于这个谎言哈哈大笑，但是虽然如此这也让她很高兴。

他们点了同样的食物，史黛拉说她想要一大杯白葡萄酒，莱斯要了一杯白水。

她向他询问了一下他的新工作，他说他非常非常喜欢这个工作，他拥有公司5%的股份，而且很有可能在明年获得融资，或者会被收购——无论哪一种方式他都能挣到很多钱。

“你怎么样呢，史黛拉。你在做什么呢？我知道一些，我在报纸上看到过关于你的消息。我并不惊讶。你非常的聪明，你一直都是。”

史黛拉微笑着告诉他一些关于她的工作她喜欢的部分，另外一些她没有说。当她说这些的时候她的情绪低沉了下去。这太可怕了。他是友好的，但是并不是知己。

谈话稍后停顿了一下。

“我听说你仍然和查尔斯在一起。”他说道。

“是的，”史黛拉说道，“我和他在一起。”

莱斯点点头。他很失望，史黛拉想，情绪一下就提了上来。他想要我和查尔斯分开，那样他就可以提出请求。

但是接着他说道：“那很好。我很高兴。孩子们怎样？”

“嗯，”史黛拉说道，“他们都还好。芬恩去了威斯敏斯特的高中部，现在是足球队队员。克莱米有希望在她的普通中等教育证书考试中取得好成绩，她决定要去当一名医生。”

“棒极了。”他说道。然后，用稍稍柔和一点的声音说道：“很高兴见到你，史黛拉。”

史黛拉忽然改变了策略。她不想告诉他所有都好，她的孩子们也都好。她不想要这堵虚伪的墙挡在他们之间。她想要告诉他到底是怎样的。

“实际上，”她说道，“这一整年都是在地狱。我几乎都要崩溃了，但是我——正如你所见的——现在没事了。查尔斯和我的关系不仅已经受损而且还走向了破裂。我觉得他就我和你偷情这件事来说已经原谅了我。他不能忍受的是公开的羞辱。报纸上的那个故事，实际上BBC那些年轻的调研员都知道他妻子做了什么。我认为那让我很痛苦。我想要他更多地关注事情本身而不是人们的看法。我根本不觉得我在乎更多的陌生人对我的看法。我并不期待人们能够理解，但是独自一个人承担是非常孤独的。”

莱斯点点头快速地说道：“我了解。”

“但是时间让事情变得好了起来，”史黛拉继续道，“工作也好了起来，通过单调乏味的家庭生活的帮助。所以基本上现在我很好，我想的话。”

“在你离开之后我去了阿拉斯加一段时间。我猜你知道的。”

史黛拉点了下头。

“我都想去死了。我极度痛苦，不断地给家里打电话。我的妈妈吓呆了，而我所有的朋友都嘲笑我。唯一一个真正关心我的人是贝拉。当她也面临一团糟的时候，她不在乎我告诉她我有多么的痛苦。即使在阿拉斯加我也太接近你了——我不得不离开这个该死的AE标志（大西洋能源Logo，译者注）标志，这就是为什么我辞职了。当我开始这个工作的时候我感觉好多了，但是我并没有停止爱你，或者思念你。对于我们两个之间发生的事情我从未后悔过。”

“我也是，”史黛拉说道，“我从未后悔过。并不是只有那一刻。”

“胡扯，”莱斯说道，“那当你对我大吼我是你生命中的毒瘤，还有如果你有一个愿望那就是希望我们从未见过，这怎么说？”

“好的，”史黛拉笑着说道，“那时是那时。我们当时正在游戏之中，你不断地说我是如何搁置你的生活是多么大的灾难。不过别介意那些。我不希望我从未见过你。”

他移动了一下他的椅子。

“史黛拉，”他说道，“听我说，我有一些事情要告诉你，有一些事情要问你。你已经回答了我准备要问你的事情。这是宽恕。你告诉我你并不后悔。我想要见到你在所有发生在你身上的伤害之后并没有充满怨恨。”

史黛拉对他微笑着，她的心带着幸福跳动了起来，几乎无视——故意的无视——将要到来的一切。

“而我想告诉你的是三个月前我遇到了一个人。她和我同龄，未婚，很漂亮，而且很幽默。她让我想起了一点你。”

史黛拉听不到餐厅里的声音了。她的胃抽搐着，感觉就好像电梯急速坠落一样。她必须离开这里，远离他。她必须逃离这里。她必须回到温暖，安全和安宁的地方。

“史黛拉，”他说道，“我想要你第一个知道，我就要结婚了。”

贝拉

贝拉回到了办公室，在她的脑海里回想了一下刚才发生的事情，试图弄明白一切。当她告诉詹姆士那不行，她不能嫁给他时，他站了起来，小心地把他的三明治包好放进箱子里，然后对她僵硬而礼貌地说了声再见。他钻进了出租车里，回头看了一眼她，对她微微一笑。看着他的脸她几乎心软了，有那么冲动的一刻她想要跳上另外一辆出租车去追他，但是这个想法并没有持续下去。

相反的，她心中充满的悲伤那样浓烈，以至于她迈不开脚步。她拖着她的身体回到了办公室，坐在办公桌前茫然地看着她本打算要做的工作——一个为新客户做的广告宣传。相反地，她开始在脑海里组织起一封邮件。在那天就要结束的时候她完全知道她想要表达些什么了。她新建了一封邮件然后开始写道：

亲爱的詹姆士，

谢谢你的午餐，很高兴再次见到你。谢谢你向我求婚，之前从未有人向我做这个。

我希望这不会让你更难过，如果我说如果你在一年前向我求婚，我会很肯定地答应。

但是如果我们结婚了，我觉得我们两个都知道这不会有结果的。

你是一个正派的男人。你很爱你的妻子和你的儿子。如果你没有，你也不会和我分手。还有如果你和我在一起你也不会原谅你自己。

你给了我很多。你给了我信心，这是我得到这份工作所需要的，还有你是第一个在工作中信任我的人，我会永远非常地感激你。

如果我也给了你一些美好的东西——就像你开心地说过的——那么我也会真心地高兴。我知道我总是试探你爱不爱我，戏弄你是一个孤独症患者，但是我现在把它们都收回。其实现在这都没关系了，我会真正地记住你的，我希望你也会这样对我。

非常爱你的，贝拉 吻你

PS.我依然觉得范·莫里森是垃圾。

PPS.抱歉，如果你觉得上一条附言太油腔滑调的话，但是我觉得这是你想要知道的。

PPS.我真心地希望你开心，詹姆士。我真的爱你，你知道的。

贝拉又读了一遍，当她读的时候她哭了。她的手机响了——是她的新男朋友发短信给她说他在接待室里。她控制住了自己，给他发了封短信：抱歉，马上就来。

她最后一次看了下邮件，然后删掉了最后一行——不是因为这不是事实，而是因为没有必要再这么说了。

她按下了发送键。

史黛拉

在午餐后返回的出租车里，史黛拉注意到一个有趣的事情。让她身体都抽搐的啜泣却没有产生一滴眼泪。在她脑海里，莱斯和一个他爱着的打算要结婚的年轻女人的影像让她极度痛苦。不过因为这是一个必然要一直占据她脑海里的，尽管这已经糟得不能再糟了，但是稳定的占据使得它更能被承受住。这里没有空间给衰退的痛苦、上浮的希望和绝望，不再有空间来用虚浮的和解希望来责罚自己。这里有非常多的结局，但是这是最终的一个。

回到她的办公桌前，她把她本来要看的一堆纸推在了一边。她站起来关上她办公室的房门，然后坐在电脑前面。

最亲爱的莱斯，

她写道。然后又删掉了。

亲爱的莱斯，

她看着这个又改变了主意。

最亲爱的莱斯，

他是她最后一次最亲爱的了。

在她屏幕的下方跳出一个微软助手的提示。看起来你正在写一封信。你需要帮助吗?

史黛拉几乎笑了出来。她想，不，很久以来我第一次不需要帮助。我完全知道我想要说什么。

首先，我为我刚才那么愚蠢向你道歉。

我被你的消息震惊了。我没有料到这个，所以我表现得像是一个白痴。像那样走出餐厅是可怜的，不庄重的，我为我自己感到羞愧。对不起。

我不应该发脾气，我应该尝试和你正确地谈谈，最后一次。我想说的事情还有很多——我已经在我脑海里和你进行了整整一年的单方面的对话——有时生气，有时愤愤不平，常常是情爱，有时只是痛苦。那个对话现在肯定结束了，但不是放进垃圾桶里——你知道我有多讨厌浪费资源——我希望你不要介意如果我将这一丁点放在纸上。

当我在写这些文字的时候，我没有像我想的那样会哭泣。相反地我充满了一种精神上的快乐，这让我相当的惊讶。这就好像是告诉我你要结婚了(天，我希望她能配得上你——)，你用一把巨大的剪刀剪断了仍然连系着我们的线。现在我又可以自由地去寻找我的生活了。

通过你我学到了生命中的一些重要东西，那些——尽管在某种程度上是显而易见的——我之前真的没有想起的东西。幸福不是永远的，也不是绝望的。尽管绝望在它们两个之间持续得更久一些——还有，我的天呐，我们得到的痛苦多过了解彼此的快乐——但这并没有让幸福一钱不值。

你还教会我另外一件事，关于爱情——还有关于执著。尤其是你教会我北极波猴是谁。还有酷玩乐队是不错的，基恩乐团是糟糕的。

但是比这些更重要的是，你教会我，我不能永远得到我想要的东西。我们过去常常说我们是相似的。我们都是在工作中决定去得到那些我们想要的，决定每个人都应该喜爱我们。

当我恳求你回来的时候，你拒绝了，我陷入了恐慌当中，一部分是简单的失去你的震惊，但是同样是我第一次瞄准而没有得手。这把我丢进了如此强烈的恐慌当中，我觉得我会死掉。

但是我没有死。每天我做着我应该做的，最终痛苦停止了。或者最后并没有停止，但是变成了一种可控制的，那种我已习以为常停止再关注的陈痛。

但是每当我又想起你的时候，痛苦又开始了。现在，我希望它们会一起停止下来。

在低谷期的时候，我和一个开会时遇到的男人一夜情，但是他让我更加思念你。现在我希望我完结了这样的爱情，尽管我猜你永远不知道。

你找到了爱情，我希望你开心。我希望你找到了合适的女孩。你的选择记录真的很可怕，但是她不可能比一个已婚的带着两个孩子的白鼬更糟了。

我现在要回家了。查尔斯为他母亲的85岁大寿准备了特别的晚餐。她比以前更疯了，但是仍然和我们在一起。

我不想迟到。

祝你好运，最亲爱的莱斯。我衷心地祝福你。

史黛拉 XX

史黛拉又读了一遍，去掉了关于想和他一夜情的句子——去年还非常强烈的——现在已经消失殆尽了。她也删掉了看起来有一点孩子气和哀怨的用词。她又读了一遍，然后按下了发送键。

The end.

The End